恋した人は、妹の代わりに死んでくれと言った。

妹と結婚した片思い相手がなぜ今さら私のもとに？と思ったら

2

永野水貴
イラスト：とよた瑣織

TOブックス

e n t s

イラスト／とよた瑣織
デザイン／伸童舎

cont

c t e r s

初恋

番人の身代わりを頼む

師弟

ウィステリア・
イレーネ＝ラファティ

異界＜未明の地＞の番人。ブライトに頼まれ、ロザリーの代わりに異界の番人となって以降不老となり二十三年間、聖剣サルティスとともに異界で暮らす。瘴気に耐性がある。

ロイド・アレン＝
ルイニング

ブライトとロザリーの息子、公爵家嫡男。アイリーンへ求婚するため、聖剣サルティスを求め異界へやってくる。ウィステリアに弟子入りする。魔法・剣術の天才。

欲しい

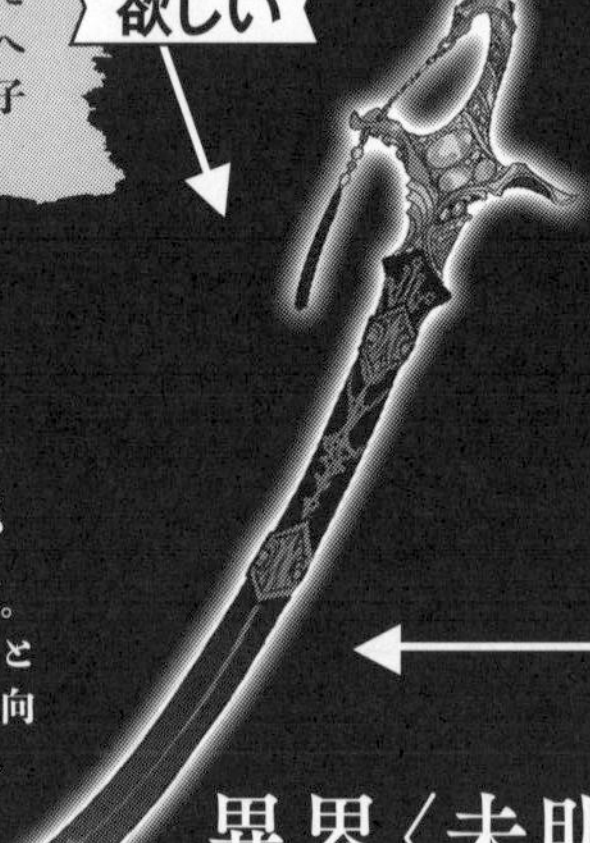

求婚

相棒

聖剣サルティス

言葉を解する伝説の聖剣。真の主のみが彼を扱うことができる。一人で異界へ向かうウィステリアを哀れみ、ともに異界へ行く。

異界〈未明の地〉

Chara

義理の姉妹

親子

夫婦

公爵家

ロザリー・ベティーナ＝ルイニング

ウィステリアの義妹で、ブライトの妻。元番人候補。

ブライト・リュクス＝ルイニング

ルイニング公爵家現当主。ウィステリアにロザリーの身代わりを頼む。その後ロザリーと結婚し、二男一女をもうける。魔法が使えない。

ベンジャミン＝ラブラ

異界＜未明の地＞を研究する第四研究所所長。ロイドの異界行きの手助けをする。若い頃、ウィステリアとともに研究をし、彼女を慕う。

特別視

アイリーン・シェリル＝マーシアル

第三王女。通称“白薔薇”と呼ばれる美しい女性。ロイドから求婚を受け、聖剣を手に入れることを条件とする。

Story

初恋の人に頼まれ、義妹の代わりに、瘴気に満ちた異界＜未明の地＞の番人となったウィステリア。体の時間が止まったまま、二十年以上が経ったある日、異界の空から初恋の人の息子・ロイドが現れ、弟子として居座られてしまう。お互いを徐々に知っていく師弟の未来にあるものとは……。

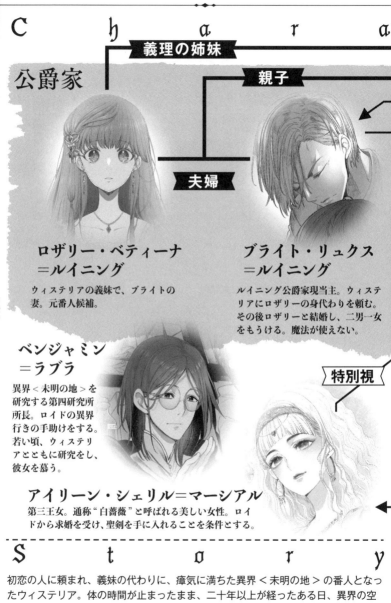

序章　静謐《せいひつ》な絶望の記憶

――重く陰鬱《いんうつ》な空がもたらす雨の音は、ブライト・リュクス＝ルイニングにとって、頻繁にある記憶を思い起こさせる。


「ならん」

当代ルイニング公爵であり実の父のかつてない峻厳《しゅんげん》な言葉が、ブライトの懇願を拒絶した。

「父上‼」

「聞き分けろ、ブライト。いくらお前の頼みであっても、これだけは聞けん」

父の冷厳な顔は彫像のように冷たく、血の通ったもののそれとは思えなかった。重い書斎机の向こうで両手を組み、無感動な観察者の目で息子を見返している。そこに日頃の温厚な姿はどこにもなく、いかなる共感も同情も、ひとかけらの憐みさえも見つけることはできなかった。

ブライトはかつてないほど目の前が赤く染まるのを感じ、憎悪に似た怒りに駆られた。

「ではこのままロザリーを差し出せと、見殺しにしろと言うのか‼」

激情のまま、ブライトは吠えて書斎机に両手を叩きつけた。

それでも、ルイニングの当主は眉一つ動かさなかった。

「ロザリー嬢のことはまったく悲運というほかない。魔法管理院に憤るお前の気持ちも理解できないわけではない」

「だったら……!!」

「その感情と現状とを混同するなと言っている」

声を荒らげる嫡子に、当主は冷えた言葉で遮った。

組んだ両手の向こうで、同じ金色の瞳がブライトを見つめていた。遠く孤独で、静かな光を放つ篝火《かがりび》のような目だった。

「魔法管理院はヴァテュエ伯に私怨を抱いているわけではない。悪意があってロザリー嬢を選んだのではない。大義があり、必要性に駆られ、条件を満たすのはロザリー嬢だったから選出した。悲運だが、純然たる事実に過ぎない」

必要な生贄――あたかもそう言わんとするかのような父の言葉に、ブライトはまた頭に血がのぼるのを感じた。

――認められない。こんなことは決してあってていいはずがない。

これほどの理不尽、不正を、常に公明正大を心がける父が見過ごそうとしていることも信じられなかった。ひどい裏切りのように感じられた。

――父は、ロザリーに対する情がないのか。あれほど親しく接していながら。ヴァテュエ当主夫妻とも親しくしておきながら。

その怒りを吐き出そうとしたのを、現ルイニング公が遮った。

「ルイニング家の力で介入することは不可能ではない。だが代わりに彼らに何を差し出せる？　魔法管理院と決定的に対立すれば、どんな結果を生むかわからないとは言わせん。対立するのは魔法管理院だけとも限らない」

「――っだからといってこのまま黙していれば、見殺しにするだけだ‼」

父の言葉を力ずくで否定するようにブライトは荒く叫んだ。

全身が煮立っているように熱いのに、頭のどこかは急速に温度を失っていった。

魔法管理院はその性質上、魔法を扱えることこそ高貴な証、魔法を行使できてこそ高貴なる家の正当な嫡子と捉えている。

マーシアルを代表する公爵家のルイニングにありながら魔法がまったく使えない自分が、魔法管理院からどう捉えられているかは想像に難くない。

父母が少なくない労力を費やし、自分を守ろうとしてくれていることはブライトにもわかっていた。はっきりと言われたことはないが、自分の存在によって、ルイニングと魔法管理院の関係が微妙なものになっている可能性が高い。

ゆえに魔法管理院への介入がより難しくなっているであろうことも、深く考えなくとも理解できる。

――自分の魔法の欠如が今、こんな形で枷になろうとしている。

「選ばれたのがロザリー嬢でなければ、お前と親交のないどこかの不幸なご令嬢であれば、お前は今この場に立って私に抗議してはいないだろう」

当主は極めて冷徹にそう指摘した。

ブライトは強く手を握り、相手を睨み返した。

「――ええ。ロザリーだからこそ、私はこれほど必死になっています。自分にとって大切な、特別な相手が危機にさらされている。彼女を奪われるなど許せない。そのために行動することに何の不思議があるのですか」

理性的でないことを十分に理解し、傲然《ごうぜん》と反論する。だが私情だと開き直ったところで、それだけでは相手を動かすことができるはずもないとわかっていた。父は、常に己の感情の手綱を握っていられる理性の人だった。それをブライトはずっと尊敬してきた。

血を吐く思いを、噛み砕く。

(私は、こんなにも無力だ)

吐き気がするほどに、毒のような無力感が体に広がっていく。

ロザリーを奪おうとする魔法管理院に対して何もできず、ルイニング当主に懇願することしかできない。

ルイニング公爵家の次期当主という身では、《番人》の選定に直接口を挟むことはできなかった。

ブライトという人間には、まだ何もないからだ。

道理を説く父に懇願し、盾突き、聞き入れられないとたちまち子供のように喚くことしかできない。

これまで魔法に関する己の無能を悔いたことは数知れない。

だが、こんな無力感は今まで知らなかった。

焼けつくような怒りと焦燥に支配され、その一方で足元には底なしの闇に似た暗さを感じた。

ブライトは手を強く握りしめ、砕けそうなほど奥歯を噛んだ。握りしめた手の中で、皮膚が薄く裂ける。

書斎机の向こうから長く重い吐息が響く。

「……公爵家《われわれ》は、義務と引き換えに多くのものをつかみ取ることができる。この両手で、多くのものを守ることができる」

ブライトははっと顔を上げる。頭上から一条の光が射したように感じ、父の目を見た。

同じ金色の目は険しかったが、先ほどまではなかったかすかな憐憫の光が浮かんでいた。

「それでも、万能ではない。何かを選べば、何かを失う。選ぶということは、それ以外を捨てるということだ。何も捨てずして得ることはできない。この冷酷な理からは、王ですらも逃れられない――」

遠かった雨の音が、ふいにブライトの耳に反響した。窓を叩く雨音。つかの間の無言。

「選ばなければ、選びたかったものさえ失う」

無感情で硬質な金の眼差しに、ブライトは立ちすくんだ。

父の、当主の言葉が頭の中で谺《こだま》する。――王の覚えめでたく、広大な人脈を誇り、名誉も財も地位にも恵まれたルイニング公爵の、無慈悲にも聞こえる言葉が。

「わかるな、ブライト。我々の両手は、つかみ取るためのものだ。だがすべてをつかむにはあまりに少なすぎ、あまりに小さすぎるのだ」

澱《よど》むような灰色の空。止まない雨。もはや熱などどこにもない凍《い》てついた空気が世界に満ちる。

悪夢の中をさまよい歩くように、ブライトは一人、広大なルイニング邸の廊下を進む。

『何かを選べば、何かを失う。選ぶということは、それ以外を捨てるということだ』

暗く深いところからささやく魔の声のごとく、父の言葉が何度も脳裏に響く。

目を閉じても耳を塞いでも、世界から他の音が遠のく分、余計に父の言葉が生々しく聞こえるだけだった。

ブライトは薄く血の滲《にじ》む手を握り、叫び出しそうな口を強く引き結んだ。淡く光る金の目で暗い廊下を見据え、一歩、また一歩闇の中を進む。

無力さに打ちひしがれ、嘆く余裕はない。

立ち止まりそうになる自分を強く叱咤する。考える。抵抗する。今の自分に何ができるのか。他の可能性は。他に手段は。

——やがて、遅効性の毒のように浸透してくるものがあった。

父の言葉にこめられたもう一つの意味が。

(ロザリーを選ぶなら、私は何を失う)

選ぶということはそれ以外を捨てるということだ。

ならば。

——ロザリーの代わりに、差し出すものがあれば。

代わりとなるものを差し出すことができれば、ロザリーを救えるかもしれない。現ルイニング公が言外に示した意味は、おそらくそれだった。

とたん、ブライトは背に冷気を感じた。突然、冬の夜気に貫かれたかのようだった。

背後から、父の声を借りたおそろしい何かが迫りくるような錯覚がする。

だが強く頭を振って追い払う。馬鹿げた妄想だ。

(――ロザリーを、誰にも奪わせはしない)

強く自分に言い聞かせると、体の芯に小さな火が灯る。反発が、怒りが全身に火を広げていく。

(……この命にかえても)

もしそれしか手段がないのなら、この命を差し出してもいい。

血の滲む拳を強く握りしめる。

(どんな手段を使っても、ロザリーを守る)

ルイニングの後継者は決然と顔を上げ、闇夜に浮かぶ炎のような目で薄闇を睨んだ。

覚悟を胸に、足を進める。

――そうして、挑むような気持で邸を出た。


絶望は静かだった。

砂の城が波に侵蝕されるように、彼女の涙は衣を貫いて奥深くを焼いた。

想像さえ及ばぬ静寂。覚悟など何の意味もない沈黙。

それはたやすくブライトを穿ち、抉《えぐ》り、砕いて散らした。

詰る言葉はおろか、泣く声も聞こえない。

ただ、肩に押し付けた小さな頭の震えだけが生々しかった。

魂を引き裂くような、脆く静謐な嗚咽だけが――


「……閣下。お目覚めください、閣下」

抑えた、ためらいがちな声に呼ばれ、ブライト・リュクス＝ルイニングの意識は浮上した。

瞼に重さを感じたのは束の間で、すぐに眠りを振り払い、はっきりと目を開ける。いつの間にか、馬車の中でまどろんでいたらしい。

ぱらぱらと鳴る雨の音がすぐにブライトの耳に飛び込んできた。

「ご体調が優れませんか」

向かいに座っていた秘書の男が不安げな顔をする。ブライトをまどろみから呼び戻したのも、この秘書であるらしかった。

「何でもない」

ブライトはそう答えて、気づいた。

――無意識に、左肩を庇うように手で触れていた。

その手の下に、生々しい感触がよぎった。

あの日――願われるままに彼女を強く抱き寄せたときの名残。

肩に感じた震えをなぞるように、指に力がこもった。

古傷でも痛むのかと言いたげに、秘書の男は気づかいの眼差しを投げてくる。

それがわずらわしく、気づかぬふりをした。

雷雨に打たれた水面のように心が騒いでいる。

じくじくと痛むのは、古傷などではない。

（……雨のせいか）

――美しい紫の目をした彼女のことを、思い出すのは。

ブライトは静かに奥歯を噛み、左肩に指先を食い込ませた。

（〝選ばなければ、選びたかったものさえ失う〟）

何度も、何度も何度も言い聞かせた言葉をまた心に繰り返す。

覚悟してもなお、きつくまいた螺子《ねじ》が緩むように、いまだに心をかき乱されるときがある。

肩に感じた彼女の震えは、今も薄れることがない。

――あの押し殺した嗚咽が耳に蘇るたび、焼け付くような痛みを思い出す。

否。烙印《らくいん》となってこの身に刻まれている。

（私は、選んだ）

――その結果が、現在という形で表れている。自分の背負うべきものとして。

あるいは咎《とが》と呼ばれるものであろうとも、決して消えない傷痕になろうとも構いはしない。

追憶を払い落すように、あるいは名残惜しく撫でるように、ブライトは左肩に触れていた手を滑り落とした。

馬車の扉が開く。強い雨の音がもっと大きくなる。

その時にはもう、現ルイニング公爵の端整な面には一切の綻《ほころ》びが見られなくなっていた。

王都内の大議場前に降り立つと、秘書を伴いながら第二会議場へ向かう。巨大な建物の中に入ると雨の音はたちまち遠のく。

すれ違う議員や従者たちはいち早くルイニング公爵に気づき、静かに道を譲って頭を垂れる。ブライトはごく淡い微笑と、寛容の眼差しで応じる。

だが廊下の向こうから脇に寄る気配すらない三人の男たちがやってきたとき、ブライトはその面《おもて》から一切の温度を消した。

男たちは、外套よりもはるかに長い黒のローブをまとっていた。赤や金の糸で、二つの杖が交差して重なり、月桂樹の葉に囲まれるあの特徴的な意匠が縫い付けられている。

ここですれ違うほとんどの人間が、議員やその従者である中――一つだけ、違う人種が存在する。それが、この杖と月桂樹の紋章をまとう者たちだった。

魔法管理院所属の管理官。

男たちは鋼鉄の仮面を被ったように無表情だったが、ブライトと距離が近づくと、いま気づいたとばかりに驚きを滲ませて目を向けた。

その他にすれ違おうとしていた者たちは、管理官と現ルイニング公爵の対面に気づいてにわかに息を呑んだ。

空気が急に張り詰める。

「これはこれはルイニング公閣下。お早いご出仕ですね」

「貴卿らこそ。よほど多忙なようだな」

いかなる相手にも感情を見せない管理官たちが、現ルイニング公爵にだけは感情を滲ませる。しかしそれは決して敬愛や親愛からではなかった。

ブライトの背後に控える秘書が表情を強張らせる。

先頭の男が、うっすらと目を三日月の形に細めた。獣に似た目がブライトを見る。

「およそ魔法の絡むものというのは突発的な事態が多いものですから。我々の判断すべきことは多く、その責は決して軽くはない」

目だけで嗤いながら、男はやや軽薄に感じるほど明るい口調で言った。

――それが、ブライトにのみ向けられた悪意ある皮肉であることは疑いようもなかった。

ブライトは眉一つ動かさず、凍てつく月を思わせる眼差しで受けた。

「そうか。貴卿らの選択は陛下も尊重しておられる。万に一つも間違うことは許されないだろう。貴卿らが間違わぬことを祈っている。切に」

稀有なほど寛大と評判の公爵から冷えた声が響く。

大半の人間ならたちまち不安を覚え、己の失言を疑うような声だった。だがローブの男たちは冷笑的な態度にかすかな苛立ちを滲ませ、あるいは嘲笑を強くするだけだった。どう言われても己の勝利は揺るがないと確信しているかのように。

やがて挨拶もそこそこに二者はすれ違い、遠のく。

周りの目があることは、お互いにわかっていた。

秘書が不安げな、あるいはもの言いたげな気配を醸し出しているのをブライトは察した。

このような態度をとるのは決して得策ではないと言いたいのだろう。そんなことはブライト自身がよく理解していた。ゆえにあえて無視した。

——あの日から、魔法管理院という機関は敵とみなすべき存在になったのだから。

一章◆《未明の地》の二人

師弟、あるいは伯母と甥

――帰りたい。

子供のように泣き喚いてうずくまった。喉が潰れそうなほど叫んでも、荒涼とした不毛の地に空《むな》しく谺するだけで、答えてくれるものはない。

この地へ来るために一度だけ通り、閉じた《門》がもはや再び開くことはない。

あの門が、帰るために開かれることは二度とない――。

《大竜樹》の贄とならずに生き延びた。そのことの意味を遅れて思い知る。

『帰ったところでどうする』

ただ一つ、答えてくれる存在である聖剣の声は冷酷に聞こえた。

――もう誰も自分のことを待ってなどいない。死んだものと思われているのだ。

慟哭《どうこく》の叫びが喉から迸《ほとばし》った。

この《未明の地》で一人生き残るということは何を意味するのか、まるで理解していなかった。

こんな場所で生き続けることなどできない、ずっとこのままここに閉じ込められることなど耐えられない――。

『立て、イレーネ。どれだけ泣き叫んでも、懇願しても、お前に手を差し伸べられる者はいない』

翡翠色の宝石が嵌めこまれた黄金の柄と、漆黒の長大な鞘に包まれた剣は頭の中に声を響かせる。

意思持つ剣が与えてくれるのは厳格な言葉、冷酷なまでの事実だけだった。

《未明の地》では、魔物以外に生き物はいない。

どれほど祈り、懇願し、呪おうとも、応えてくれる存在はない。

――時が巻き戻ることのないように、帰るための《門》が開くこともない。

『好きなだけ嘆いたら、耳だけ動かせ。一つ、教えてやる。お前にも唯一、己の人生を決める自由が残されている――』

サルティスの言葉が重く胸に沈み、恐怖や不安を麻痺させていく。

水底に沈んだものが少しずつ埋もれてゆくように、心を苛《さいな》む感情は力を失っていく。そうして諦め、目を逸らし、封じることを覚える。

なのに、埋もれていた奥深くにまで届くようなまばゆい銀光が現れた。

《門》を開き、向こうから現れた番人ではない存在。

――それの示す、意味は。


ウィステリアは重い瞼を持ち上げた。だがすぐ閉ざしてしまいそうになる。やけに鼻の奥がつんとした。

目の奥から溢れそうなものを感じ、瞼を下ろし、手の甲を被せてしばらく堪えた。

口に渇きを感じる。かすかに揺れる呼吸を繰り返し、眠りなおそうとして思いとどまった。

――今は同居人がいる。

浅くため息をついて体を起こした。

足元のほうに目をやり、いつものように、台にたてかけてある剣を見る。

薄闇の中でも自ら輝いているような、翠の宝石が象嵌《ぞうがん》された黄金の柄に漆黒の鞘を持つ聖剣《サルティス》。

「……おはよう、サルト」

『ずいぶん惰眠を貪ったな。年寄りは早起きと決まっ――ぬぉ⁉』

開口一番に軽口を放つ剣に、ウィステリアはばさりと上着を放って覆い隠した。

不快な夢を見たせいか、サルティスに対してほんのわずかにわだかまりのようなものがあった。

(まったく、この言い方さえなければなあ)

ウィステリアは苦笑いして、胸のつかえを振り払おうとする。

この地に来たばかりでまだサルティスの物言いに慣れなかった頃は、あまりに手厳しい言葉の数々に一つ一つ傷ついていた。だが聖剣はその性質ゆえかよくも悪くも率直というだけで、悪意や敵意があるわけではない。

ウィステリアはいまだまとわりつく眠気に欠伸を噛み殺し、立ち上がる。

夢の残滓《ざんし》を追い払って気分を切り替えるために、湯浴みをすることにした。

部屋の隅の衣装掛けから着替えを取り、部屋を出る。

はたと、隣の部屋――元物置にして、今は押しかけ弟子の寝室――を見た。

扉は閉じられている。まだ、眠っているのだろう。

ほっと安堵して、さらにその隣の浴室へ向かう。

何気なく浴室の扉に手をかけて向こう側に押し開き――

（え？）

ウィステリアは固まった。

そこには、自分以外の先客がいた。

絹糸のような輝きを放つ銀の髪が、逞しい首を伝い、盛り上がった肩やくっきりと浮かび上がった肩甲骨にかかっている。肌が意外に焼けているためか、色素の薄い髪が余計に目立った。

うっすらと浮き上がる喉仏に、窪《くぼ》んだ鎖骨。対瘴気の装備であろう、首飾りの細い銀の鎖が鎖骨の窪みで少したわんでいる。

筋肉に覆われて厚みのある胸の下、腹はまったくなだらかで六つに割れ、腰はくびれて側面に斜めの線が浮かび上がっていた。

上着をほとんど脱ぎ、残る左腕から払おうとした姿で、先客は止まっていた。

金色の双眼がウィステリアを見返している。

「……」

「……」

しばらく、紫の瞳と金の瞳が交差する。

奇妙な沈黙を先に破ったのは、金眼の青年――ロイドのほうだった。

淡く光るような銀の長い睫毛を瞬かせ、

「先に入るか？」

朝の挨拶でもするように、そう言った。

とたん――目に映る光景の意味がどっと押し寄せ、ウィステリアは火がついたように赤くなった。

「――っすまない!!」

バタンと音をたてて勢いよく扉を閉め、足音も荒く自室に逃げ込んだ。

そのまま寝台に逆戻りし、膝から崩れ落ちてすがる。聖剣を覆っていた上着がはらりと落ちた。

『何をしている』

呆れたような、怪訝そうなサルティスの声にもウィステリアは答えられなかった。

寝具に顔を埋《うず》め、声なき声で叫び、手が白くなるほど敷布を握りしめた。

（うわ……ああああああ!!）

あまりの羞恥に、耳まで熱くなった。

この地に来る前の二十年間の人生を含め、ウィステリアは異性の裸というものを目にしたことがない。

一応はラファティ家の令嬢であった身からすれば、露出それ自体にも抵抗があった。

その後の二十三年間に至っては、そもそも他人の存在が近くになかった。

（み、みみみみ見てしまっ……!!）

夫でもない異性の半裸を見てしまった。――とんでもなくはしたない真似をしてしまった。

（いや彼は私の弟子、甥、妹の子供だぞ!!　子供……あれが子供か⁉）

必死に自分に言い聞かせて、自分の言葉に動揺した。目撃してしまったばかりの見事な半裸が鮮やかに蘇る。一切無駄の無い、鍛えられた鋼のような体だった。

子供というには、あまりに無理がある精悍な肉体――。

『……おい、さすがに挙動不審がすぎるぞ』

サルティスの警戒するような声を背後に聞きながら、ウィステリアは寝具に顔を埋《う》めた。声を殺して叫ぶ。耐え切れず、両手で敷布を握りしめる。

ひとしきりそうしたあと、はたと気づいてばっと顔を上げた。

（あ、謝らなければ……っ!!）

はしたない真似をしたのはこちらのほうだ。

恥ずかしさと衝撃で顔から熱がひかない。それでもウィステリアはよろよろと立ち上がり、ふらつきながら浴室に戻った。

扉は閉められている。その閉められた扉の前で、ウィステリアは立ちすくんで目を落とした。

「ろ、ロイド！　その、先ほどはすまなかった！　わ、私の不注意で――」

一人ではないのだから、確認してから入るべきだった。

まだ頬に熱を感じながら必死に言い募ると、扉の向こうでかすかな物音がした。

そして再び、扉が勢いよく開いた。

ウィステリアは反射的に顔を上げ、限界まで目を見開いて固まった。

――そこには、先ほどの見事な上半身があった。

腕にかろうじて引っかかっていた上着ももうない。彫刻と見紛うほどに見事な稜線《りょうせん》を描く腕を組み、ウィステリアの眼前で扉枠にもたれかかる。

わずかに傾いた頭の後ろから、解かれた銀の髪が盛り上がった肩を伝って鎖骨にかかっていた。

「見られて恥じるような体はしていないが」

ロイドは淡白に言った。

あまりのことに固まる師を見つめ――形の良い唇の端が、かすかに上がった。

「興味があるなら触るか？」

軽い皮肉めいた声。黄金の瞳が猫のように一瞬きらめいた。

ウィステリアは絶句する。

たっぷりと数拍はそうした後――たちまち、頭に血をのぼらせた。

「ば……馬鹿者――っ!!」


居間のテーブルを前に、ウィステリアは憤慨していた。

腕組みをして威圧的に立ち、弟子を見下ろす。

当の弟子は服を着させられて椅子に腰掛けてこそいたが、驚くほど長い足を組み、背もたれにもたれて気怠げに師を見上げている。

「いいか！　そもそもルイニング公爵家の紳士ともあろう者がみだりに肌を見せるなど言語道断

だ！　あまつさえ開き直って、み、見せつけようとするなど!!」

「……私は令嬢か何かか？　見せつけるつもりはなかった。そもそも師匠がいかにも興味を持った様子で覗いてきたから」

「もっ、持ってない!!　覗いたんじゃない!!　あれは事故だ!!」

「そのわりによく見ていたが」

「みみみ見てない!!　いや見たが、そんな不埒な目的ではない!!　それに君が!!　さ、触るとかなんとか言うから!!」

怒りと焦りでウィステリアがまくしたてると、ロイドがふいにまたあの不敵な微笑を浮かべた。

「つまり意識せずに見ていたと。見惚れていたというわけか」

「なっ……!?」

ウィステリアは言葉を失った。

青年は欠片も謙遜《けんそん》の無い反論を言い放ち、ふてぶてしい微笑を浮かべたまま師を見上げている。

『騒がしいぞ、イレーネ。そのような子供の裸の一つや二つ、目にしたところで何の面白みもないだろうが。くだらん』

テーブルにたてかけられた聖剣が、いかにも興醒めした声で言った。

釘を刺すようなその声色が、にわかにウィステリアの冷静さを呼び戻す。

サルティスの言う通りかもしれない――と一瞬思ったところで、ロイドの口角が再びつり上がる。

先ほどよりずっと鋭く、挑発的な唇。長い指が襟元にかかる。

「へえ？　なら全部見てみるか？」

「⁉　なっ、や、やめ……」

『お前の裸など何の価値もないわ。そうだな、イレーネ』

「ちょっと黙ってくれサルト！　やめろロイド真に受けるな脱ぐな――‼」


（な、何なんだこれは……！）

激しい運動をしたわけでもないのに、ウィステリアは既に息切れするようだった。

朝の事故に端を発する騒ぎをなんとかやり過ごした後で、重労働でもした気分だった。

ふと、目の前の青年を見つめる。そしてため息をこぼしそうになった。

（……つくづく、憎たらしいくらいに恵まれた容姿だ）

精一杯なんでもない顔を装い、腕組をしながら弟子の姿を眺める。

先日採寸し、《働き羽》たちに頼んだ服が出来上がって渡したところだった。

ロイドは着痩せする体質らしく、いま新たな衣装を身にまとうと、やや細身に見える。意図せず目撃した、あの筋肉質な体は想像できないほどだ。

新たな服はウィステリアと似た形で、動きを阻害しないようなぴったりとした黒の脚衣に長靴、長袖の上衣の上に、半袖の部分が二枚重なったような黒の上着を着ている。上着の合わせの部分や半袖の縁に施された金の装飾も見事だった。

首を覆う長さの襟や、二段重なったような半袖の上着、袖の装飾もあいまって、ふとウィステリアの脳裏をよぎるものがあった。

(なんだか対になってるみたいだな。お揃いというか……)

小さく首を傾げてそう思ったところで、はたと正気に返った。

(い、いやいやいや……！　こ、これは《働き羽》たちの性質上のもので！)

ばたばたと意味もなく手を振り、妙な考えを追い払う。

対や揃いを意識させる装いはあくまで人間からすると特別な意味があるのであって、ここや《働き羽》たちには何の他意もない。彼らはただこちらの要求に応じて、服となるものを作っただけだ。

ロイドは腕や足を軽く動かし、衣装の具合を確かめている。

その様子を見ながら、ウィステリアは言った。

「動きにくいところはあるか？」

「ひとまず問題なさそうだ」

ほつれなどがないかざっと確認して、ウィステリアはふと気づいた。

「襟」

短く指摘し、自分の襟元のボタンを指さして示す。

上着もその下の上衣も首までボタンで閉じる型になっているが、ロイドの襟のあたりから掛け違いが起こってたわんでいる。窮屈なのか一番上は留められていない。

ロイドはかすかに眉をひそめ、渋々といった様子で手をかけた。

ウィステリアは何気なくそれを見守り、青年の長い指がもたついた動きをしているのを見て、つい噴き出した。

「案外、不器用だな？」

からかう調子を抑えきれずに言うと、ロイドは冷ややかに睨んだ。目に力があるせいで一瞬気圧されそうになるが、棘がなく、本気で怒ってはいないとわかる。

「いちいち全部上まで留めないといけないのか、これは」

「肌に触れる瘴気をできるかぎり抑えるためだ。……仕方ない」

笑いを堪えながら、ウィステリアはすっと歩を進めた。

ロイドはルイニングの御曹司で、本来なら使用人に服を着せてもらう側だ。むしろ不器用なほうが当然であるのかもしれない。

白い両手が伸び、青年の襟元に触れた。微妙に掛け違ったボタンをいったん解く。

ごく至近距離で上着の合わせを開き、また閉じてゆく師の姿を、金の両眼が見下ろした。

「……」

銀の眉の片方が、かすかに上がる。

白い指が一番上のボタンにかかったとき、ふっと紫の双眸が見上げた。

とたん、間近で見下ろしていた金の瞳と合う。ロイドはわずかに目を見開いたように見えた。

ウィステリアはその反応をやや訝しく思いながらも言った。

「上を向いてくれ」

ロイドが素直に従うと、最後のボタンを留めた。

人差し指を襟の内側に入れ、軽く引っ張ってたわませる。

「息苦しいか？」

「……多少は」

「着ているうちに伸びるだろうから少しだけ我慢だ、甥っ子殿」

弟子兼甥の素直な反応に、ウィステリアはまた無意識に口元を綻ばせた。

師に顔を戻したロイドの目が、わずかに細くなる。——どこか、挑戦的な目だった。

「……甥、ね」

冷ややかなつぶやきに、ウィステリアは虚を衝かれる。

甥と呼ばれるのはそこまで不愉快なのかと思い至ったとき、大きな手がウィステリアの襟に伸びた。

長い指が、一番上のボタンをピンと弾く。

「その割に、まるで妻のようなことをするな、師匠」

さらりと告げられた言葉に、ウィステリアは紫の目を見開いた。

あまりに何気なく言われ——伸びてきた手もごく自然であったせいで——すぐには、反応できなかった。

遅れて、ようやく意味を理解する。軽く笑い飛ばすべきだ、と頭の隅で理性が命じた。

なのに頬はわずかに引きつっただけで、勝手に熱くなった。

「なっ……！」

何をバカな、と言おうとして言葉にならず、とっさに後退《あとずさ》る。

そうしてからようやく、無意識にかなり親密な距離を取っていたことに気づいた。

体が触れ合うような距離で襟を整えてやるなどというのはかなり親しい――それこそ家族や夫婦間のような行為だ。更に、先ほど衣装が対のようだと変に意識してしまったばかりだった。

「こ、これは不可抗力だ！　ただ君の襟を整えるためだけであって！」

「別にいい。裸も見られた後だしな、今更だ」

「何が今更だ⁉　取り返しのつかないことになってるのか⁉」

つい先ほどまでのからかう気持ちが一転し、ウィステリアは焦った。

（な、なんだ⁉　私は彼の半裸を見てしまったのでなんらかの責任を取るべきなのか⁉）

焦るあまり高速で思考を回転させる。だがそうするほどますます考えが散っていく。

ふいに、ロイドの目に好戦的な輝きがあり、唇はかすかに吊り上がっているのが見えた。

どうやら反撃されているらしい、とウィステリアはようやく気づく。

テーブルにたてかけられたサルティスが、「四十三にもなってなんと落ち着きのない……」などと憎まれ口をたたいた。

その慣れた声と口調が、ようやくウィステリアの平常心を引き戻した。

（……そ、それもそうだ）

見た目こそ変わらないが、自分はこの青年より遥かに年上で伯母にあたるのだ。いくらこういったやりとりは不慣れとはいえ、からかい返されるたびに狼狽するのは見苦しいだろう。

それに――。

頬の熱が引いてゆくのを感じながら、ウィステリアは咳払いする。

「まあ、朝の事故といい、先のやや礼を欠いた距離感といい、以後気をつけよう。君の将来の妻たる王女殿下にも非礼をはたらきたくはないからな」

ロイドの目がかすかに見開かれた。

その反応で、ウィステリアは完全に冷静さを取り戻す。

(――ロイドには、アイリーン王女という婚約者がいる)

ウィステリアは王女を見たことも噂に聞いたことすらもない。特別に敬う気持ちがあるわけでもない。

しかし今のような異様な状況であっても、後に少しでも王女側に誤解を招くような行動は慎むべきだということはわかる。王女はロイドの求婚相手であり、そう遠くない未来に結婚するはずの相手だ。

返ってきたのは無言だった。

その反応が少し歪《いびつ》に思えてウィステリアは目を瞬かせる。

言葉はなく、満月に似た目がウィステリアを見つめた。

真っ直ぐな眼差しは、だがどこかためらうような、あるいは惑うような光を含んでいるように見える。

(な、なんだ……?)

なぜロイドがこんな表情をするのかわからない。あるいは、ただの錯覚なのか。

『仮にも四十三にもなろう大年増が、子供相手に不貞もどきを働くなど冗談でも笑えんからな！　さすがの慈悲深く寛大な我でも見下げ果てるわ！』

「……サルト、ちょっとこっちに来い。長年の友誼《ゆうぎ》と信頼の真偽について議論しよう」

『やっ、やめろ来るな近寄るな！　他愛のない冗談ではないかっ‼』

喚く聖剣をつかんで抗議しはじめたウィステリアは、ロイドを見なかった。

青年は沈黙したまま、軽口を叩きあう一人と一振りのやりとりを見つめていた。

住居のある巨木を出てわずかな距離で、異界の空をゆっくりと上昇していた青年の体は、やがてウィステリアと同じ高さで止まった。

「しばらくこれを維持だ」

ウィステリアはやや硬い声で弟子の青年に告げた。

ロイドは短く肯定し、その長身を宙に静止させる。高度を保って止まっているだけでなく、その体をうっすらとした光が――《反射》の膜が覆い、瘴気を撥ね返している。銀の髪が一際輝いて揺れる。

ウィステリアは胸にサルティスを抱えながら腕を組んだ。

（……私は、どれくらいの期間で《浮遊》を使えるようになったのだったか）

思わずそんなことを考える。少なくとも、今のロイドほど早くなかったことは確かだった。

自分が苦心したものをあっさり習得されてしまう苦さや悔しさ――。

だがそれ以上に、焦燥が募った。

ロイドの目的はサルティスの獲得だ。ウィステリアの力を上回れば、それが可能になる。油断していると、滞在する期間に本当に奪われるかもしれない。

ウィステリアが複雑な思いで眺めていたとき、金の目が見た。

「何かあるのか？」

ロイドに問われ、ウィステリアは頭を振った。胸に立ち込めたものをなんとか追い払い、さて、と意識して明るい声をあげる。

「《反射》も《浮遊》も大丈夫そうだな。そろそろ君も外に出たい頃だろう。一番近い《大竜樹》まで一緒に行くか？」

ロイドは一瞬、目を見張った。だがすぐに、形の良い唇に勝ち気な微笑が浮かぶ。

「喜んで」

存外素直な返事にウィステリアは軽く微笑み、

「少しここで待て」

そう告げ、身を翻した。

出て来たばかりの住居のある巨木に戻り、ロイドの仮部屋から剣を取って引き返す。

そのまま、剣をロイドに渡した。

「基本的に地上には降りないが、外に出るときは必ず武器を持て。あ、私には向けるなよ」

「――向けない」

銀の眉が不快げにひそめられた。それから、金の目がウィステリアに抱えられた聖剣に向く。

「あなたはサルティスを使うのか？」

『愚か者め！　このサルティスが主以外に鞘を払わせるとでも――』

「いやこれは、保護者というか、観客というか……荷物というか」

『なっ、荷物だと!?　聞き捨てならんぞイレーネ!!　お前が我の侍従で付属品なのであって……やめろ落とすな!!』

喚く聖剣を見つめる青年の目が一段と冷ややかなものになる。

ウィステリアは肩をすくめた。

「この気位の高い聖剣は、真に主と認めた者にしか剣を抜かせないんだ」

どれほど気安く接しても、真に主と認めたものでなければ鞘を払わせない――剣として機能させない。それが聖剣《サルティス》だった。

「……主にしか使わせない、か」

ロイドが思案げにつぶやく。

ウィステリアは意図的に話題を逸らした。

「ともかく、外は様々な生物が徘徊している。基本的に警戒したほうがいい。が、襲いかかってこない限りは避けろ。無用な戦闘はしないことだ」

『実に重要な忠告だ。聞いているか、小僧？　この地で己の力量もかえりみず、いきなり相手に斬りかかるような行動は愚策中の愚策というわけだ。まさかそんなことをするような愚か者がいるとは思えんがな！』

腕の中で聖剣が朗々とあてこすりの声をあげ、ウィステリアは目を丸くした。

ロイドの目が憎々しげに歪んでサルティスを睨む。

だが射殺さんばかりの視線を投げつつ、その口が反論を吐き出すことはなかった。

そのために、奇妙な沈黙が生じた。

（おや？）

ウィステリアは内心で首を傾げた。

皮肉の一つでも返すのではないかと思ったが、自信家のロイドでも、サルティスの不意打ちに傷ついたのだろうか。

さすがに言い方が、とサルティスをたしなめようと口を開いたとき、ロイドが目を上げた。

サルティスを睨んでいた目がウィステリアを見つめる。

金の瞳は一転して鋭利さを潜め、澄んだ月光を思わせる色を放った。

「悪かった。いきなりあなたに斬りかかったことを謝罪する」

完全に不意を衝く言葉に、ウィステリアは大きく目を見開いた。

「短慮だったし、視野狭窄《きょうさく》に陥っていた」

簡潔にそう続け、ロイドは口を閉ざした。これ以上の弁明はしないというように。

だが金の目だけはウィステリアから逸れなかった。揺らぐところのない真摯な眼差しは、ウィステリアが何を言おうとも受け止めると無言で示すようだった。

サルティスさえ、予想外の反応を受けて不満げなうなりを漏らすに留まっている。

驚きに声を失ったまま、ウィステリアはふいに、ロイドと出会った日のことを鮮やかに思い出した。

あの日に見た、鋭利な眼差し。はじめこそ、ブライトに酷似した容姿に衝撃を受けるばかりで、その姿から向けられる敵意と刃に動揺した。

だが思い返せば——あのとき、敵意に満ちた目でも純粋といえた。そこには悪意がなかった。

ブライトとロザリーの息子だからというだけではなく、だからこそ、この青年を助けたのかもしれなかった。

ウィステリアは唇に淡い笑みを浮かべた。

「構わないさ。君の行動も理解できぬものではない。この地に、まさか人間がそのまま生きているとは誰も思わないだろうからな」

《未明の地》から生きて還ったものはいない。瘴気を長く浴びて生きていられる人間はいない。それが定説だった。

——だからそこで生きているのは人ではない。魔物と呼ばれるものだけだ。

そう考えたとたん、ウィステリアは胸にしんと雪が積もり、奥へ冷たく沁みてゆくような錯覚を抱いた。

淡い笑みの下に、感傷を強く押し込める。

ロイドはほんの一瞬目を見開き、そしてわずかに細めた。

「……あなたは……」

独白のように、小さな声がこぼれる。

その先に、青年が何と言おうとしたのかウィステリアにはわからない。だが、ロイドの目にも声にも、どこか温度を感じる揺らぎがあった。

奇妙な感覚にウィステリアが思わず身じろいだとき、サルティスが呆れ交じりに言った。

『やはり愚かだな、イレーネ』

「……おい。君のその貧弱な語彙集には罵詈雑言しかないのか？」

腕の中の聖剣をじとりと睨んだあと、ウィステリアは切り替えるように息を吐いた。

「行こうか」

ああ、とロイドは短く答えた。

番人の戦い方

「……」

「……」

何度目かわからぬ師の行動に、弟子はさすがに辟易《へきえき》したように顔を歪めた。

「そう何度も確認しなくとも落ちたりしない」

「う……！　そ、そうか、いや……」

半ば無意識に振り向いていたウィステリアは、頬が熱くなるのを感じた。

暁に似た、赤みがかった暗い空を《浮遊》で駆けている最中だった。

これまではサルティスを抱えて一人で飛ぶことしかなかったため、誰かが後ろをついてくるというのがどうも落ち着かない。後ろからついてくるようにと自分で言っておきながら、ロイドが落ちるのではないかとつい不安になって振り向いてしまう。

『まさしく世話焼き婆――ぬぉっ!! 落とすな馬鹿者!!』

「ああ、うっかり手がなー」

『白々しいわ恥知らずっ!! もう二度と落とさないと言っただろうが⁉』

腕の中で喚く聖剣に意識を向けながら、ウィステリアは背後を確認したくなる衝動を抑えて飛び続けた。

《未明の地》という異界には、人間の世界で生まれ育った者としては悪夢としかいいようのない生態系が広がっている。《未明の地》に満ちる瘴気が、人の世界のそれとはまったく異なった動物や植物を育んでいるのだ。

――奇怪で奇妙で、時として不思議な美しさを持ち、あるいは醜悪に見える生態系の中でも、《大竜樹》の存在は際立っている。

「あれが?」

「そうだ」

ロイドの問いに、ウィステリアは短く答えた。やがてウィステリアは空中で静止し、ロイドもそれに倣《なら》う。

相応の高度から地上を見ると、《大竜樹》の大きさがなおさら目立った。明るい黒から赤、そして緑に似た色へと濃淡を描く空の下、荒野でその巨木の影だけが際立って浮かび上がる。

鉱石を思わせる、青黒い光沢。天に向かって伸びる無数の枝と皺を持った巨木。土に潜りうねる大蛇のような根。根元が異様に膨らんで大きく見えるが、もう少し近づけば、うずくまって眠る竜のような姿が見てとれる。

「……あれが、瘴気を吐き出しているんだな」

ロイドはつぶやく。その声にはかすかな緊張や感嘆、あるいは警戒のようなものが混じっていた。

ああ、とウィステリアはまた短く肯定した。

眠る大竜樹の幹――うずくまる竜の背の部分――の先には天蓋のごとく枝が生い茂り、そこから黒い瘴気が一定の間隔で吐き出されている。煙突から出る煙を思わせるが、黒の中に、無数の小さなきらめきを放っている。そしてたちまち空中に霧散していく。

「大竜樹こそが瘴気を吐き出している。そして瘴気を吐き出しているということは、異変や変化は大竜樹に起因することが多いということでもある」

「……だから巡回して監視しているのか」

「監視、というほど厳密なものではないがな。濃い瘴気を求めて魔物も集まってくることが多いんだ」

ロイドは束の間、思案げに黙った。そして口を開く。

「なら、あの樹木を切り倒すか破壊するかなどして無力化すればいいのでは？」

青年の純粋な問いに、ウィステリアは頭を振った。それはかつてこの世界に来たばかりの頃の自分も考えたことだった。

「大竜樹を完全に破壊する、あるいは寿命以外で枯らせるということは難しい。それに、大竜樹こそが瘴気を司る存在だ。この世界において瘴気は環境の維持に必要なもので、一定の濃度さえ超えなければ――向こうの世界にも必要なものだ。瘴気は魔力素の源だからな」

「……仮に瘴気の放出を完全に止められたとして、今度は想定外の弊害が出る……向こうの魔力素にも影響が出て、魔法にもそれが及ぶというわけか」

「理論上はそうだ。そしてそう単純な話でもないだろう」

答えながら、ウィステリアはじっと大竜樹を見つめていた。実際、大竜樹の及ぼす影響は計り知れず、それゆえに手出しできないというほうが正しかった。そして、ウィステリアの内なる声はもっと冷めていた。

（――魔法は、そこまでして守らなければならないものなのか）

魔法の強大さ、おそろしさは体得してから身に沁みた。

それゆえにマーシアル王国にとって極めて重要な力というのもわかる。魔法を扱う他の国々にとっても。

だが向こうの世界では、それなしに生きていけないわけではない。

魔法の力を守るためという大義をそのまま受け止め、犠牲になることを受け入れられた《番人》は果たしてどれくらいいたのだろう。

ふと視線を感じ、ウィステリアは顔を上げた。

金の目と目が合う。ロイドはこちらを見つめていたようだった。

「何だ？」

「……いや」

ロイドが珍しく言葉を飲み込むような仕草を見せ、ウィステリアを小さく驚かせた。

何でもない、という答えが続く。

ウィステリアはそれを訝しんだが、ふいに直感に駆られて地上に目を戻した。ロイドの目もすぐに追う。

たちまち青年の横顔が険しくなり、その手が剣の柄にかかった。

ウィステリアもまた眉をひそめ、沈黙と共に空気が張り詰める。

地上、大竜樹のまわりの土が、まるで沸騰する湯のようにいくつも小さな隆起を生じさせた。間もなく、その穴から飛び出す異形の群れがあった。

湾曲した鋏のような巨大な牙を持つ扁平な頭部、数多の節を持つ細長い胴体。体表には硬い金属を思わせる光沢を持ち、全体的に虫に似ているが、いくつもの対の手足は魚のひれに似ている。

異形は土を穿って飛び出したかと思うと、細長い体をくねらせ、頭から土を穿ってまた潜る。さながら、水面に跳ね上がった魚が潜ってはまた飛び出すように。

「《潜魚》の群れ……かなりの数だな」

ロイドが低い声でつぶやく。

そこに強い警戒はあっても、驚きやおそれはないことにウィステリアは小さな違和感を覚えた。肝が据わっているという以上に、妙に慣れているという気がした。

記録にこそ残っているだろうが、《潜魚》が転移することは少なく、向こうの世界ではあまり見ないはずの魔物だ。

よほど魔物討伐の経験がなければ、目にしたことすらないだろう。

ロイドの武術の腕がかなりのものだというのは身をもって知っているが、それほど実戦経験があるとは――。

（……ルイニング公爵家の子息なのに？）

従軍経験もあるようなことを言っていたが、最上位の公爵家の令息としては奇妙なことだった。ましてや危険度の高い魔物相手で、更にルイニング当主の後継者であるということも考えると不自然だ。

――何か事情があるのだろうか。今になって、そんな疑問がウィステリアの頭に浮かんだ。

だが今はそんなことを考える余裕はない。

ウィステリアは目を細めて魔物の群れを見つめ、険しい顔をした。

「あの活発な動きからすると気の荒い群れだ。若いし力のある個体が集まっている。大竜樹の周りに来て、より瘴気を取り込み力を得ようとしているのかもしれない」

『イレーネ』

「わかってる」

にわかに硬さを帯びたサルティスの呼びかけに、ウィステリアは短く応じた。

ロイドが目を向ける。

「無用な戦闘は避けると言ったな。この場合は？」

「今回は別だ。あの群れにこれ以上力をつけさせると、向こうの世界へ転移される可能性がある。だから今回は相応の打撃を与えたほうがいいだろう」

師の答えに、弟子は小さく目を見張った。

「転移？　まさか、あの魔物が魔法を使うとでも？」

「そうだ。正確に言えば転移よりももっと大きな力――小さな《門》を開くのと同等の力だ」

ウィステリアが何気なく答えると、ロイドは束の間声を失った。

『ふん、何を驚いている小僧。まさか魔法が人間だけの特権だとでも？　魔力素の源が何であるのか忘れたか』

聖剣が皮肉の声をあげる。

ウィステリアはその後を引き取って続けた。

「意図……といっていいかわからないが、魔物が意図的に転移の魔法を使うこともあれば、偶発的に転移の魔法が生じてしまうという場合もある。向こうの世界に突発的に現れる、その世界に本来いないはずの異形を魔物と呼んでいるわけだが、一定の条件や環境が満たされたとき、この《未明の地》から向こうの世界へ転移しているんだ。魔法の源となるのは魔力素であり、魔力素の源は瘴気だから」

「――瘴気の満ちる世界に生きる魔物が、瘴気から魔法を使えてもおかしくはない、か」

そういうことだ、とウィステリアは短く答えた。それから、半ば無意識に浮かんだ考えを口にした。

「私と同じようにな」

瘴気から魔法を使う――それは自分も魔物も変わらない。

あるいは自分も、魔物と同じ存在なのかもしれない。

そんな考えがウィステリアの脳裏をよぎった。

だがとたん、横顔を見せていた青年が目元を強ばらせたかと思うと、ウィステリアに振り向いた。

銀色の眉根を寄せる。

「笑えない冗談だ」

「……わ、笑わせるつもりはないが」

「なら余計に質が悪い」

ロイドの声には頑なな響きがあった。

どうやらこの弟子は不快に思ったらしいと察し、ウィステリアは忙しなく瞬く。

困惑していると、一瞬、金の瞳が磨き抜かれた刃のように光った。

「――二度と、あなたのことを魔女とは呼ばない」

ウィステリアは目を見開いた。ロイドの言葉は胸を叩き、返す言葉を奪う。

だが元から答えを期待していなかったというように、ロイドは地上の魔物に目を戻した。

(な、何なんだ……？)

鼓動が乱れ、ウィステリアは振り払うように地上に目をやった。

――今さら、魔女と呼ばれて傷つくようなことはない。

なのにロイドがあまりにも真っ直ぐに口にするから、心が騒いでしまう。

気にしていない、そのはずなのに――心の脆い部分が、淡い熱に震えているような気がする。

ウィステリアは小さく頭を振り、妙な動揺を無理矢理追い払う。浮ついた考えに囚われている場合ではない。

ロイドはじっと異形の群れを見つめていた。やがてその横顔に、鋭利な微笑が浮かんだ。

「打撃を与える――つまり殲滅すればいいいんだな？」

大きな手が剣の柄にかかったまま、その体が高度を下げていくのを見て、ウィステリアは慌てて制止した。

「待て！　いきなり地上で戦おうとするな。こちらは二人しかいない――」

「援護があれば助かる」

「馬鹿者！　一人で行こうとするな！」

ウィステリアが思わず声を荒らげると、金の目が見開かれた。

ロイドは振り向き、何か言おうとして薄く唇を開く。

反発を予想してウィステリアは身構えた。が、ロイドは一つ息を吐くと、

「わかった」

と予想外に素直な反応を示した。

ウィステリアは紫の目で瞬いた。やや遅れて思い当たる。

（……さすがにこの間の一件がきいたのか）

ロイドが《浮遊》で高度を上げすぎ、あやうく墜落しかけたのはまだ記憶に新しい。自信家で不遜な青年ではあるが、まったく人の話を聞かないというわけではないようだ。

ロイドは口を開いた。

「それで、どうする？」

「……まあ、ちょうどいい。一つ、新しい魔法を君に見せよう」

意表を突かれたような顔をするロイドに、ウィステリアは少し得意になって笑った。

「サルティス、一時腰に差されてくれ」

『何⁉　無礼者め……！』

「腰に下げられるのも背負われるのもいや、そんなわがままをいつも聞いているんだぞ。君で手が塞がってるとやりづらいんだ」

サルティスの文句を聞き流しながら、ウィステリアは腰のベルトにサルティスを押し込んだ。

物言いたげな顔をするロイドに、問いを投げかける。

「魔物との戦闘が避け得ない場合、もっとも強力な攻撃方法は何だと思う？」

「……先制する、地形の有利をとって数で押す、か？」

「半分は合っている。先制と地形の有利、は正しい」

答えながら、紫の目は地上で蠢《うごめ》く魔物の群れを睥睨《へいげい》する。

そのままウィステリアは宙で半身に構えた。左手を前に突き出し、右手を引く。――ちょうど、弓矢を構えるように。

「――もう半分は？」

ロイドの視線がウィステリアのすべてをゆっくりとなぞる。その構えに、体に、横顔に。

風もないのに、下から煽られたように黒髪がふわりと靡《なび》いた。

やがて何もなかった宙に、黒曜石のようなきらめきを放つ砂状の帯が生まれる。

黒い輝きを持った帯――瘴気が、ウィステリアの肩に、両腕に絡みついてゆく。

絡みつく瘴気に、ウィステリアの体から発された紫の光が混じる。集められた瘴気とウィステリアの魔力とが溶けあい、超常の力を形成していく。

「敵の攻撃が届かない距離から、攻撃することだよ」

青年の目が見開かれる。金の瞳に、魔力の高まりを受けてひときわ輝く紫水晶の両眼が映った。

紫眼の主は構えたまま、魔法で作られた弓矢を天に向けた。

「《貫け、天弓》」

低く鋭い詠唱と同時、引き絞っていた右手を離した。

次の瞬間、凝集していた黒と紫の光が無数の矢となって天に放たれた。たちまち、弧を描いて闇色の流星のごとく地上に急降下する。

高度の分更に加速を得た魔力の矢は驟雨《しゅうう》となって《潜魚》の群れに降り注ぐ。

地上に体を出していた魔物たちは、黒と紫の雨に触れたとたん甲高い悲鳴をあげた。

細長い体に無数の穴が穿たれ、千々に砕かれ、打ち上げられた魚のように跳ねる。そして、すぐに動かなくなる。

ウィステリアは再び構え、天に第二矢を放った。立て続けに降り注ぐ矢の雨は地表ごと抉り、《潜魚》を地上に引きずり出し、ことごとく撃った。

それは的を狙い放たれる矢ではなく、定められた範囲すべてに死をもたらす魔力の豪雨だった。

一転して魔物の群れは無力な的と化す。

ウィステリアはゆっくりと構えを解き、少し乱れた呼吸を整えた。

地上に、もはや動くものはなかった。

「……さすがだ」

ロイドが短く、だが確かな熱のこもった声でつぶやく。

ウィステリアがそれに反応するより先に、腰に下がった聖剣が言った。

『ふん。この程度の力がなくては、ここで生きていくことはかなわん。怖じ気づいたか？　このように遠距離から魔法を使うのが一番効率がよく、イレーネは武芸は話にならんが魔法にはまあまあ適性がある。遠距離はイレーネの間合いだ』

「……珍しくまあまあ褒めてくれるんだな？」

『勘違いするな。よほどの無能でなければ、我が教えを受けて無力なままなどということはありえんからな！　無能ではないというだけで、お前程度の素質であってもましになるという我が教えの素晴らしさが――やめろ落とすな!!』

腰から剣を落とす振りをしながら、ウィステリアは手にサルティスを抱え直した。

「――遠距離が間合いか」

ロイドが短くつぶやく。考え込むような表情に、ウィステリアはひやりと冷たくなるものを感じた。

――サルティスの言うように、遠距離から魔法で攻撃するというのはウィステリアの得意とするところだった。

もっとも有利な状況のうちに素早く確実に敵を倒す――そうしなければ、この世界では生き残れないからだ。

だがそれは裏を返せば。

（……距離を詰められる戦いに弱い、ということでもある）

それを、ロイドは察してしまったのかもしれない。

だが、まともな体術では相手にならないことも既に知られている。

ウィステリアは小さく頭を振り、それ以上考えることをやめた。地上をもう一度うかがい、動く魔物がいないことを確かめる。

「地上に降りてみよう。《潜魚》が集まっていた以上、一応異常がないか調べておいたほうがいい。――骸につられて他の魔物が集まって来ないうちに終わらせる」

ああ、とロイドが短く答えた。

二人で地上に降り立ち、動かなくなった《潜魚》の群れを間近に見ると、ウィステリアの吐く息は重くなった。

とうに慣れたとはいえ、魔物の死体というのは進んで見たいものではない。

ロイドに目を向けると、少し離れたところで、骸の傍らに膝をついて検分していた。

やはり、血腥《ちなまぐさ》い場を見ても眉一つ動かさない。

片膝をついたまま、ロイドは顔を上げてウィステリアを見た。

「異常というのは？」

「普通の、というか平均的な《潜魚》と違う点はないか。それと周辺の状況だな。この群れを引きつけるほどの異常な瘴気が、《大竜樹》から放たれていないかどうか」

答えてから、ウィステリアも手近な骸の側で片膝を折り、観察した。

若く、平均よりやや大きい個体だが、異常なほどではない。他に特異な部位も見られない。立ち上がって数歩下がり、群れ全体を見回す。

だが全体として見てもおかしなところはない。

今度は、《大竜樹》のほうに目を向けた。際立った巨木はゆっくりと呼吸し、一定の規則で枝から瘴気を吐き出している。過剰に活動している様子でもない。肌に感じる瘴気の濃度も、量も、異常はない。

（……これまで餌場に恵まれて成長した群れ、というだけか）

ウィステリアは静かに息を吐き出す。

全身を巡っていた緊張をほんのわずかに緩めたとき——足元に、かすかな振動を感じた。

『イレーネ!!』

サルティスが叫ぶと同時、背後で大地が抉れた。

砕かれた土の破片、砂礫《されき》が舞い、視界を乱す。

振り向いたウィステリアの意識の中で時間が引き延ばされたように遅くなり——飛び出してきたものの正体を見た。

虫と魚の形態を併せ持ったような《潜魚》ではない。

もっと大きな——細長い胴体を無数の強固な鱗で覆い、巨大な一対の牙と無数の小さな牙を併せ持つ《大蛇》。目の後ろに突き出た角状の器官、左右に並んだ三対の赤い目が獲物《ウィステリア》を捉える。

ほぼ直角に開き、大小無数の牙の並ぶ二重になった口腔が一瞬で迫る。

致命的な失態。

——間に合わない。

(急所を、避け——)

躱《かわ》しさえすれば。その後に意識を保ちさえすれば。

こみあげる激痛へのおそれに体が強ばり、少しでも急所を避けようとする——。

ザッと土を擦るような音が聞こえた。

同時に、強い力でウィステリアは突き飛ばされていた。

よろめく中、銀の光が視界の端をよぎる。

そして、目を射るような刃の輝きが大蛇の口腔を横に一閃した。

とたん、巨大な口腔が裂けて体液が噴き出し、大蛇は風を裂くような悲鳴を発してのけぞる。

その隙をロイドは逃さなかった。追うように駆け、《浮遊》で大蛇の頭上まで飛び上がる。

次の瞬間、両手で握った剣で大蛇の頭から貫いた。

「ロイド!!」

大蛇は地を震わす悲鳴をあげ、頭部の異物を振り落とそうとのたうつ。

ウィステリアが両手を向けて魔法を放つより早く、ロイドは凄まじい膂力《りょりょく》で剣を引き抜いた。どっと魔物の血が噴き出し、《浮遊》で一気に離れる。

大蛇は自らの血にまみれながら、土を穿ち地中に逃れる。

ウィステリアも踵を蹴って宙に浮かび上がった。

「ロイド、離れろ！　上へ！」

魔物の血に汚れた剣を手にしたまま、空中のロイドはかすかに金の瞳を険しくした。

だが無言で高度を上げる。

ウィステリアも速度を上げて空を駆け上り、ロイドに並んだ。

高度を稼いだところで止まり、地上を見下ろす。

大地に細長い傷痕のようなものが浮かぶのは、大蛇が地中を掘削している証だった。

「――何がある？」

ウィステリアの隣で、ロイドが低く問う。

言葉では答えず、ウィステリアは無言で地上を見るよう促した。

——やがて、東の方角から地鳴りに似た音が響いてくる。

ウィステリアは両手を握り、いつでも魔法を放てるように意識した。

地鳴りに似た音は異様な速度で近づいてくる。

そうして、大地にもう一つの傷が現れた。地中で何かが蠢くことを示すそれは、先ほどの大蛇が作る痕より二回りも三回りも太く、途方もなく長い。

ウィステリアは唇を引き結び、顔を歪めた。その傍らで、ロイドがかすかに目を細めて問う。

「……あれは？」

「《大蛇》の、成体のほうだ。どちらも《潜魚》の骸に誘き寄せられたんだ」

ロイドが一瞬言葉を切った。

「先の魔物の大きさで、幼体か」

そうつぶやき、銀の眉を険しくする。

地をはしる細い掘削痕と太い掘削痕が近づき、交差する。

《潜魚》の屍の山を囲むようにして円を描きはじめた。

ふいに、大きな掘削痕が止まる。

とたん、大地が爆ぜるように大穴が開き——異形の頭部が飛び出した。

噴き出したばかりの血を思わせる紅の眼球。その目の上から飛び出した巨大な角状の器官——先ほどの大蛇と同じ造形だが、二回り以上大きい。

ウィステリアの全身がぞくりと震えた。

とほうもない大きさの大蛇は、四つの目すべてを一人の獲物に――ウィステリアに向けている。底なしの憎悪と殺意が滴る目は、だが三対あるべき器官のうち、右側の三番目と左側の二番目が潰れていた。

ウィステリアが握った手に力をこめたとき、ふいに視界の横から入り込んでくる影があった。

大蛇の視線を阻むように立つ広い背中。束ねられた銀の髪が淡く光ってなびき、その手には魔物の血を滴らせる剣がある。

ウィステリアは目を見張った。

青年の背にあるのは緊張、そして戦意だった。常より一回りも大きく見えるような背に、恐怖の気配はどこにもない。

ウィステリアが名を呼びかけたとき、ふいに大気が震えた。

大蛇は頭ごと裂くかのように巨大な口腔を開き――金属を引きちぎるような叫びをあげた。

聴覚が破壊されるような獣声が天地を揺らす。

ウィステリアは顔を歪め、とっさにロイドの腕をつかんだ。

「――っ、ロイド行こう！　今あれと戦う必要はない……！」

ロイドもまた目元を険しくしながら振り向き、それから再び地上の魔物に目を戻した。だがすぐに、ウィステリアの言葉に従って身を翻す。

空を駆けて離れて行く二人の背後を、蛇の魔物の咆哮が執拗に追った。

大蛇との因縁

耳をつんざく獣声は長く残り、頭を殴られるような痛みをもたらす。

それをかろうじて意識から締め出し、ウィステリアは《浮遊》の速度を上げて飛び続けた。ロイドは遅れずについてくる。

やがて魔物の残響が聞こえなくなったとき、ウィステリアは速度を緩め、止まった。

軽く頭を振って、ロイドを振り向く。青年の鋭利な頬に暗い緑色の液体が付着していることに気づき、息を呑んだ。

「頬に血が……怪我は⁉」

「血？　ああ、かすったか。怪我はない」

青年は億劫そうに腕で頬を拭った。乱暴に拭われた後に傷がないのを見て、ウィステリアは詰めていた息を吐く。

「他は？　大丈夫か」

「誰に言ってる。……あなたのほうこそ大丈夫か」

ウィステリアは忙しなく瞬いた。この青年から、そんな言葉が返ってくるとは思いもしなかった。

皮肉には聞こえない。ただ純粋に問うているのだろう。そのことが逆に少し恥ずかしく、また自分の失態をじわじわと思い起こさせるようで、ウィステリアは目を伏せた。

「怪我はない。油断していた――君のおかげで、助かった。ありがとう」

自分の手に目を向ける。

――あのとき、《大蛇》が飛び出してくるとは思わなかった。

（……《大蛇》が骸に引き寄せられるのは十分考えられた。なのに警戒を怠った）

強く唇を引き結ぶ。

『――気が緩んでいたか。度し難い失態だぞ』

「ああ。幼体は、地中に潜ると成体ほど派手な動きをしないから……いや、言い訳だな。得意げに《天弓》を使ってこのざまだ」

サルティスの声の険しさもいつもとは比べものにならない。油断をはっきりと責める言葉を、ウィステリアは甘んじて受けた。

この地において一度の失態は死に直結し、次こそはなどという幸運は期待できないからだ。

今回はロイドという例外があったからこそ免れた。だが――だからこそ。

（……今の私の失態は、ロイドをも危険にさらすことになる）

仮にも師であるならば――自分こそが、弟子《ロイド》を守らねばならないはずだ。

後悔と怒りを飲み込むように、ウィステリアはぎゅっと一度唇を引き結んだ。それから息を吐き出す。

「すまない。見苦しいところを見せたな」

揶揄の一つでも飛んでくることを覚悟する。

だがロイドは金の目でじっと見つめたあと、軽く肩をすくめただけだった。呆れも侮りも感じられない。

ただ戦いの高揚のためか、双眸は黄金の火のように輝きを強くしていた。

「あの魔物――《大蛇》と呼んでいるのか。あれは、向こうの世界では見たことがない。あの大きさ……もし、向こうの世界に転移するようなことがあれば……」

低くなったロイドの声に、ウィステリアは頭を振った。

「いや。《大蛇》が転移したことはない。向こうの世界の記録にはなかったし、こちらで私の見た限りでもそうだ。向こうの世界への転移には魔物であろうとも相当な力が必要となる。転移に使う魔力は魔物の大きさに比例するんだ。《大蛇》ほどの大きさとなれば、そうそう転移は使えないのだと思う」

ロイドが納得したような声をもらす。だがふいに、物言いたげな目をしてウィステリアを見た。

「成体のほうの《大蛇》は……特にあなたに敵意を向けているようだった。討伐しないのか？」

――討伐できないのか。

声なき声が、そう問いかけてくるようだった。

ウィステリアは一度だけ鈍く瞬いて、瞼の裏をよぎった記憶をやりすごした。

腕の中で、サルティスが鼻で嗤った。

『弱いものほどよく吼《ほ》えるな、小僧。お前は敵の性質も知らず、戦いを挑んで勝てると思う愚か者か。

実にめでたい頭だ』

「――論点をすり替えるな。私は師匠の力を侮っていない。師匠の力ならあれも倒せるのではないかと思っただけだ」

ロイドは顔を歪めて聖剣を睨んだ。

その言葉にウィステリアは軽く意表を突かれる。

（……認めてくれているのか）

失態を演じた手前、素直に喜びきれずに苦い笑いがこぼれた。

冷ややかに聖剣を睨んでいたロイドは、目元に険しさを残したままウィステリアを見た。

「……ということは、まともに戦うと苦戦するような相手ということか」

「そうだ。《大蛇》は魔法に対する耐性がとても高い。全身を覆う鱗状のものの性質なのか、魔法で攻撃してもほとんど効かない。あの成体のほうの個体は特にそれが顕著だ。――幼体のほうが襲ってきたとき、君はとっさに反応したのだろうが、剣のみで斬り伏せたのはとても有効だった」

それは自分にはできない――胸の内で、ウィステリアはそう続けた。

「成体のほうとは、前に一度戦った。追い込みはしたが……止めを刺す前に逃げられた。私もかなり消耗して追いかけられなかった。《大蛇》は脱皮を繰り返して再生と成長を繰り返す。目以外はあの通り全快――むしろ体は一回りは大きくなってるな」

金の目がかすかに見開かれた。

「……あの二つ潰れた目は、あなたが負わせた深傷の痕か」

『ふん。倒しきれなかった未熟の証、の間違いだろうが』

サルティスが毒づき、ウィステリアは鞘ごとぐっと握って黙らせた。

「《大蛇》は獲物に対して強い執着を示す。君は目をつけられないようにしてくれ。私はもう仕方ないが」

「狙われるようになった原因があるのか？」

何気ないロイドの問いに、だがウィステリアはわずかの間言葉に詰まった。

一つ溜め息をついてから、口を開く。

「昔……、ある魔物を飼育していたことがある。向こうの世界で犬猫を飼うように」

「魔物を？」

ロイドの声には、疑念と驚愕が等しく入り交じっていた。

「魔物と一言にいっても、種類によって傾向も違えば、同じ種類でも個体ごとに性質も違う。それは向こうの世界の生き物も同じだろう。私が飼っていたのは大人しい魔物で……猫より一回り大きいぐらいのものだった。姿も少し似ていたな。まあ、同居人がこのサルトだけじゃ無聊を慰めるのも無理があるだろう」

『無礼の極みだぞ!!　我という無二にして奇跡そのものたる同居者を得ておきながら……!!』

「――で、よく懐いてくれて、外へ行くにも連れ回していた」

『おいイレーネ!!　ぬぉっ!?』

ウィステリアは喚き散らす聖剣を逆さまに持っていったん黙らせると、軽口の余韻を駆って、平淡な口調で続けた。

「あの《大蛇》に遭遇して、あの子は殺されてしまった。私の不注意と力不足だった」

ロイドは黙って聞いていた。あるいは判断がつきかねていたのかもしれない。――愛玩動物の死を、その程度でと軽く見る貴人は少なくない。

「……あなたが飼っていた魔物が、狙われたと？」

意図的に狙われたのかと、ロイドは言外に問うてくる。

ああ、とウィステリアは無意識に低い声で答えた。思い出すと、まだ吐き気がこみあげてくるような気がする。そして、目の前が暗くなるあの感覚までもが蘇る。

――いつものように一緒に外に出て、少し離れた隙に全ては手遅れになっていた。

戻って来たとき、あの猫に似た動物はもう生きてはいなかった。

「……もっと近くに他の獲物がいたにもかかわらず、あいつはあの子を狙ったんだ。捕食のためならまだ生物として理解できないでもない。だが、あいつは痛めつけて殺したあと……一欠片も口にはいれなかった。私が戻ってきたとき、あいつはあの子の亡骸をただ弄《もてあそ》んでいた」

――殺戮者の頭部には、小さな裂傷があった。

おそらくあの子が抵抗したのだとウィステリアは後から気づいた。

「《大蛇》は好奇心が強い。見覚えのない獲物には強い興味を示す。――あいつの本来の獲物は、私のほうだったのだろう。だがそれが叶わないから、私が飼っていた魔物のほうを狙ったんだ」

ずっと一緒にいた生き物の無残な姿を見た時、ウィステリアは凍りついた。

――そして骸を咥えていた《大蛇》はゆっくりと振り向いてウィステリアを見た。

そして確かに、蛇に似た魔物は目を細めて嗤った。

ただの魔物ではない。

あの《大蛇》には狡猾な知性も、悪意や憎悪といった感情までも備わっているように思えた。

腹の底からこみあげる後悔と怒りに、ウィステリアは手を握って堪える。

「……私はあいつと戦った――だが仕留めきれなかったし、結果としてあいつは復讐心を燃やし、余計に追ってくるようになった」

吐き出した息が重く澱む。

ウィステリアは脳裏から幻影を追い払い、弟子となった青年の金の目を見た。

「ロイド、君は今より強くなるだろう。もっと魔法が使えるようになり、剣技とあわせて一層強くなる。だが……《大蛇》との、特に成体との戦闘は避けてくれ。決して戦おうとするな。あれは、他の魔物とはまるで違う。そして〝ディグラ〟からは絶対に逃げろ」

形の良い銀の眉がひそめられ、ディグラ、とロイドは訝しげにその名を反芻する。

ああ、とウィステリアは幾分か低い声で答えた。

「――いま話した、四眼の《大蛇》の名だ。他の《大蛇》と識別するためにそう呼んでいる」

青年の唇が薄く開き、反論の気配を感じ取ってウィステリアは頭を振った。

「これに関しては譲らない」

言葉を聞く前に、そう遮った。

ロイドはかすかに眉根を寄せた。だが師の態度に察したのか、強く息を吐いたあと、

「――了解」

短く、それだけ言った。

強さの意味を

枯れた巨木の頂上をすり抜け、住居に戻る。

ロイドと共にウィステリアは居間の床を踏み、抱えていたサルティスをテーブルにいったん置いた。何気なくロイドに振り向いたとき、目に飛び込んだものに息を呑んだ。

「その傷……!!」

黒い上着の左脇腹のあたりが横に裂けていた。

ウィステリアは一瞬硬直し、ざあっと血の気がひいた。

当のロイドは、軽く腕を上げて自分の脇腹を見下ろす。

「これか？　大したことな――っ、おい!?」

衝撃のまま、ウィステリアはとっさにロイドの服をつかんでいた。

前で閉じていたボタンをもどかしく外し、両手を差し入れてぐいと左右に開く。

下に着ていたシャツまで裂けていた。

「おい！　っ待て……!!」

制止するような声を無視し、ウィステリアはシャツをまくりあげた。

肌を確かめると、うっすらと斜めの形に筋肉の浮かぶ脇腹が、薄く裂けて赤い筋をつくっている。

ウィステリアはぎゅっと唇を引き結び、無意識に眉根を寄せた。じっと傷を見る。

観察する限り、深い傷ではないようだった。毒を浴びた痕もない。かすかに緊張が緩む。

それでも、シャツをつかむ手に力がこもった。

（……私の失態だ）

不意を衝いて襲ってきた幼体の《大蛇》が負わせたものだろう。自分を助けるためにロイドはよく反応して戦った。だが、それでも無傷というわけにはいかなかったのだ。

（深傷でなかったのは……運に恵まれた）

傷を見つめたまま歯噛みするウィステリアの手首に、大きな手が触れた。

袖越しにも淡い熱を感じる手だった。

「かすっただけだ。傷というほどのものじゃない」

自信家の青年らしく、何もなかったというように淡々と言う。

だが今のウィステリアにはやけに優しく聞こえ、それだけ自分の迂闊さを悔いた。

手首に触れていた大きな手が、軽く力をこめて引く。

指が傷に触れ、ウィステリアはびくりと手を震わせた。

「――不安なら、確かめたらいい」

静かな、だがよく通る声が頭上から降る。

ウィステリアは落ち着きなく瞬いた。それから、何か不可解な力に誘われたように――ゆっくりと指先を青年の脇腹に這わせた。傷に触れないように、その周りをたどる。

指先に、熱く硬い弾力がかえる。自分とはまったく違う体に、ウィステリアは純粋な驚きを覚えた。

彫刻のように引き締まった脇の表面に触れると、ウィステリアの指は周りの皮膚よりも白く、浮かび上がって見える。

金の瞳は、手を触れさせたまま固まる黒い頭を見下ろす。

ふ、とかすかに笑うような吐息を感じて、ウィステリアははっとした。

「なんだ。やっぱりあなたは私の裸に興味」

「てっ、手当てするぞ！　かすり傷であっても放置してはいけない！」

「……」

『ハッ！　小僧の裸なんぞに誰も興味などないわ。自惚れも甚だしい！』

聖剣が尊大に嗤うと、ロイドは射殺すような目でサルティスを睨む。

慌てて手を離したウィステリアだけが、居間の木の棚に向かっていた。

傷の簡単な清拭《せいしき》と手当てを済ませ、ウィステリアは薬箱を閉じた。本人の言う通り、軽く拭って自然治癒に任せても問題ないものだった。

他に傷がないことも確認し、ウィステリアはようやく長い安堵の息を吐く。

「……心配性だな」

まくりあげていたシャツの裾を下ろし、上着を着直しながらロイドは呆れとも揶揄ともつかぬ調子でこぼす。

ウィステリアが口を開きかけると、テーブルの上に横たえられた聖剣がすかさず遮った。

『見た目こそこうだが大年増だからな！　子供相手なら余計に要らん世話を焼きたがる。無鉄砲で愚かな子供に、年甲斐もなく有頂天になって迂闊な年増、ある意味で似合いというやつかもしれん』

「……サルト、君はそろそろ聖剣じゃなくて喧《かまびす》しい鶏の本性が現れたりするんじゃないか？　もっとも、鶏は声が大きいが無害なので君より大分可愛らしいが」

『なっ、無礼だぞイレーネ‼』

ウィステリアはやや鼻息荒くサルティスに言い返してから、ため息を吐いて落ち着きを取り戻した。

「《未明の地》では臆病なくらいに注意深いほうがいい。少しの傷であっても、瘴気の作用で思わぬ悪化をすることもある。君は私のように耐性があるわけではないからな」

ロイドは一度瞬きをしてウィステリアを見つめ、了解、と軽く肩をすくめて言った。その後で、テーブルにたてかけていた自分の剣を手にとり、静かに鞘を払う。

ウィステリアから布を受け取ると、刃をゆっくりと拭い始めた。

慣れた、それでいて丁寧な動作で手入れする姿を見つめているうちに、ウィステリアは思わずつぶやいていた。

「君は……強いな」

ロイドの手が止まり、目が上がる。どういう意味か、と無言の問いを投げかけてくる。

「その剣技にしても魔法にしても、貴公子というより、騎士のようだ。いや、ようだではなく本物だな。素質に恵まれただけではなく、かなり鍛えたんだろう。特に魔物の討伐は、普通の騎士よりも力量を必要とされるはずだ」

恵まれたことを知った上で、たゆまぬ鍛錬を積んだとわかる体つき、動きをしていた。見かけないはずの魔物を前にしても臆する様子がなく、それが虚栄にも見えない。

垣間見える傲慢さは、実力に裏打ちされた自信の表れとも言える。

ロイドによく似たブライトの、理想の貴公子と謳われた優雅な姿を知っている分だけ、ウィステリアには不思議だった。

いくら求婚の証とはいえ、《未明の地》に赴いて聖剣サルティスを回収しようとするなど、あまりにも無謀で危険すぎる。

「なぜ、そこまでする?」

――輝かしい将来が約束されているルイニング公爵家の嫡子という身でなぜそこまで力を求めるのか。なぜ、冒さなくていい危険を冒そうとするのか。

ロイドはじっとウィステリアを見返した。

――静かにこちらを探る、狼のような目だった。それも群れから離れた、若く孤独な狼だ。

やがてその瞳が数度瞬き、ロイドは言った。

「意味を知りたいからだ」

「――意味？」

ロイドは剣に目を戻し、ゆっくりと刃に布を滑らせる。

「力を持って生まれた意味だ。物心ついたときには、この体にはたいそうな素質があると周りに言われていた。私は歴代のルイニングの中でもかなり魔法適性が高いらしい」

平淡な声で語られた言葉に、ウィステリアはひそかに息を呑んだ。

ロイドが、魔法の素質にも優れているのは感じていた。だが、ルイニングの中でも屈指というほどとは――。

（……なんと皮肉な）

――一切の魔法が使えなかった〝異端〟の父から生まれたのが、著しく魔法の才に恵まれた息子とは。

ロイドは淡々と続けた。

「剣の師に出会ったのは、力の意義を考えはじめた頃だった。師は騎士くずれで、まともな騎士や師範からはほど遠いところにいる男だったが、実力は確かで、一つだけ徹底していた。いつも〝真を持て〟と言っていた」

「……真？」

耳慣れぬ言葉に聞き返すと、ああ、とロイドは短く答え、続けた。

「自分を支えるもの……自分だけの大義、己自身で見出した価値、のようなものらしい。強大な力は、真がなければ無意味だと」

ウィステリアは目を見開いた。

「なら、私にこの力が授けられた意味は何だ？　何を理由にして、どんな意味を持てばいい？　わかったことといえば、私が何をしようと周りの反応が固定され、勝手な思い込みを招くというだけだ。血筋や才能というのは実に便利な言葉だ」

ロイドの声に、かすかな鋭さがまじった。その鋭さは特定の誰かに向けられたものではなく、だがウィステリアにも突き刺さるものだった。

――才あるもの。素質。

そう言ったものを羨み、ロイドに対して無意識に思い込みを抱いていた。

生まれ持ったがゆえにロイド自身が疑問を持ち、意味を求めている――そんなことを、想像すらしなかった。

――それでも、才や素質というものに傲《おご》って考えることをしなければ、ロイド自身悩むことはなかったはずだ。何のための力なのかなどと考えなければ、理解されない孤独も知らずに済んだだろう。

「……別に、望んで生まれ持ったわけじゃない。だが、それは私と他を隔てる大きな要素であることは事実だ。魔法などなくてもいい、重要ではないと言われれば余計に考えたくもなる」

青年の言葉に、そして口元に浮かんだ自嘲にウィステリアは胸を突かれた。

ロイドの自嘲の意味が、静かに浸透してくる。

――奥底に沈めた遠い記憶の一欠片が蘇ってくる。

『君は本当に、遠慮がなくて面白いな……！　私に魔法がなくてよかった、なんてまともに言うのは君だけだよ』

『な、なによ！　私は別に、魔法があろうがなかろうが、あなたの人間性の問題だと言いたいのであって！』

小さな破片が肌をかすめたような、一瞬の痛みを感じた。

（ロザリー……）

魔法が使えないブライトをありのままに受け入れ、腫れ物に触るような扱いはしなかった。

それは自分にはない勇気で、だからこそブライトもロザリーを選んだのだろう。

——だがそれは、ロイドにとってはどんな意味を持つのか。ロザリーは、ロイドにどんなふうに接したのだろう。

ウィステリアは唇を閉ざした。この胸にうずまく仄暗い気持ちが何なのか、知りたくなかった。

「私のこの体質は魔物と戦うためか。あるいはマーシアルの脅威となる敵国から王族と民を守る剣の一振りとなるためか。無辜《むこ》の、名も顔も知らぬ多くの人々に仕えるための力なのか」

磨かれてゆく剣の刃を、金の瞳が見つめる。その刃に、水鏡のように青年の顔が映り込む。

ロイドは一度、口を閉ざした。

束の間の無言の中、ウィステリアは声にならない声を聞いたような気がした。深いところから滲み出したような共感が、胸の中に波紋を広げていく。

（……望んで得たものじゃない）

ロイドの才能と同じように、この身に備わった瘴気への耐性も。

――どれだけ美々しい大義を掲げられても、完璧な正論を並べたてられても。

「……その仰々しい大義に、君は自分の意味を見出せなかったんだな」

ああ、と短い答えがあった。

主の姿を映し出す冷たい刃を見つめながら、ロイドは続けた。

「かといって、立ち止まったところで答えが……剣の師が言った〝真〟とやらが見つかるわけでもない。だから、自分を試したいんだ。どこまでやれるのか、どこまでいけるのか」

――自分が自分であることの意味、自分に力が授かったことの意味を、得られるまで。

ウィステリアには、そんな声なき言葉まで聞こえたような気がした。

刃を見つめていた目が、静かに持ち上がった。

「あなたも」

金色の光が飛び込んでくるような感覚に、ウィステリアは一瞬動きを止める。

「あなたがここへ来たのは、追放も同義だと記録されていた。だがそれは冤罪なんだろう。にもかかわらず、こうして前例のない番人として役目を果たし続けている。それができるのは――あなたの中に、何か大義があるからか？」

淡白な、だが真っ直ぐな問い。予想外の問いかけに、ウィステリアはすぐには答えられなかった。追及を避けるために、何か話が逸れるような言葉を返すべきなのか。あるいはただ頭を振ればいいのか。

惑う間に、ロイドは自ら答えを見つけたようだった。

「あなたも――大義のために《番人》になったのではないんだな」

静かに、だが確信するような口調で青年は言う。

ウィステリアは動けなかった。

真っ直ぐにこちらを見つめる姿に、過去のブライトが一瞬重なる。

ぐらりと青年の姿が揺れて見える。ウィステリアは一度強く目を閉じ、開いた。幻影は風に吹かれたように消え、ロイドの姿に焦点を結んだ。

「ああ」

短く、それだけ答えた。

大義などどこにもない。

――あのとき、ブライトの懇願がなければ。選ばれた生贄がロザリーでなければ。ラファティ夫妻が慟哭していなければ。

彼らを想っていなければ、きっと。

ウィステリアは目を上げて宙を見つめ、こみあげた感情を強く押し戻した。重く、深く――暗い水底へ、沈めて蓋をする。

無言の内に、それ以上の追及は拒んでロイドから目を逸らす。

(意味、か……)

ロイドの孤独をわずかに理解したように感じる一方で、そこまで真っ直ぐでいられるのが少し眩しくもあった。

そのあまりの真っ直ぐさが、突き進む強さが、時に危うさをも感じさせるのだろうか。――あるいは、頑ななまでのひたむきさは、どこかブライトに通ずるものさえあった。

ウィステリアはゆっくりと瞬いてロイドを見た。

「きっと君は……真新しい画布のようなものだ。なんでも吸収できる」

ロイドが、一瞬虚を衝かれたように動きを止める。

ウィステリアは少しおどけて肩をすくめてみせた。

「サルトはやれないが、魔法という土産はできる限り持って帰るといい。何せ私の魔法は向こうの世界のものとは違うからな。サルトの直伝でもあるし、意欲はむろん、受ける側に相応の素質が必要だ。歴代のルイニングでも指折りといわれるほどの素質ならば不足はない」

意識して軽い声で言ったあと、時に傲慢だが純粋さをも持った青年に淡く微笑した。

「君なら――君だからこそ、多くを獲得できるだろう」

――そしてそれが、意味を見出すための助けになるといい。

胸の内でだけ、その言葉を続けた。

答えはなく、代わりに金色の目が見開かれるのをウィステリアは見た。

その反応に少し気恥ずかしくなり、さて、と誤魔化すように言って薬箱を持って離れようとする。

だが動けなくなった。骨張った大きな手に腕をつかまれ、驚いて振り向く。

ウィステリアは忙しなく瞬いた。

「どうした？　他に手当てが必要か？」

ロイドと目が合う。絡み合った瞳の中で小さく揺らぐ光を見つけ、ウィステリアは息を呑んだ。

つかんでくる手の熱さを、急に意識する。

長い銀色の睫毛の下、ただこちらを見つめる金の目に射貫かれ、ウィステリアは戸惑った。

「ロイド……？」

――なぜ、こんな目で見つめるのか。

ロイド自身も言葉を探しあぐねるかのように、言葉はない。なのに息が詰まるほど直接的に、奇妙な熱を帯びて見つめてくる。

つかんだまま、その親指がゆっくりとウィステリアの腕を撫で、

『何をしている小僧』

貫くような聖剣の声に、動きが止まった。

その声の思わぬ厳しさは、ウィステリアをもはっとさせた。

ロイドの手がするりと離れ、サルティスに顔を向ける。

『ふん、黙って聞いていれば、カビでも生えそうな湿気た話ではないか！　聞くに堪えん愚痴だな！　ごちゃごちゃ考えたところで無駄だ。つまるところ、お前は信念も情熱も持たぬまま、雑魚なりに不相応な力を持て余しているというだけではないか!!』

黙っていた分、まくしたてるように聖剣は大きな声で毒づく。

ロイドの眉がたちまち険しくなり、かと思うと、ハッと吐き捨てた。

「そもそも主がいなければ自分で移動すらもできない聖剣殿に、そんなご大層な説教を食らうとはな」

『馬鹿め！　だからこそ精神は誰よりも高潔！　誰よりも何よりも高尚な信念と情熱と理想を持っているのだ。貴様のような未熟者にはない遥か高みの視点だぞ！』

「その結果、真の主とやらを得られず何百年経った？　それとももっとか？　かびくさい宝物倉庫に眠ることになってまでご立派なことだ」

『我が強靭なる忍耐と精神の賜物だ、讃えるがいい！　貴様のような、生まれて二十数年程度の取るにたらん存在ごときには到底耐えられまい。理想と信念に殉じる高潔さ、崇高さ、身震いして涙しろ小僧！』

「……なあ師匠。聖剣ってやつはさぞかし頑丈なんだろうな。一回ぐらい岩を殴ったり高いところから落としたりしても問題ないんじゃないか」

「あー、いや、それはちょっと……」

『ばっ馬鹿者、裏切るつもりかイレーネ⁉　ちゃんと我を守れ‼』

ウィステリアは小さく声を漏らして笑った。

饒舌な剣を睨みつける青年と挑発的な口論をふっかける聖剣とを横目に、薬箱を棚に戻す。棚を整理する振りをして、しばらく顔を隠していた。

（気を、引き締めないと）

――つかまれた場所がほのかな熱を帯びている。奇妙な視線にあてられたせいかもしれない。落ちつけ、と揺れる自分に言い聞かせる。

ロイドは甥で、弟子で、自分は彼の保護者であり師だ。

それ以外の何ものでもない。

挿話　白薔薇の憂鬱

その日は、マーシアル王家の第三王女アイリーン・シェリル＝マーシアルにとって少なくない緊張を必要とした。

〝マーシアルの白薔薇〟と謳われるアイリーンは、国内の貴顕《きけん》はむろん、外国からの賓客対応にも慣れており、臆することなどほとんどない。強く意識せずとも、誇り高い王女の姿を完璧に体現する。だが今回はそのどれとも異なり、幾度となく経験した私的なことであるにもかかわらず、気を緩めることはできなかった。

艶やかで長い亜麻色の髪をいつも以上に丁寧に梳《と》かせ、上半分だけまとめておろす。化粧は薄くし、元の美しさに自信があることを主張させる。何より、アイリーンの内なる強い意思を表す新緑色の目がよく目立つようにした。

そうして、アイリーンは王宮内のいつもの一室――遊戯室の、窓際の席に座って相手を待った。大きなテーブルの上には白と黒でわけられた盤と駒が並んで、向かいの椅子に相手が座ることになっている。

着席した王女より数歩下がったところで侍女が静かに立っていた。

その侍女はやがて音もなく主に近づき、ささやいた。

「王太子殿下がいらっしゃいました」

アイリーンは腰を上げた。間もなく遊戯室の扉が開き、待ち人が現れる。

「お兄様」

アイリーンはドレスを軽くつまみ、優雅に腰を落として頭を垂れた。

異性の大半が感嘆する姫君の姿にも、王太子であるイライアス・コンラッド＝マーシアルは軽く手を上げて応じただけで、すぐにアイリーンの向かいの席に腰を下ろした。

アイリーンもまた静かに自分の席につく。緑の目だけをかすかに動かし、実兄の様子をうかがった。

二十二歳を迎えるマーシアルの王太子は、比較的整った顔立ちをしている。だが顔色はどこか青白く、顎や頬の尖った線は痩せた印象を与えることが多い。

アイリーンより明るい金褐色の短い髪も、余計に線の細い印象を強くするのかもしれなかった。

だがこの兄が見た目ほど繊細な人間ではないことを、アイリーンは他のどの兄弟姉妹よりも知悉《ちしつ》していた。

王太子は黒の駒を、第三王女は白の駒を取り上げ、互いに盤に目を落とす。既存のものを変形させた、二人だけの盤上遊戯だった。

両者の侍従は距離を置いて壁際に直立不動し、物言わぬ置物と化す。

空気がぴんと張り詰めたとき、それが開始の合図だった。

先攻はアイリーンだった。白い駒が優雅に盤の上に立つ。

「思ったより落ち着いているようだな」

天候を評するかのように、無造作にイライアスは言った。

アイリーンもまた短く「はい」と答える。

「案じるようなことなどございませんわ」

「存外、冷めたことを言う。最もお前の夫となりうる可能性の高い男だろう」

イライアスの黒い駒が置かれる。

薄情を詰るようにも聞こえる言葉とは裏腹に、王太子の声にはほとんど感情がなかった。

アイリーンは白い指で再び己の駒を取り上げると、ゆっくりと薔薇が開くように微笑した。

「だからこそ、ですわ。この程度で倒れるようなら、わたくしの伴侶たりうる資格などありませんし」

――他の求婚者たちと同様に。

緑の目は盤上に向けたまま、だがアイリーンの脳裏には跪く銀髪の男の姿が浮かんでいた。射るようにこちらを見る、狩人じみた金色の双眸までもが。

(今更わたくしを裏切るような真似はしない――そうよね、ロイド・アレン)

再びイライアスが黒の駒を持ち上げる。王太子の目もまた、アイリーンを見ることはなかった。

「あの男を信用しているということか。あるいはただの願望か？」

冷淡な声の中にかすかな侮りの響きを感じ、アイリーンの胸に怒りが滲んだ。

――恋愛に狂った女の浅はかな思い込み。軽率な娘の頑固な狂信。

兄の中では、そんなふうに捉えられているのだろう。

それでも、アイリーンは姉妹たちの中では一番まともに相手にされていた。

こんなふうに月に一度は、戯れとはいえ盤遊戯の相手を務めているのだから。

「十分に予想しえた状況ですわ。もちろんこういったことは想定していましたし、心構えもあります。それゆえにあの人はまだ帰ってこないだけとわかっているのです」

持ち上げた白い駒を、少し大きく音をたてて盤の上に置いた。

アイリーンの脳裏に、とても魔法研究機関の長の一人とは思えぬ男の顔と声が蘇る。

予定を過ぎてもロイド・アレン＝ルイニングが《未明の地》から帰還しない。

そのことを、《門》を開いた責任者の一人である男を呼びつけて極めて冷静に問いただした。

呆れるほど無粋な眼鏡の奥、やや眠たげな目をした冴えない男――ベンジャミン＝ラブラはわずかに言い淀む様子を見せながらも答えた。

『……万一に備え、合図はもう一種類送られるようにしてあります。仮にですが……志半ばでロイド・アレン殿が倒れ、帰還がかなわなくなったときは、二つ目の合図が発動し……』

――つまり、ロイドが《未明の地》で命を落とした時には、帰還のそれとは異なるもう一つの合図が送られるはずだという。

(ならば、ロイドはまだ死んでいない)

アイリーンにとって、その答えだけで十分だった。

――瘴気や活動の限界であるとか、ありえないなどとうめくラブラの態度はただ見苦しいものとしか思えなかった。

ロイドの死を意味する証がない。

それならば生きている。何らかの理由があって向こうに留まっている。それだけのことだ。

アイリーンは白くほっそりした指を組んだ。その指はこれまであらゆる異性から熱を帯びた吐息とともに口づけを受け、近年は外国の賓客と銀髪の貴公子にだけ許している指だった。

「ルイニング公の後継者である以上に、ロイド・アレンはわたくしの騎士です。わたくしに仕える第一の騎士となるために戦い続けているに違いありませんわ。それに、魔物ならロイドの得意とする敵です」

確信を持って、アイリーンは言った。――浅はかな思い込みなどではない。兄の軽蔑するような妄想の類では決してない。ロイドがこれまで目覚ましい戦績をあげてきたのは事実だ。

そして何よりも――あの御前試合で目が合った日に、運命の歯車は回りはじめたのだ。

黄金の目に、自分を求める光があることをアイリーンは知った。

これまで向けられたどんな熱情とも、浅ましい欲望とも違う。

誰よりもためらいなく直視し、迷いなく手を伸ばしてくる男だった。

情熱というには冷たく、打算というには甘すぎる。

それが、誰にも心を傾けない理想の恋人などと皮肉すらこめて言われる男の在り方なのだとアイリーンは悟った。

――それを理解できないから、ほとんどの女はロイドから離れてゆくのだろう。

(わたくしは違う)

矜持を持ってアイリーンはそう確信していた。

他の女と自分は違う。生まれたときからそうなのだ。そしてそれをロイドも理解しているはずだ。

（わたくしたちは、そうなる運命なのだから）

他のどんな男も自分に釣り合わなかった。同様に、ロイドには他のどんな女も釣り合わなかったのだ。

ロイドが真に跪いたのは自分に対してだけだとアイリーンは知っている。跪かせるに値する相手が自分しかいないからだ。

アイリーンの黙考を、黒い駒が盤上に立つ音が破った。

白の駒が一つ取られ、代わりに黒の駒が置かれている。

「……お前のために、か」

王太子の少し血色の悪い唇が、冷笑の形に歪んだ。

「お前はあの男の〝真〟になりうるか？」

嘲り、挑発するような響き。そこにかすかな哀れみさえまじるのをアイリーンは感じ取る。

それゆえに、余計に怒りが増した。

――姉妹のことごとくを浅はかと見下すこの兄に哀れまれるなど、侮辱でしかない。

だがその怒りは、アイリーンの確信をも深めた。

そして今度は自分が兄を嗤いそうになるのを、淑女の微笑で覆い隠した。

「またそれですの、お兄様」

「お前にはまだわからないのか。あの男の虚ろさに気づかぬ愚か者のなんと多いことか」

アイリーンは礼儀正しく沈黙した。そして新たな白の駒を動かす。

――虚ろ。それはこの兄であり王太子である人が、幾度か口にしてきた表現だった。

「お前も、多くの愚かな女も浅はかな男共も、あの男の表層に惑わされている」

「ルイニング公譲りの容姿や血筋を抜きにしても、ロイドの能力は確かですわ、お兄様」

思わずアイリーンは口を挟んだ。

口答えされて不快に思ったのか、イライアスの目元が歪む。だがすぐに、薄氷じみた冷ややかな笑いに変わった。

「やはりお前も浅はかだな」

吐き捨てるような口調に、アイリーンはかっとなる。それすら軽蔑するように、王太子は続けた。

「容姿のことではない。あの男は、真のない虚像だ。過ぎた器をもてあまし、形だけの模範をなぞっている空の器――」

イライアスの声が低く、怒りを滲ませたものに変わる。

「それだけならまだ構わん。問題は、その空の器は、魔物の群れ相手に騎士共が壊滅しても一人生き延びるということだ。闇に魔物の奇襲を受けて仲間が潰走する中、一人夜明けまで息を潜め、剣も鎧も魔物の血で染め上げて敵を討ち取ってくる。腰抜けばかりとはいえ宮廷魔術師が怖じ気づく敵でも、己の剣と魔法のみで討ち取りにいく蛮勇。己を取り巻くものが見えぬかのように死をおそれず、名誉も報酬も求めない――」

アイリーンはかすかに息を呑んだ。

兄の言わんとしていることがわからなかった。否。これではただ、ロイドの武勇を賞賛しているようにしか聞こえない。

絶望的な戦況に陥ってもなお冷静さを失わず、一人で魔物を討ち取る――それを勇猛と言わずして何とするのか。蛮勇などと評するのは、それこそ私情がすぎるように思えた。

それが表情に出たのか、イライアスは凍てつくような目でアイリーンを射貫いた。

「刃の切っ先を定める真がない。にもかかわらずその刃はまだ研がれる余地がある。――そのことの意味が、わからないのか？」

アイリーンは束の間、無言の間を置いた。じわりと胸の内に反発がわく。

「……ロイドの武勇が、王家に害をなすのではと心配なさっていますの？」

ようやく答えを絞り出すと、イライアスの冷えた視線がかすかに動いた。

否定は返ってこない。しかし、愚かなものを見るような目が変わることはなかった。

「現ルイニング公は、お兄様に対しても忠誠が厚いとうかがっていますが」

アイリーンは小さく首を傾げ、無垢に訊ねる姿を装った。

長い歴史の中でも、ルイニング公爵家とマーシアル王家の関係は、おおむね良好な状態で続いている。

現ルイニング公ブライトと国王も例外ではなく、ブライトは先代から引き継いだ人脈を更に強化し、王太子との関係にもよく配慮していると聞いていた。

ロイドは、そのブライトの息子だ。父子の関係が険悪という話は聞いていない。

そういったことを言外にほのめかす言葉だったが、イライアスの冷ややかさは変わらなかった。

（ロイドは、王家に逆心を抱いたりなどしない）

アイリーンは胸の内でそうつぶやいた。理由がない。――まして、自分という存在がいるのだから。

イライアスは考えすぎなのだ。

本来、ルイニングは魔法の素質に優れているといえど、武の素質に恵まれているわけではなかった。王家の脅威になるほどの武力は持たないということが、良好な関係を維持できる大きな理由の一つだった。だがその次期当主が武の才にも恵まれているということが、次期国王たる兄には懸念となるのだろうか。

（でも、それなら今のうちに飼い馴らせばいいだけのことだわ）

ロイドが、王太子に対して不興を買ったという話は聞かない。ただイライアスが一方的に忌み嫌っているのだ。その原因は――。

（お兄様は、ロイドに嫉妬なさっている）

年がほぼ同じであることも手伝い、どうしても意識せざるをえない部分があるのではないかとアイリーンは思う。

ロイドは血筋にくわえ、父譲りの容姿を持ち、頭脳も明晰であり、生半可な騎士では及ばぬほどの高い身体能力と魔法をも備えている。魔法と剣術を組み合わせた戦い方をすると、ロイド一人でゆうに一個小隊に匹敵するという。

ルイニングの最高傑作とまで言われるのは、そのためだ。

ロイドが己に自信を持つのは当然のことで、むしろ必然だった。能力からすれば、傲慢な態度など咎める理由にはならない。

過ぎた器などというのは、それこそロイドの能力を妬んだような言い方だ。

まして、真がないだの、空の器などというのは。

冷たい苛立ちや反発を、アイリーンは一度だけひそやかに息を吐いてやりすごした。

そうして、たおやかな微笑の仮面を強く被り直す。

「……お兄様の仰るように、ロイドに真がなかったとしても」

優雅に、盤上の白い駒に手を伸ばす。持ち上げ、黒の駒を一つ討ち取った。

「わたくしがそれになりますわ。わたくしが、ロイドという器を満たし、楔《くさび》となります」

アイリーンは兄の目を見つめ、断言した。自分がロイドにとってそのような存在であることを疑わなかった。

イライアスは束の間、無表情だった。やがて色の薄い唇が鋭利な弧を描く。

「あの男が生還したなら——そのときは、お前があの男を飼い馴らすことを願っている。切にな。これ以上、あの空の器に力をつけさせるな」

次の黒い駒が、白の駒を討ち取った。間もなく、盤上に決着が訪れた。

王太子の退室を見送ったあとも、アイリーンはしばらく、白と黒の入り乱れる盤を漫然と眺めていた。

だがどれだけ眺めても、結果はいつもと変わらない。一度たりとも、あの兄に勝てたことはないのだ。

(遅いわよ、ロイド)

——早く帰ってきなさい。

胸の内でそう続け、アイリーンは眉をひそめる。待たせるのはこちらにのみ許された権利で、王女である自分を待たせるなどと不敬も甚だしい。

(約束したのだから)

アイリーンはかすかに震える唇を噛んだ。不安など覚えていない。自分は他の女と違う。

——あの男が生還したら。

兄の無感動な口調が、遅効性の毒のように胸に滲んでくる。

(……こんなところで、終わるような男ではないわ)

盤の上を苛立ちのままにかき混ぜる。

白も黒も入り乱れて等しく倒れる中——ふいに黒の女王の駒が目に飛び込み、アイリーンの脳裏に暗い影を立ち上らせた。

それは顔もわからぬ、漠然と人の形をした影だった。

聖剣サルティスをかの異界に運び去った罪人であり、黒の魔女と呼ばれる女。

生きているはずはない。だが異形となっているかもしれず、極めて可能性が低いとはいえ、ロイドの前に立ちはだかるかもしれないと、あの冴えない魔法研究長が言っていた。

白い指が黒の女王を拾い上げる。

(――ロイドが負けるはずがない)
そうして、傷一つない指は静かに黒の女王を握りしめた。

二章◆かわるもの、かわらないもの

幼い夏の記憶

——あれは、幼い夏の日のことだった。

避暑地で過ごした、鮮やかな緑と白く輝く陽射しに彩られた過去。

ウィステリアもロザリーも、まだ令嬢というよりは子供で、ブライトも少年と呼ぶべき年で、ただ無邪気に親交を持てた束の間の時間だった。

ある日、ラファティ夫人は二人の娘にこう言って聞かせた。

『あの方はね、ルイニング公爵のご子息なの。とても優しくて面倒見がよくて、気の良い方よ。二人と、いいお友達になってくれるでしょう。でも、できるだけ失礼のないようにね』

優しくそう諭され、全てを理解できないまでも、ウィステリアはうなずいた。隣にいた幼いロザリーは不思議そうな顔をしていた。

幼心にも、ウィステリアはあのブライトという少年は他とは違うらしいということを理解した。

実際、幼いブライトは小さな太陽だった。

人懐こく活発で、年頃の少年にありがちな意地や見栄はなく、名門の貴公子でありながら傲慢なところがなかった。

小さなロザリーには膝を折って目線を合わせながら笑い、人見知りするたちであったウィステリアにも屈託なく話しかけた。

『君は妹の面倒を見てあげているんだね。えらいな』

心底感心したようにブライトに言われ、幼いウィステリアは少し驚き、それから誇らしいような気持ちになった。

ずっと幼かったロザリーは、ウィステリアよりも早くブライトに打ち解けた。

公爵家の令息という存在が幼いロザリーにはよく理解できず、自分より大きく優しい性格のブライトは他と同じ大人のように思えたのだろう。

夏にヴァテュエ伯爵家が向かう避暑地は、閑静で景観がよく、ルイニング公爵家の別荘も近くにあった。更に別荘の周りには小さな森があった。

他に娯楽もなく、ウィステリアとロザリーは、乳母や使用人と共にしばしば森の入り口を探索した。

そこへブライトが加わると、ロザリーはすぐに遊んでとねだった。

『うーん、何して遊ぼうか。ウィスは？　何がいい？』

ロザリーの手を握っていたウィステリアは、話を振られて目を丸くした。

いつもは小さいロザリーの手を引いて、森の入り口付近をなんとなく歩き回るだけだったのだ。遊ぶというより、目を離すとすぐどこかへ行ってしまう小さな妹の手を離さずにいるのが精一杯だった。

ロザリーの乳母をつとめた女性が常に姉妹に同行していたが、活発なロザリーに振り切られてしまうときがあり、いつしかウィステリアは乳母と一緒になって妹の面倒を見るようになっていた。

『ウィステリアは賢くて、いい子ね。ロザリーはまだ小さいから、一緒にいてあげてね』

養母はそう言って、ウィステリアの頭を撫でた。以来、ウィステリアは片時もロザリーから目を離すまいとした。

――けれど、今はこの年上の少年がいる。

だから、いいだろうか。

『じゃあ……じゃあ、隠れんぼをしてみたい。ここは、隠れる場所がたくさんあるから！』

――この森を見たとき、隠れて遊ぶのに最適なのではないかと思っていたのだ。

ブライトは大きな金の目を見開いたあと、ぱっと辺りを照らすような笑みを浮かべた。

『いいね！　迷わないように、行ける場所を決めてやってみよう』

同行していた使用人たちは困惑し、できれば止めたいという気配を漂わせた。

だが公爵家の令息の決めたことにはっきりと反対できる者はいなかった。


ウィステリアは早く早くと息を弾ませて走り、いい隠れ場所をようやく見つけて止まった。そうして振り向き、紫の目を見開いた。

『ロザリー……？』

手を繋ぎ、ついてきているはずの妹の姿がなかった。

――目の前が真っ暗になる。世界が止まったような気がした。

『ロザリー……、ロザリーっ⁉』

ウィステリアは悲鳴のように何度も妹の名を呼んだ。周りにあるのはむせかえるような緑だけで、鮮やかな桃色のドレスを着た小さな妹はどこにも見当たらない。

ロザリーと一緒に隠れるつもりで、ずっと手を繋いでいた——そのはずだった。

なのに今、温かく小さな妹の手はなく、ひどく冷たい。

ウィステリアは何度もロザリーの名を呼びながら、ほとんど恐慌状態に陥って来た道を戻った。

迷わないようにと覚えていたはずの目印も、道順も何もかもわからなくなっていた。

決して、目を離してはいけなかった。

——自分がロザリーを守らないといけないのに。

(どうしよう……どうしよう!!)

もし、ロザリーをこのまま見つけられなかったら。

ロザリーとこのまま会えなくなってしまったら。

全身から血の気が引いていく。あまりにも怖くて、おそろしくて、喉が震えた。

(私のせい……)

隠れんぼがしたいなんて言ったから。

——お母様も悲しむ。お父様も。怒られる。失望される。

えらいねと褒めてくれた、あの太陽のような少年にも。

ウィステリアはがむしゃらに走った。

声をあげながら走って、転びかけた。すぐ息があがって、横腹が痛くなると歩く。痛みが薄らぐとまた走る。

狂ったように、妹の名前だけを呼びつづけた。

まとわりつくドレスの裾が邪魔で、草や枝葉にこすれて瞬く間に汚れた。

もう自分がどこにいるのか、どこに向かっているのかさえわからない。

やがて、木々の間から射し込む光が弱くなりはじめた。夏の陽はゆっくりと、だが確実に落ちはじめていた。

ロザリーと呼ぶ声に答えるものはない。甲高い声の反響が、別の生き物の叫びのように不気味に歪んで響く。

立ち上がる力さえも尽き果て、ウィステリアはその場にしゃがみこんだ。

『う、うえ……っ』

堪えていたものが一気に決壊し、嗚咽が喉をついた。体を震わせ、声をあげて泣いた。両手を目に当てても、涙はとめどなく溢れて喉を圧迫した。

――やがて遠くから声が聞こえてきた。誰かを呼んでいるような声。反響し、歪み、誰のものとも獣のものともわからない。

ロザリーを呼ぶ自分の声の残響かもしれない。もっと別の誰か、あるいはおそろしい魔物が、自分を嗤っているのかもしれない――。

何かが、土を踏んで背後から近づいて来る。

ウィステリアは強く目を閉じ、震えて泣きじゃくる。

振り向けない。怖くて悲しくて、疲れて、もう一歩も動けない――。

『ウィス――ウィステリア！　君か？　そこにいるの⁉』

強く、鮮やかな人の声がしてウィステリアはびくっと体を揺らした。

瞬く間に近づく足音におそるおそる振り向く。

濡れた目に、森の影を受けても明るい銀の髪と輝く黄金の目が見えた。

『見つけた！　大丈夫？　怪我をしたのか⁉』

ブライトは驚いた表情で駆け寄り、ウィステリアの前で膝を折った。

ウィステリアはくしゃりと顔を歪めた。

『ろ、ロザリーがっ……離れちゃっ……、手が……！』

堰《せき》を切ったように嗚咽するばかりで、まともな言葉が出てこない。だがブライトは問い詰めることも厳しい顔をみせることもなく、優しくウィステリアの腕に触れた。

『大丈夫、ロザリーはもう見つけたよ。君を捜してたんだ。さあ、帰ろう』

ウィステリアは濡れた目を大きく見開き、ひくっ、と喉を震わせた。

『歩ける？』

ウィステリアは頭を振った。

わかった、とブライトが答え、両手を差し伸べてくる。おずおずとウィステリアが手を伸ばし、触れると、ブライトは前屈みになっていきなりウィステリアを横抱きにした。

ウィステリアは小さく悲鳴をあげ、とっさに少年の首にしがみつく。

ブライトは少しよろめきながら、軽く揺すり上げるようにしてウィステリアを抱き直した。そのまま、歩き出す。

『遅くなってごめん。僕がもっと気をつけるべきだった』

『でも、あの、ロザリーは……』

泣きじゃくった興奮と混乱とで、ウィステリアは反射的にそう返していた。

——ロザリーから目を離してはいけない。自分が守らなければいけなかったのに。

噛み合わない答えにも、少年は、うん、と優しく返した。

『いいんだ。君だってまだ小さい。ロザリーと一緒に、守ってあげなくちゃいけない』

ウィステリアは濡れた目を瞬かせた。

——ロザリーと一緒に。守られる。

それは考えてもみないことだった。

『でも、私は姉で……』

『そうだね、でも君だってまだ子供だよ。僕のほうが年上だし』

少しだけ背伸びを感じさせる声で、ブライトは言った。

だがそのときのウィステリアには、間近に見る年上の少年の顔がかつてないほど頼もしく大人に見えた。抱き上げてくれる腕は温かく、じわりと恐怖が解けていった。

ブライトに抱えられてウィステリアが戻ると、ロザリーは無邪気に喜んで駆け寄った。青ざめた顔の使用人たちは安堵のあまり膝から崩れ落ち、涙する者もいた。

その後、事情を知ったルイニング公爵夫妻とヴァテュエ伯爵夫妻もまた大いに驚いたという。

ウィステリアは養親に叱られることを怖れ、首をすくめてうつむいた。しかしラファティ夫人から優しく抱きしめられたとき、再び声をあげて泣いた。

――心配させないで。危ないことはしないでちょうだい。

優しくそう諭されれば、反省の念は余計に強くなった。

やはり我がままなど言うべきではなかったと後悔が胸をよぎる。

（私が、もっとしっかりしなくちゃ。ロザリーを守らなくちゃ）

ウィステリアは強く、そう思った。

ブライトが公爵夫妻から叱られたらしいと知ったのはその後のことだった。

ウィステリアは驚き、萎縮した。――そもそも、自分が隠れんぼをしたいなどと言ったせいだ。

責められることを予想しながら、ブライトに会いに行った。

『ごめんなさい……』

うつむいてそう言うと、ブライトは不思議そうな顔をした。

『どうして謝るんだ？　君は何も悪いことなどしていないよ』

『わ、私が、隠れんぼをしたいなんて言ったから……』

『ええ!?』

快活な少年は心から驚いたような顔をした。

それに、とウィステリアは消え入りそうな声でこぼした。

『ロザリーとはぐれちゃったし、私、迷子になっちゃったから……』

ブライトが捜しにきてくれた。つまり彼に迷惑をかけたのだということは、幼いウィステリアにもわかった。

公爵家のご令息。失礼のないように。

養母の言葉がようやくおぼろげに理解できた。

この少年はとても高貴な人で、とても優しい。——だからこういった迷惑をかけてはいけない相手なのだ。

少年の明るい瞳を、失望や苛立ちで曇らせたくない。軽やかな呼び声を損ないたくない。

『ごめんなさい。私がわがまま言ったから……』

消え入りそうな声で言うと、ウィス、と少年は驚いたように呼んだ。

うつむくウィステリアと目を合わせるように、片膝を折って下から覗き込んだ。

『気にしないで。僕はそうすべきだと思ったからそうしたんだ。僕は年上で君より背が高いし、力も体力もある。だから、僕が君もロザリーも守るべきだったんだ。力がある者の義務ってやつだ』

優しく笑いながら、年上の少年は言う。そこには温厚な養親とは違う、弾けるような力強さが漲っていた。

ウィステリアは立ち尽くした。そのとき胸いっぱいに広がった震えるような感動を、後になってもずっと忘れられなかった。

年を重ね、やがて紳士淑女と呼ばれるようになっても、ブライトが差し伸べてくれる手は変わらなかった。

――守れる力があるからと、何の見返りも求めずに。

彼は完璧で、何にも汚されない強い光そのものに見えた。

けれどその光に影を落とす唯一のものがあることを、やがて知った。

『ルイニングは魔法を使えることを当然とした家系。そのご嫡子たる者が使えないのでは、不便という言葉では済まされないでしょう。ご本人が気にしていないなどとは思えない』

『――魔法なくしてはルイニングの出来損ないにすぎぬ、と』

ブライトを嗤い、ただ一つの弱点をついて貶めようとする悪意。

魔法の欠如。気にしていないと笑うブライトに、だがウィステリアは確かな翳《かげ》りを見たような気がした。

(私も、あなたを守りたい)

力も地位も名誉も到底及ばない、けれど自分にだけできることがある。

――瘴気への耐性。魔法との関わり。魔法の研究。

そこにあったのは、少しでも彼に並び立てる自分になりたいという私欲。

同時に、ブライトの憂いを取り除く唯一の手段だとも思っていた。

『君は、すごいな』

あの夜会の日、目を細めてまぶしそうに、どこか苦しそうに彼は言った。

(そんな顔をしないで)

私が、あなたを守る。

いつかきっと、あなたに落ちる影を――。

背負うべきもの

寝台の端に腰掛けたウィステリアの口から、深く澱むような溜め息がこぼれた。

（……感傷的すぎるな）

長い夢を見たあげく、目覚めてもやけに生々しく覚えており、決していい気分とは言えなかった。

とりあえず体を起こしたはいいものの、記憶の名残に引きずられて立ち上がる気力がわかない。

「……昔のことをよく思い出すということは、年かな、サルト」

『何だ今更？　まあその陰気な顔は実に年寄りくさいが』

「ああ、その点、君はいいな。そもそも顔自体がないわけだから表情も何もない」

『浅慮の極みだぞ、イレーネ！　感情すなわち顔ではない！　我ほど感情が豊かで高尚な精神の持ち主はおらんぞ。そもそも人間など遥かに超越した存在なのであり……』

尊大な聖剣の言葉を半分聞き流しながら、ウィステリアは上体を傾けて両手に目を埋めた。

（……ああいう後悔は久しぶりだったから、思い出すのか）

ロイドの怪我を見たときの、血の気が引く感覚。

幼かったロザリーを見失ったときの恐怖。あの日の後悔。妹を守らなければという張り詰めるような責任感。ブライトが差し伸べてくれた手の心強さと温かさ。

守らなければ――守りたいという焦燥にも似た思い。

そんなものはずっと忘れていたのに。

（番人になったことで、そういうものは終わったはずなのに）

ウィステリアの唇から乾いた自嘲がこぼれた。思い描いたような形ではなかったにしろ、自分が番人になったことで守れたものもあったはずで、それで終わりになったはずだった。

（もう……何も考えなくていいはずなのに）

強く、目を閉じる。

――ロイドはかつて守りたいと強く願った人と同じ顔をして、同じ血を引いている。

守れるほどの力がないなら、側に置くべきではない。

ディグラに小さな同居者を殺されたとき、その事実は仇への憎悪と喪失の痛みと共にウィステリアに焼き付いた。

だから――側に置くなら、守れるだけの力が必要だ。

ウィステリアは深く、深く溜め息をついた。

（しっかりしろ、ウィステリア・イレーネ。ここでロイドを守れるのは私だけだ）

――今の自分には、それができる力があるのだから。

目元を覆っていた手を滑り落とす。もう一度ゆっくりと深呼吸してから、ウィステリアはようやく立ち上がった。あまり寝すごすわけにもいかない。

寝台横の椅子に腰掛け、いつものように何気なく鏡を見ると、黒い睫毛の下に紫色の双眸を持つ女がいた。

紅はおろか白粉を塗ることもなく、唇の色の薄さや肌の青白さが目立つ。小さな皺やしみ一つなく、二十年以上も変わらない顔が鏡の向こうから見返している。

そのことの意味を考えないようにし、髪を梳かし、束ね、着替える。そうして寝室を出た。

ウィステリアが居間に出たとき、見計らったかのように天井から舞い降りるものがあった。

逞しい体を包む黒い上着の裾がなびき、左半身にかけられた碧の外套が翻《ひるがえ》る。長靴の先が床に触れた。

ウィステリアは大きく目を見張った。

当人――ロイドは静かに床に着地し、右腕にものを抱えたまま師に目を向けた。

「おはよう。今日は少し起床が遅いな？」

「お、お、おおおおは……、いや！　どこに！　どこへ⁉」

「……落ち着け。朝帰りしたわけでもあるまいし」

ロイドは唇の端をかすかに持ち上げて言った。挑発的だとウィステリアが訝しんだのは一瞬で、すぐに疑問と焦りに変わった。

「朝帰り⁉　徹夜で外を徘徊していたんじゃないだろうな⁉　早朝から外へ行ったわけか！　一人で⁉」

「……」

——わざとかそれ、とロイドは独り言のようにつぶやく。

すぐに一つ溜め息をつき、

「これは必要なものだろう？」

そう言って、手にしていたものをテーブルに置いた。

ウィステリアはようやくそちらに意識を向け、ロイドが持ってきたものを認識した。

うっすらと橙色に染まった、ススキに似た植物の束だった。食べられる柔らかい繊維が詰まっていて、パンの代わりになるものの一つだった。

——備蓄分がなくなり、そろそろ調達に行かなくてはと思っていたことをいつのまにか見抜かれていたらしい。

「そ、それは助かる……が、一人で外に行くのは危ないだろう！　私のいないところで《浮遊》を——」

「採取地点まで遠くないし、《浮遊》も《反射》も及第点をもらったはずだが？」

「だっ、だからと言ってだな！　外には魔物も——」

「知っている。最初に周囲を見て魔物がいないことを確認した。それにあなたの言う通り、帯剣して外に出た」

ロイドは淡々と反論した。その腰には、言葉通りに剣があった。

しかし、となおも言い募ろうとするウィステリアを、月に似た瞳が静かに射た。

「師匠。私は、あなたに守られないといけない人間じゃない」

抑えた、けれど強い声にウィステリアは息を止めた。

ぐらりと視界が一瞬揺れる。

――胸の奥が、奇妙なほど震えた。今朝見た夢の名残が、共鳴しているようだった。

言葉を返そうと唇を震わせたウィステリアを、ロイドは静かに遮った。

「自分の身は自分で守る。それが出来ずに死んだなら、その程度というだけだ」

「な……っ、あのな！　ここは《未明の地》だ！　向こうの戦場ともまったく違う！　君がどれほど優れた戦士であろうと――」

「ここが危険な異界であることは知っている。覚悟の上で来た。何があろうとあなたの責任じゃない」

金の目は鋭利な輝きを帯びる。その鋭さは冷ややかで強く、どこか突き放すようでもあった。

ウィステリアは束の間、その目に呑まれた。傲慢さ、反抗心――そのどれとも異なり、そのどれにも似ているような、強固な何か。

だがこちらを侮っているわけでも、軽んじているわけでもないことは不思議とわかった。

だから何を意味するのかがわからなくて、言葉を失う。

目を逸らさず、ロイドは告げた。

「あなたがそこまで背負う必要はない。背負われるつもりもない」

とたん、ウィステリアはこめかみを打たれたような衝撃を感じた。

背負う必要はない。

一瞬、拒絶されているのかとさえ錯覚する。なのに、真っ直ぐに見つめてくる黄金の目には、あの決して消えぬ火が燃えている。

その火が肌を伝ってウィステリアを熱し、ぐらりと揺らした。

（どうして……）

なぜ。だって、自分が。瘴気に耐えられる自分が、番人になって魔法を使えるようになった自分が守らないといけない。それだけの力がある。そうしないとまた彼は傷ついてしまうかもしれない。命を脅かされてしまうかもしれない。

――でも。ああ。

ロイドは、ブライトではない。

剣を持ち、魔法を使い、魔物相手に眉一つ動かさずに切り払う。それだけの強さがある。

そんなことを今さら意識して、ウィスステリアはますます動揺した。

なぜ、こんなにうろたえるのか、ロイドの言葉にこんなに心が乱されるのかわからなかった。

声を失った師をどう見たのか、青年は軽く肩をすくめた。

「私はあなたに弟子入りしたんだ。はじめはどうしても手間をかける。その分、雑用だろうが雑魚払いの剣だろうが、好きに私を使え。それも鍛錬だ」

言葉とは裏腹に、その態度は堂々として臆するところがなかった。

呆然としていたウィステリアは徐々にその意味を理解する。ロイドは武芸を磨くにあたり、騎士見習いのようなこともしてきたのだろう。ならば、見習いとして雑用をこなすことには案外抵抗がないのかもしれない。

——こちらが思った以上に、師として認めてくれているのか。

気位の高い青年とは思っていたが、柔軟性や礼節を重んじるところも持ち合わせているらしかった。

じわりとくすぐったさのようなものを覚え、ウィステリアの体はようやく解けた。張り詰めていたものが淡い熱に変わる。

「……謙虚なことを言っているわりに、態度が大きくないか？」

「媚を売るつもりはないからな。雑用と言っても、無意味なことや低俗な嫌がらせは受け付けない。食材に関しては、私はあなたの倍は消費してる。自分で補充するのが当然だろう」

尊大に腕を組むロイドに、ウィステリアは今度こそ噴き出した。確かに、この青年がどんな雑用でも素直に引き受けるところなど想像もできなかった。

「せっかく君がいやがりそうな雑用を言いつけてやろうと思ったのに」

言いながら、思わずくすくすと笑い声がこぼれた。

金の目がその姿を見つめ、わずかに細められる。

「あなたには無理だ。そういうことができる人じゃない」

ぽつりと、ロイドはこぼした。

その言葉の率直さと思わぬ柔らかさに、ウィステリアは意表を突かれる。

——あまりに予想外の響きのせいで、頬が熱くなった。

「な、なんだ。意外に信用してくれているんだな。あ、おだててもサルトはやらないぞ」

「……別に、そういうつもりじゃない」

世辞でもない、とロイドは淡々とした声でつぶやく。だが銀の片眉はかすかに上がり、それがまるで拗ねているような表情に見えた。

——素直な感情を疑われた、と不服を表明するかのように。

それで、ウィステリアはますます気恥ずかしくなってしまった。


以後、ウィステリアの日々は更に変化しはじめた。

これまで、この地で使える労働力といえば自分か、対価を払って一部の魔物に代わってもらうくらいだった。雑用は一人でこなすのが基本だった。自分以外の誰かに代わってもらうことも頼ることもできなかった。

だが、ロイドの存在がそれを変えた。

雑用として使えと言った日からしばらく、ロイドは戦闘や魔法のこと以外に興味を示すようになった。家の中でのウィステリアの暮らしぶりや、自分の使用する家具紛いや衣類、室内などをじっと観察する。備蓄してある食糧を手にとって、ひっくり返して眺める。

そうして、質問する。

「……これはどうやって出来ている？」

「ん？　ああ、そこにある草とこの枝で——」

魔法以外の質問に首を傾げながら、ウィステリアは率直に答えた。

原料がどこで採取できるのかという問いもあった。

それから少しすると、しばしばロイドは単身外へ出るようになった。すぐに戻ると告げて、ウィステリアの制止を振り払い、戻ってくるときには必ず何かを手にしていた。

食材や日用品の原料などは、ウィステリアが頼む前にロイド自身が察して調達してくるようになった。

ウィステリアが不足に気づく前に補充されていることもあり、こんなに多く溜めておいただろうか、などと首をひねり、ようやくロイドによるものだと気づくことが何度かあった。

ロイドの観察眼や飲み込みの早さは、武芸に限ったことではないらしい。

ウィステリアは感心し、思わずぽつりとつぶやいた。

「……君は、濃《こま》やかなところがあるんだな」

よく気がつき、さりげなく行動する。そこには嫌みも、恩着せがましいところもない。

ウィステリアの言葉に、ロイドはややおどけたように肩をすくめるだけだった。少々気障なその仕草も、憎らしいほど様になっていた。

（……そもそも、彼は御曹司か）

感心とも呆れともつかぬ念を抱きながら、ウィステリアは改めて気づいた。

際立った武の才能に意識が向くが、ロイドは正真正銘の公爵家の令息である。

地位や華やかな見目にくわえ、この濃やかさがあれば、高貴なご令嬢からどう思われるかは察するに難しくない。王女の婚約者となるのも、当然の流れであったのかもしれない。

やがて、こまごまとした日常のことは任せるようになってしまった。

（……自分以外に一人いるだけで、こんなに違うのか……）

これまでは《大竜樹》の巡回に加え、採取調達などの雑務で一日が終わるということが少なくなかった。時に《大竜樹》の巡回すら行けなくなるということも多かった。余計なことを考えなくて済むという意味では悪くなかったが、単調な繰り返しで、倦《う》むことが多いのも事実だった。

だがロイドが雑務の少なくない部分を肩代わりしてくれるようになると、はっきりと時間の余裕ができた。できることが増え、余白の時間さえ生じた。

同時に、新しい魔法を一つずつロイドに教えることもしていた。

「私を案じるなら、一刻も早く一つでも多くの魔法を教えてくれ。そうすれば身を守れる。あなたの不安も解消できてとても効率がいいだろう？」

ロイドは涼やかな顔でそんなことを言った。

（……なんだか都合良く利用されている気がするが）

ウィステリアは自信家な弟子の顔をじとりと睨みつつ、移動や、最低限の防御に関する魔法を優先的に教えていった。

——そんなふうに余裕が生まれたからか、ウィステリアはふと気づいた。

むしろ、真っ先に考えるべきことであった。

「熱烈な愛情の証としてふさわしいものってなんだと思う、サルト」

『は？』

一言えば十も二十も皮肉交じりに返してくる聖剣が、このときばかりは意表を突かれたようだった。

ウィステリアはサルティスを抱えながら腕を組み、宙に静止していた。

《大竜樹》の見回りの途中でのことだった。遠い位置の大竜樹であるため、《転移》をまだ使えないロイドは同行させていない。

『いきなり何だ。何に求愛するつもりだ。魔物か？　はっ！　お、お前、まさかついに我に――』

「冗談にしてもさすがに興醒めだぞ。ロイドのことだよ」

『……おい、そちらのほうが激烈に興醒めではないか。あの小僧が何だ』

むっと拗ねたような声を出す聖剣に、ウィステリアは呆れのため息を吐いた。

「だから、王女殿下への証立てに他の方法はないかということだよ。ロイドは君を求めてここへ来たわけだが、考えてみれば証立てができれば聖剣サルティスでなくてもいいわけだろう。代わりとなるもの、ふさわしい別のものがあれば、決闘紛いのことなどしなくても穏便に彼を帰すことができる。彼の目的を達成した上でな」

『馬鹿め！　我ほど崇高で希少で世紀の傑作にして唯一無二たるものはない！　代わるものなどあるわけなかろう！』

「……じゃあ君、ロイドのものになってやるのか？」

『我は安くないぞ愚か者!!』

ウィステリアはまた息を吐いた。口を閉ざし、しばらく考え込む。

ややあって、声量を落としたサルティスが言った。

『……やむをえん。英雄たる証は、常人ではかなわぬ難敵を倒すこと、というものであることが多い』

「難敵を倒す……？」

ウィステリアは目を瞬かせた。

『簡潔かつ明白であろう。強力な魔物を、人目のあるところで倒す。もしくはその魔物を倒したと証明できるような遺物を提示する。卓抜した戦士であると示せば、たいていのものを黙らせられる。相手が王族の娘だろうが変わらん。むしろ安易に喜ぶであろう』

「不敬だぞ。が、なるほどな……。少々雑なようだが、明白な分、説得力もある。高貴な姫君のために剣を振るい、英雄となった騎士の話は数多くある。強力な魔物か……」

つぶやいてから、ウィステリアの脳裏にあの巨大な蛇の姿が浮かびあがった。だがすぐに頭を振る。——あの魔物とロイドを戦わせるつもりはない。

「難しいな。この地で倒すとなると、まず人目は望めない。となると向こうの人々が知っている強力な魔物をここで倒して、その遺骸を持ち帰るという形が現実的だと思うが……」

『であろうな。まあ、そこまで我が考えてやる必要はない。小僧本人に聞けばよかろう』

いかにも億劫そうな聖剣に、ウィステリアは眉をひそめた。誰のせいで、ととっさに言いかけたが、実際に反論できなかったのは、ちくりと胸を刺されたように感じたからだった。

サルティスの言う通りで、こんなところで相談しなくとも、ロイド本人に聞いてしまえばいい。

——だが、それを躊躇《ためら》うのは。

（さすがに、素直に答えるとは思えないし……）

出会った当初よりかなり態度が軟化したとはいえ、ロイドは意志が強い。

この異界の地に来てサルティスを回収しようとしたのも、求婚のためという理由のほかに、自分の力を使って成したいという強い理由があるのだ。外でもない、ロイド自身の口から聞いたことだった。

そして本人の言う通り、聖剣サルティスは希少性という意味でも無二の存在で代えがきかない。代用が思い浮かばないのに交渉するのは難しい。ロイドを翻意させられるだけの強い根拠を、ウィステリアは用意できない。

どれだけ言葉を飾り立てたところで、サルティスがいないと心理的に困るからという理由でしかないのだ。それは強い感情ではあっても、必然性という意味では弱い。相手の哀れみや情けに訴えかけるような形になってしまう。

ロイド相手には特に、同情や憐憫を誘って利用するようなことはしたくなかった。

――それに。

(他の手段が見つかれば……ここに留まる理由はなくなる)

サルティスを欲し、真の主と認められるためにロイドはここに留まっている。だが求婚の証が他のもので代えがきくとなれば、この地に留まる理由はなくなるのだ。

そう考えたとたん、ウィステリアは躊躇を覚えてしまった。くしゃりと前髪をつかむ。

(……だめだな、これは)

一刻も早く追い返したい――そう思っていたはずなのに、今、その気持ちがひどく揺らいでいる。

ロイドはいずれ向こうに帰る。だがそれが、今日や明日でなければいいと思ってしまっている。

（――一人でないことの楽さを、覚えてしまったからだ）

苦い思いで、自分の中の感情にそう言い訳をする。

ずっと一人でいたのに、サルティス以外の誰かが側にいることなど考えもしなかったのに――。

自分でも気づかぬほど、他人の存在に餓えていたのかもしれない。その先に出会ったただ一人が、よりによってブライトとロザリーの息子というのは、運命というものの皮肉さえ感じる。

ウィステリアは頭を振って、湿った感傷を追い払った。

（――ロイドは向こうへ帰る。ロイドを待つ家族も、いずれ妻となる人もいるんだ）

こんな生活は、一時の夢のようなものにすぎない。

冷静にそう考えたはずなのに、すうっと目の前に一枚膜をかけられたように世界が薄暗くなった。

挿話　お前がお前自身の手綱を握るために

「ロイド。お前には枷が必要だ」

熱気のこもった鍛錬場から中庭に出ると、青空の下、常に陽気な男が珍しく真顔でそう言った。

十五歳のロイドは顔をしかめた。またこの男が修行と称して支離滅裂な難題を押しつけてくるのではないかと思ったからだ。

「いきなり何ですか」

「うむ。世界で一番強い剣士は俺だが、お前は最終的にその次の次の次くらいには強くなるだろう」

「……おれが、四番目に甘んじる人間だとでも？」

「お前のそういうところな！　いかにも青臭いガキ！　世間知らず！　ちょっと魔法が使えるからっておこがましい！」

ロイドは無表情を保った。だが師がにやりと笑ったので、どうやら反発が顔に出てしまったらしいと悟った。

「ま、俺の次の次の次くらいに強くなれるまでに〝真〟となるべきものを見つけられりゃいいんだけどな」

何度目かわからぬその台詞が男の口から飛び出す。

――またそれかと思い、ロイドは今度ははっきりと顔を歪めた。

いつもは、三日前に口にした教えですら「そんなこと言ったか？」などと目を丸くするような男が、これぱかりは変わらず口にする。

「〝真〟ってのは一生懸けて追い求めていくもんで、途中で変わることも、死ぬまで見つかんねぇこともある。……けどな、力を持った奴は、早いとこ見つけなくちゃいけねえ。力を無意味な暴力にしねえために」

わかっていると答える代わりに、ロイドは肩をすくめた。すると唐突に師の手が伸び、頭をつかまれそうになったのを寸前で躱した。

生意気な、と師が不満の声をもらし、いかにも不機嫌な顔になる。

「お前は何もわかっちゃいねえ。お前みたいに、なまじ色んなもの持ってる奴は厄介だ。いいか、〝真〟を強く追い求めろ。そんで、見つかるまで自分に枷をつけろ」

「……だから、何なのですか。その枷というのは」

「自分を律し、縛れってことだ。そうだな……いっそいま決めちまうか。お前、人との約束を守るほうか？」

ええ、とロイドは短く答えた。特別意識してはこなかったが、人との約束や契約の類を破ったことはない。

「そうか。なら、自分と他人に約束したことは必ず守れ。一切の例外なく、違えるな。破るな。お前がお前自身の手綱を握るためにそうするんだ」

ロイドはかすかに顔をしかめた。迂闊に師の言うことを聞き入れるとろくなことにならないと学んでいる。あるいはこの後に無理難題を切り出すための伏線ではないかと思った。無茶な雑用を約束させられるような――。

唐突に、ロイドの肌は粟立った。無数の針で刺されるような感覚に、即座に背後へ跳んで距離を取る。

音がすると同時に、目の前で剣が土に突き立っていた。

その鈍色の刃の向こう、別人のように冷徹な表情をした男がいた。

「――誓え。自分と他人に約束したことは必ず守りぬくと」

剣術の師と仰ぐ男の顔には、日頃の陽気さや剽軽《ひょうきん》さは欠片もなかった。

代わりに荒い、鋭い石の刃を思わせる目が射る。

ロイドは息を詰めた。背に冷たいものが張りついている。

――だが自分が怯えていると自覚したとたん、憎悪のような激情がこみあげた。

この自分が臆病や恐怖を抱くことなどあってはならない。顔を歪め、奥歯を噛んで師を睨み返す。

(一体、何なんだ)

声にはならなかった。呼吸すら憚られるような空気の中、言葉のやり取りをする余裕はない。

挑まれている。――試されている。

こちらを睥睨する眼差しは、お前にできるのかと問うている。

ロイドは強く手を握った。足に力をこめ、刺すような視線を正面から受けて口を開いた。

「わかりました」

そう告げ、飛び退いた距離の分、前へ出た。

「自分自身に課した制約、他人と交わした約束――それを、必ず守ります」

挑み返すように、宣言する。

男は殺気を帯びた目を向けたまま、しばらく動かなかった。互いに退かず、急所を探り合う獣のように睨み合い――やがて、男のほうがそれを解いた。

一変して、師はからりと明るい笑顔になる。

「ならいい。枷ってのは、その分自分を強くもする。そんな悪いもんでもねえんだ」

「……師匠はどんな枷を自分に課したのですか」

ロイドが眉をひそめながら問うと、師はいかにも芝居じみて片眉を上げる仕草をした。本当に可愛げねえな、と不満めいたつぶやきをこぼして、言う。

「できるだけ相手を殺《や》らない。殺すより、死なない程度に叩くほうがかなり骨が折れるからな。……ま、結局は意味がなかったが」

「意味がなかった？」

「お前、本当に可愛げのないガキだな！　少しは遠慮とか配慮というものを知れ」

ロイドが怯まず先を待っていると、男は頭の後ろをかいた。

「俺は選ばれなかった。あの野郎、本当に見る目がねえ。だからまあ、ずっとひとりなんだろうさ」

師はそれきり、ロイドの追及の言葉に答えなかった。

〝あの野郎〟と男が呼んだものが、主を選ぶ聖剣のことだったと知ったのは、だいぶ後になってからだった。

三章◆正気のままでいられるとでも

共闘

　空から見る《未明の地》の大地は、基本的に凹凸が少なく動くものがあまりない。暗い色をでたらめに撒いたような土や奇怪な植物がぽつぽつと現れるばかりで、地形としては荒野に近い。たまに見える巨大な突出物は《大竜樹》で、その周りに動く影があれば魔物だった。

「師匠、あれは？」

　すぐ背後からそう声をかけられ、ウィステリアは振り向いた。ロイドを伴い、《大竜樹》の観察に赴く途中のことだった。

　空に静止したロイドは地上に目を向け、指である一点を示している。

　その先にあるものは、薄青の花を持つ植物の群生だった。その地点だけ、大地の中で青く輝いている。この《未明の地》において、大竜樹以外に目立つ植物というのは珍しい。

「ああ。《青百合》だな。これも私が勝手にそう呼んでるものだが。百合に似た形をした植物だ。なかなか綺麗な花だ」

「……毒性や瘴気特有の性質があったりするのか？」

「いや、ない。無害だから観賞用にいいぞ。それも珍しいところだな。たぶん瘴気を取り込んであの色を出しているのだと思う。向こうへ帰るときの手土産にいいかもしれない。王女殿下にも

「……」

何気なくそう言って、ウィステリアは自分で口にした言葉にかすかに心が揺れるのを感じた。

──ここのところずっと考えないようにしていたはずのことだった。

ロイドのほうは気にした様子もなく、地上を見つめたまま、

「……なるほどな」

短く、そうつぶやいた。

それ以上何かを訊ねてくる気配はなく、ウィステリアは先を促した。

サルティスを腕に抱えたまま、二人で暗い空を駆けると、間もなくして巨大な樹木の影が見えた。

巨木の頭頂から、一定の間隔で黒い霧状の《瘴気》が吐き出されている。

先日、《潜魚》が現れた場所よりも遠いところにある大竜樹だった。

瘴気を吐き出す巨木とその周辺を見渡せる位置で二人は止まった。

──異変にはすぐに気づいた。

大竜樹のまわりに咲いた白い花の群れがまだらに散らされて、地中から何かが飛び出たことをあらわすように土が盛り上がっている。だがその何かの姿が見えない。

ウィステリアは知らず目元を険しくし、横に並んだロイドからも鋭く研ぎ澄まされた気配を感じた。

「また《潜魚》か？」

「いや──たぶん、違う。もっと深いところに潜れるものだ。厄介だな」

答えながら、ウィステリアは地上から目を離さなかった。右手を地に向ける──その手に、宙か

ら輝く黒い砂が集まり、紫の光が絡みつく。

そして放った。

放たれた魔法はいくつもの球体となって飛び、地表近くで小さな爆発を起こす。

――その途端、爆発の真下から二体の魔物が土を抉って躍り上がった。

ウィステリアは目元を歪めてその正体を見た。

《大蛇》を思わせる長い胴体は、だがずっと細く、鱗一つ無くミミズに近い表皮をしていた。目にあたる器官もなく、土を突き破って飛び出た頭部に硬い角が伸びている。

角が爆発の煙を貫くようにして突き上げたが、獲物がいないと察してか、魔物は元の穴に素早く戻った。

「あれは……」

「……《土蟲》と呼んでいる。《潜魚》より深いところに潜り、音で獲物を捉える魔物だ。あれは大竜樹の根を傷つける。傷つけられた大竜樹は活性化してしまいやすい」

「活性化……放出する《瘴気》が濃くなるということか」

ああ、とウィステリアは短く肯定した。自分でも、その声が険しくなっていることがわかった。

「厄介なのが再生能力だ。一撃で体の大半を吹き飛ばすか、腹の部分にある弱点を突かないとすぐに再生される。だが弱点には地上に引っ張り出さない限り届かない。あの深さまで潜られると《天弓》も届かない――」

『さてどうする、イレーネ』

腕の中のサルティスは、難題を促す教師のような声色で言う。

ウィスティリアは聖剣を一瞥した。実際、《土蟲》とはかなり相性が悪く、《大蛇》とはまた違った難敵だった。

ロイドの目がウィスティリアに向いた。

「……これ以前にあれと戦ったことは？」

「ある。面倒な敵だが、倒せない相手ではない。《土蟲》は音と匂いに敏感で、匂いのほうはうまく利用できる」

ウィスティリアは一つ溜め息をつくと、腰のベルトに差していた無骨な短剣を抜く。

護身用というよりは、採取など野外の活動のために持ち歩いているものだった。

短剣の刃を左の掌に当てる。

「血の匂いには特に敏感で、興奮状態になるが動きは読みやすくなる。だからそれを利用して――」

一瞬目を閉じ、刃を引いて生じる痛みに構えたとき、突然強い力に右手をつかまれた。

驚いて目を開けると、大きな手が手首にかかっている。

思わずロイドに顔を向けると、金の瞳が睨んでいた。

「何してる」

「……何、とは。血の匂いで誘き寄せると言っただろう。前に戦ったとき、それが有効なのは実証済みだ。だから案ずる必要は、」

「そういう話じゃない」

銀の眉が一層険しく歪み、手首をつかむ手により力がこもる。あまりの強さに、ウィステリアは痛みさえ感じた。

一体何が、と問い質そうとしたとき、ロイドが低い声で言った。

「あんな魔物《もの》のためにあなたが自分を傷つけるのを見ていろと？」

ウィステリアは目を見開いた。ロイドの不機嫌の意味がわからず、困惑する。

「必要なことじゃないか。傷といってもそんな深く切るわけでは……」

「やめろ。私は戦力として数えられていないのか？　今は一人ではないだろう」

言葉を被せられ、ウィステリアは息を呑んだ。

一人ではない。

そんな他意のない言葉に、胸を突かれる。

金色の目は静かに怒りの火を燃やしている。

ウィステリアが、たとえわずかな傷でも自らに負わせることを許さないというように。

この才ある弟子は、戦力として数えられていないことに不満を持ったのだろう――頭ではなんとかそう理解できるのに、もっと別の意味を見出してしまいそうになる。

（……初対面の時は、斬りかかってきただろうに）

そんな軽口を、なぜか声には出せなかった。

ロイドの怒りがあまりにも真っ直ぐで、こちらを案じるような感情があると思えてしまったからだ。

ウィステリアが掌から刃を遠ざけると、右手首にかかっていたロイドの手が緩み、離れていった。

「血の匂い以外では誘き寄せられないか？　音のほうは？」

「音でも誘い出せるが、血の匂いに酔わないうちは、警戒心が残っているから手こずることになる。しかも複数相手となれば尚更だ」

ウィステリアはかすかに眉を険しくした。

――この地において、一人で生き抜くために短期決着は必須だった。危険は伴うとしても、魔物を興奮させて単調な動きにさせたほうが倒しやすい。

説明しようとウィステリアが再び口を開いたとき、ロイドはそれを読んだかのように先制した。

「ちょうどいい囮がここにいる。あなたは空から援護してくれたらいい」

傲然と、弟子は言った。

ウィステリアは一瞬言葉を失った。だが慌てて反論する。

「な……っ！　そんな危ない真似させられるか!!　いや、二人で地上に降りて――」

『近距離の間合いで失態をさらしたばかりだろうが、イレーネ。小僧にしてはまともな提案だ』

「おいサルト!?」

サルティスまでもが珍しく同意し、ウィステリアの目は聖剣と弟子を忙しなく往復した。

当のロイドはまったく冷静だった。その長身に戦意が漲り、静かな威圧を発している。

「音でも誘き寄せられるんだろう？　なら私が地上に降りて囮になったほうがいい。もっとも、囮だけに終わるつもりはないが。地に降りれば剣も届く」

青年の口調は淡白で、見栄や過度な興奮といったものがまったく見られなかった。

それでもウィステリアが抗議しようとしたとき、耳の奥に蘇る言葉があった。

『私は、あなたに守られないといけない人間じゃない』

――その意味が、今こんなにも胸に響く。

ウィステリアが言い淀むと、ロイドは口を開いた。

「あなたの力は信用してる、師匠。だから私の力も信じてくれ」

ウィステリアの指先はかすかに震えた。

ロイドから放たれる空気に呑まれたように、それ以上何も言えなくなる。

かすかな鞘走りの音をたて、ロイドの腰の剣が抜き放たれる。そして、金の瞳が地上を見た。

「弱点の部位というのは？」

「……緑がかった部分だ。体の半ばほどにある。そこだけ、他に比べて柔らかい」

「剣も通る？」

ああ、とウィステリアは迷う声になった。

――危険だからやめてくれと言い募るのは、ロイドを侮り、信用していないということになってしまう。頭ではそうわかっていても、すぐに不安を払拭することはできない。

「《土蟲》の動きはとても速い。無理して反撃しようとするな。《土蟲》は匂いの発生源か、音の真下から襲ってくる。まず攻撃を避けることに専念してくれたらいい」

「……了解」

ロイドはかすかに肩をすくめると、その体が一気に沈み、瞬く間に空を下っていった。

『おいイレーネ。情けない顔をして無能をさらすな。あの小僧のお守りをするのが嫌ならさっさと片付けろ』

ウィステリアはぐっと口を引き結んだ。

――サルティスの言う通りだった。ロイドのためにも、速やかに敵を倒すことが必要だ。

サルティスを腰に差し、両手を空ける。

そうして、半身になって弓を引く形に構えた。体の中で魔力が活性化し、紫の光となって滲み出す。それに呼応するように、空中から瘴気が集まり、黒と紫の光条となって腕に絡む。

やがてロイドが地上に降り立つ。いくつも穴を穿たれた地を、両足が踏む。

――とたん、ロイドは左へ跳んだ。同時に左手を突き出し、ウィステリアが先ほど放ったものと同じ、小さな魔法を左側面に放って爆発を起こす。

直後、その爆発音の真下から巨大な二対の角が突き上げる。

砕いた土を舞い上げながら、二体の魔物の頭部とその首にあたる部分が露出する。

（く……っ!!）

それを狙うウィステリアの腕はかすかに揺れ、定まらなかった。《天弓》は的を絞ることで攻撃先を制御できる。

だが魔物とロイドの距離が近すぎた。

（あと少し離れてくれ……!!）

頭上のウィステリアの逡巡とは対照に、ロイドは研ぎ澄ました刺突を放っていた。

刃は《土蟲》の一体の露出した先端を確かに捉えた。だが鈍い金属音と共に弾かれる。長大な魔物は瞬く間に土の中に逃げ戻る。

刃が弾いた音に反応して、今度はもう一体の《土蟲》がロイドの足元を突き上げる。

魔物の角が青年の体を貫く幻影がウィステリアの瞼をよぎり、ぞっと全身が粟立った。

しかしロイドは寸前で身を反らし、避けていた。

その反応速度に驚く余裕はなかった。焦りが募り、ウィステリアの狙う先は揺れた。

『落ち着け、馬鹿者！』

サルティスの叱咤が頭をたたき、理性をかろうじて留める。強い焦りを感じるほど、頭が真っ白になっていたことに気づく。

援護という形で戦うことに、ウィステリアはまったく慣れていなかった。この魔物相手に、安全なところから戦うということを一度もしたことがない。前回戦ったときは自分も怪我を負い、その血を利用して誘き寄せながら地上付近で戦って、なんとか討った。

ロイドが再び、剣を握っていないほうの手を突き出して魔法を放つ。離れたところに小さな爆発を起こし、音で誘った。

再び、音の直下から魔物が飛び出す――だが今度は二体ではなく一体だった。

青年の直下、地面が砕けて陥没する。

「ロイド――!!」

土中から飛び出した巨大な《土蟲》の影に、青年の姿がかき消される。

ウィステリアが凍りついた次の瞬間、飛び出した魔物の体が痙攣《けいれん》した。

見開いた紫の目に、魔物の頭部に刃を突き刺した青年の姿が映った。次の瞬間には、足で蹴って引き抜く。

その刃は魔法の発動を示す淡い光に包まれている。

だが少量の血を流しながら、魔物は素早く土中に逃げた。

サルティスが険しい声をもらした。

『時間をかけるな。奴ら、学習しているぞ。音に対して一体しか反応していない』

「――っわかってる！」

焦りと苛立ちのまま、ウィステリアは声を荒らげた。

――《天弓》を変形させている上、狙いが定まっていないために併行して魔法を使うのが難しい。

音をたてて敵をロイドから離れたところに誘き寄せるということができない。反応が更に遅れてしまう。

だが、それなら一度《天弓》を解いてでも、魔物を誘き出すことを優先したほうがいいのか。

ウィステリアは数秒の間に目まぐるしく思考する。

しかしその間にロイドが動いた。

三度、離れたところに魔法を放ち、小爆発を起こして音をたてる。

そして間髪を容れず、自分の真上に腕を振り上げ、魔法を放った。爆発音が銀の頭の上に響く。

ウィステリアは一瞬、瞠目した。

ロイドはわざわざ自分の位置を知らせるように頭上で爆発音を起こした——だが直後、奇妙なほどその意図が理解できた。

二つの爆発音の真下から、魔物が突き上げた。

一つ目の音に誘き寄せられ、魔物が地上に躍り出る。

——最初のときより、ロイドから距離が離れている。

（今！）

心で叫ぶと同時に、ウィステリアは魔力の矢から指を離していた。

天から放たれた深い紫の一矢は細い流星となって飛び、魔物の頭部に直撃する。

そして爆ぜた。

地表に出ていた部分ごと跡形もなく消し飛ばされ、半身が土に埋もれたまま一体は動かなくなった。

ウィステリアが一体を沈黙させる間、足元から飛び出したもう一体を、ロイドは寸前で躱していた。

今度は側方ではなく、《浮遊》で上に飛んだ。

魔物は更にそれを追った。頭部だけでなく体を伸び上がらせ、空を逃げる獲物をたやすく追い上げる。

魔物の長い胴が半分以上地中から露出し、獲物に接触する間際——ロイドは反転した。

伸び上がった魔物の腹側を落下する。

わずかに緑がかった部位にさしかかったとたん、銀の刃が一閃した。

血飛沫《しぶき》をあげながら魔物がのたうつ。

間を置かず、刃が魔法の残光を曳《ひ》くのをウィステリアは見た。

ロイドの剣が再び同じ部位を一閃する。細く、だが夜明けの地平線のような輝きがはしる。

次の瞬間、魔物の長大な体が二つにずれた。

弱点部位から両断された魔物は、激しくもがきながら地上に落ちる。

――だが分断された頭部が、落下しながらも牙を剥いた。

断末魔をあげながら銀色の獲物に襲いかかり、ロイドが《浮遊》で距離を取りながらも剣を構えたとき、

「《貫け、天弓》」

その声と共に、深い紫に輝く流星が魔物を貫いた。

襲いかかっていた魔物が蒸発する。衝撃にあおられてロイドは顔を腕で庇った。

魔物の亡骸が音をたてて地上に落ち、後に動くものも音をたてるものもいなくなる。

ウィステリアはゆっくりと腕を下ろす。滞空したロイドの両眼が見上げるのと、ウィステリアが見下ろすのは同時だった。

紫と金の瞳が絡み合う。

ロイドの唇がわずかにつり上がった。淡い、だが不敵な微笑だった。

ウィステリアは呆れとも感動ともつかぬものを覚え、言葉を失う。その間に、ロイドは緩やかに上昇して近づいて来る。

その憎らしいほど澄まして見える顔に、ウィステリアはようやく言葉を取り戻した。

「君は本当に、無茶をするというか、怖いもの知らずだな……！　怪我は？」

「ないに決まってる。勝算はあったし、妥当だ」

「あ、あのなあ！　こちらの身にもなれ！　こういうやり方は慣れてないから、君を危険に――」

「これぐらいは慣れている。援護があっただけやりやすかった」

態度だけはふてぶてしいままにロイドは言う。だがその言葉には傲りとも虚栄とも違う、どこか淡白なところがあった。

ウィステリアは思わず返事に詰まった。皮肉かと思ったが、やりやすいと言った声には奇妙な素直さを感じた。狙うのが遅かったこちらを詰るでも揶揄する気配もない。

（慣れてる……？）

対魔物における戦いで相応の経験を積んでいるらしいことは知っていた。つい先ほども、こちらの援護を前提として囮役かつ最前衛の立ち回りをした。

だがいま思えば、己の身を危険にさらしながらも自分一人で切り抜けようとする戦い方にも見えた。そういう戦い方に慣れている――援護を受けないことに慣れているという意味なのか。

ロイドにどれほど実力があろうと、近接での戦いを主体としていながらたった一人で魔物と渡り合うのは危険だ。

ロイドは傲慢なところはあるものの、愚かでも自己顕示欲が強いわけでもない。味方の援護を無意味にはねつけるような真似はしないはずだ。だとしたら――周りのほうに理由があったのか。

知らず、眉根を寄せるウィステリアに、ロイドは軽く肩をすくめた。

「お互いに怪我はないし、魔物は討伐できた。あなたは遠距離が得意で、私は剣を振るえる距離のほうがいい。噛み合っている。問題はない」

それでこの話は終わりだと言わんばかりの口調に、ウィステリアは思い切り渋面になった。問題はある、と反発したくなったが、ロイドの言葉も間違ってはいない。

『どちらが師かわかったものではないな！　お前に威厳がないからだぞ、イレーネ！　この生意気な弟子は一回放置して生死をさまよわせておけ』

「君は君でいちいち方針が過激すぎるぞ！」

思わず勢いよく反論してから、ウィステリアはサルティィスを両手に抱え直した。

地上に目をやり、他の魔物がいないか確認する。最後に、《大竜樹》に異変がないことを確かめる。

ようやく、ウィステリアは大きく息をついた。

「帰ろう」

そう告げ、空に身を翻した。ロイドもすぐに後を追ってくる。

そのまま、しばらく無言で空を駆けた。


「少し降りる。先に行ってくれ」

唐突に背後からそんな声が聞こえ、ウィステリアは驚いて振り向いた。が、ロイドは既に地上へ降下している。

「おい、ロイド……!?」

魔物でもいるのかと慌て、追おうとする。しかしロイドが向かった先を見て、止まった。

魔物の影はない。代わりに青い花が大地を覆っている。ここへ来る途中で見かけた、《青百合》の群生地だ。

まさかと思っていると、ロイドは花の群れに降り立ち、わずかに屈んだ。

それからすぐに空に駆け上がってくる。手には、一輪の花があった。

ウィステリアは忙しなく瞬いた。

「……土産か」

「ああ」

照れるでもなく、ロイドは怜悧な表情のままに肯定した。

ウィステリアはかすかに何かを言いかけ、だが口を閉ざした。

向こうへ帰るときの土産にもいい、と言ったのは他ならぬ自分だった。

――王女への手土産の一つにも、と。

ウィステリアは素早く踵を返し、再び帰路についた。

二人の間に会話らしい会話もなく、やがて住処となる巨木が見えてくる。

ウィステリアは樹冠部から中の虚へすり抜けて家の居間へと降り立ち、サルティスをテーブルに横たえた。

(花瓶と、水を用意しないと)

手折られた《青百合》はそれほど長くはもたない。

――そこまで考えて、ウィステリアははたと気づく。

王女への土産なら、帰る直前に手折って持ち帰ればよかったはずだ。なのになぜ今なのか。

――違う。その帰る直前というのが、今なのか。

ウィステリアは思わず振り向いた。

当のロイドは、青い花に鼻先を近づけて香りを確かめている。

「……思ったより、甘い香りがする」

「あ、ああ……？」

ウィステリアが半端に反応すると、銀の睫毛の下で金色の瞳が見上げた。

「そんなところも似てるな」

独白のように、ロイドはウィステリアを見つめたまま言った。

――似てる。何に？

ウィステリアがそう問い返す前に、ロイドがおもむろに歩み寄る。

その手が伸びた。

ウィステリアがとっさにのけぞりかけると、ふわりと淡い芳香が――ロイドがいま甘いと言ったばかりの芳香がして、耳の上をくすぐられるような感覚があった。

ウィステリアは紫の目を大きく見開いた。

手折られたばかりの花を髪に挿された――そう気づくまで数秒かかった。

「な……、み、土産……!?」

「ああ。だからあなたへの土産だ」

「⁉」

ウィステリアは声を失った。完全な不意打ちだった。わけもわからず、ただ頬が熱くなる。

余すところなくそれを見ていたロイドは、鋭く口角を上げる。

「ずいぶん初心《うぶ》な反応をするんだな？」

「‼」

からかわれている――ウィステリアはようやくそれを理解したが、すぐには言葉が出てこなかった。挿された花に手が伸びたが、ぴたっと止まる。抜き取って捨てるなどということはできなかった。

代わりに弟子を睨《ね》め上げる。

「……君、気障ってよく言われないか？　言われるよな？」

せめてもの反撃を試みるウィステリアに、ロイドは軽く肩をすくめた。

「様になる、とはよく言われる」

「うわっ！　うわ……っ！　サルト、今の聞いたか⁉」

『知らん！　聞こえんわ！　耳が汚れる！　お前もいちいち、その程度の稚拙で露骨な悪ふざけに反応するな！』

「聞こえてるじゃないか‼」

「……おい、何が稚拙で露骨な悪ふざけだって？」

サルティスの言葉にロイドが凍てつく目で睨む。

その側で照れくささと恥ずかしさを持て余し、ウィステリアはロイドに背を向けた。

「ま、まあ、日頃の礼ということで受け取っておく！」

「……素直じゃないな？」

「君がそれを言うか⁉」

振り向かずとも、表情の薄い青年なりにからかうような顔をしているだろうことはありありとわかった。

だからウィステリアは何気なく花瓶を探すふうを装い、しばらく振り向かなかった。

頬はまだ熱くなるばかりで、胸の内で悔しいほど鼓動が弾んでいる。

水をためた杯に花を挿す。水滴のついた青い花弁が瑞々しく輝き、その姿がこれまでになく鮮やかに目に映った。

ウィステリアはそれを見つめたまま、浅く息を吸った。

「……ありがとう」

背後にいるだろう青年に向かって、言った。

「喜んでもらえたのなら何より」

ややおどけたような軽やかな声が応じた。目にしなくとも、肩をすくめるあの気障な仕草が見えるようだった。

ウィステリアは知らず、唇を綻ばせていた。妙にくすぐったく感じられて堪えきれない。

このような贈り物をもらったのは、いつぶりだろう。あるいははじめてかもしれなかった。

こんな感覚はずっと忘れていた――。

青に揺れる

「……じゃあ、おやすみ」

ウィステリアの言葉に、ロイドは背を向けたまま軽く手を振って寝室に消えた。

（気障な男だ）

忍び笑いをして、ウィステリアも自分の寝室に戻った。まとめていた髪を解いていく。軽く頭を振ると、緩く波打つ黒髪が背に広がった。

寝台に腰掛けて、側にある台を見る。

本来は水を飲むために使っている杯に、青い花が挿されて薄闇の中で淡く光っていた。

無意識にウィステリアの唇には微笑が浮かんだ。

『なんだニヤニヤと気色悪い』

「！　は、花が綺麗だと思っただけだ」

寝台の足元で、台に立てかけられた聖剣はすかさず刺々しい口を挟んでくる。

ウィステリアは上着を放って聖剣に反撃し、寝衣に着替えた。そのあとで聖剣から上着を取り払い、寝台に横たわる。ゆっくりと息を吐き、目を閉じる。

今日一日のことを冷静に思い出そうとすると、胸の中にまだ温かく、くすぐったいものを感じた。

ぼんやりと思考を遊ばせているうちに、ふと些細な疑問が浮かんでくる。

――そんなところも似てるな。

青い花を見たあと、ロイドはこちらを見上げてそんなことを言った。しかし《青百合》と自分はまるで似ていない。何が似ているのだろうと考え、その前の様子を思い出した。

――思ったより、甘い香りがする。

ぱちり、とウィステリアは瞼を持ち上げた。

天井を見つめたまま、しばし硬直する。

(甘い香りに、似……っ⁉)

何か、恥ずかしいことを言われた気がする。そう考えたとたん落ち着かない気持ちになり、反射的に両手で顔を覆った。

(い、いや、もしかして詰めが甘いとか、師としてなめられているのほうか⁉)

論理的に考えればそうだ、きっとそうに違いない。顔に当てた手すらほんのり熱を帯びるのを感じ、ウィステリアは自信家で気障な弟子に内心で文句を言った。

閉じた瞼の裏に、輝く青が揺れる。

瘴気を吸うことで染まった特別な花の青を、これまでになく色鮮やかに感じた。

『イレーネ』

唐突に、鋭い声が耳を打った。びくりとウィステリアは強ばり、即座に体を起こす。

――サルティスのこの冷たく硬質な声はいつもと違う意味を持つ。

警告、注意喚起、あるいは叱責。厳しい師としての一面を表す声。

『あの小僧は、いずれ帰る』

ウィステリアは薄闇で色濃くなった紫の目を見開いた。

警戒していた体の、予想もしない柔らかな部分を一突きにされたようだった。

――胸にあった浮ついたものが、一瞬で砕ける。

その衝撃を堪えるように、ウィステリアは強く奥歯を噛んだ。

「……わかってるよ」

『浮かれるな。あの小僧は己の目的を果たすことしか考えていない。情を寄せるようなことをすれば、お前自身が無駄に消耗するだけだぞ』

「――っわかってる！」

撥ねつけるようにウィステリアは叫んだ。

――頭の冷静な部分では、サルティスは自分のために指摘してくれているとわかっていた。自分で自分を守れるように。これまでずっとそうだったからだ。

だが今、感情がそれに反発している。なぜ冷水を浴びせるようなことを言うのか。なぜこんなに突き放すようなことを言うのか。

ウィステリアはサルティスから目を逸らす。解いた髪の一房が、肩から胸に滑り落ちた。

「……わかってるよ」

つぶやいた声がかすれる。

――ロイドはいずれ帰る。ずっと側にいられる相手ではない。本物の師弟でもなく、家族でも友人でも、仲間でも、それ以外のものでもない。互いの間にあるのはあくまで仮初めの、細く不確かな師弟関係でしかない。

ウィステリアは膝を抱え、その間に顔をうずめた。これ以上、サルティスのどんな言葉も聞きたくなかった。それが、自分が逃げている証だとわかってはいても。

(……わかってる。大丈夫だ)

たとえロイドがいなくなったところで――元の、サルティスとふたりきりの生活に戻ったところで、その生活が永遠に続くわけではない。

いつ終わらせるかは自分で選べる。だから。

(何も、変わらない)

心を乱したりしない。自分に何度もそう言い聞かせる。

――こんな感覚はもうずっと、忘れていた。

忘れていられたのに。

『……だから、さっさと追い出せ』

サルティスが何度目かわからぬその言葉を再び繰り返す。

ウィステリアは答えず、膝を抱える手に力をこめた。

大丈夫だ、とただそれだけを心に繰り返す。

――目を閉じて耳を塞いで、何も考えずに。そうしなければ、思い出してしまう。

(いやだ。もう考えたくない)

帰れるはずはないと、何度も言い聞かせて諦めて封じたもの。

《門》を開くには膨大な力を必要とし、向こうからしか開けない。

そして生きて《門》を通れるのは一人だけだ。繋がれた道は、向こうからこの異界へ来るためのものでしかない。そのはずだった。

なのに突如やってきた銀の光は、番人ではなかった。

ここへ来て、還る光。――向こうへ還ることのできる光だった。

(いやだ……)

光を意識した分だけ、暗いところへ引きずられていく。

二度と還れぬはずのここから還っていく姿を目にしたら、自分は――。

瞳の中の月

――目を閉じてもなお、背が震えるような紫の光が鮮やかだった。

ロイドはゆっくりと瞼を持ち上げた。

瞼の裏によぎった紫の残光――師と定めた女の、魔法の行使によって強く輝いた両眼の色が長く残っていた。

昼の《土蟲》との戦闘のせいか、いつもより眠りの訪れが遅い。

神経が昂《たか》ぶっている、とロイドは自分を俯瞰した。戦闘の後は、程度の差はあれ、こうなることが多い。だが今は、それだけではないように思えた。

横たわって目を開いたまま、闇の中にうっすらと浮かぶ天井に視線を漂わせる。

（強いな）

師の魔法を間近にして、静かな実感がロイドの胸の中で響いていた。

《潜魚》相手に見せた、一定の範囲に潜む敵を殲滅する魔法。それを変形させ、再生能力を持つという《土蟲》を一撃で屠《ほふ》る威力にも変えて見せた。

——あんな戦いをずっと一人で乗り越えてきたと考えれば、王宮魔術師などは比べものにならない力量だ。

ふいに、ロイドの脳裏にためらいなく短剣を抜いて手を切ろうとしていた姿が浮かんだ。

思い出すと、今も強い不快感を伴う怒りを覚える。

——本心から困惑したように、なぜ止めるのかと言わんばかりの師の顔にますます腹が立った。

自分が戦力と見なされていない——頼られていないことが、こんなにも耐えがたいものだとは思わなかった。まして、師は囮のために自らを傷つけようとさえした。

瞼を下ろすと、星の光のような紫の輝きが見える。伸ばされた白い手。なんのためらいもなく胸に飛び込んで、共に落ちてすくいあげた体が。

水のように浸透したあの声が耳の奥で反響する。ロイドは再び目を開く。

《浮遊》で後を追った際、何度も振り向いて確認されたことをも思い出す。

（……他人のことは過剰に案じるくせに）

かつて感じたことのない苛立ちが、腹の底で燻《くすぶ》っている。

囮のために自らを傷つけようとした女性相手に、騎士道精神を発揮しようなどと思ったわけではない。

ただ、許しがたかった。戦闘で必要とあっても、魔物のためにあの白い手が傷つけられ、血を流すなどというのは。――それを、師自身が一番ためらいなく行おうとしていたのは。

不可解で感情的な感覚をやり過ごすように、ロイドは長く息を吐いた。

思考を整理し、不要なものを取り除こうとする。必要なのは現状の分析と正確な情報だけだ。

――限りなく感情を排して客観的に見ても、ウィステリア・イレーネは理性的で寛容であり、慈悲の精神を持ち合わせた人物だった。

それでいて、妙に初心なところもあると最近知った。

その歪さは、あるいは計算高く作られた性格と言われれば、よほど納得できる。

（だが、違うな）

ロイドは確信していた。

かつてベンジャミン＝ラブラが評した通りの、あるいはそれ以上の器量。

この《未明の地》で二十年以上も生き延び、かつ番人として活動し続けていることを考慮すれば、あの気質はほとんど驚異だった。

ましてウィステリア・イレーネは、はじめはヴァテュエ伯爵家の令嬢であり、戦場の経験はおろか武の心得さえなかったはずなのだから。

ロイドははじめこそ師の類い希なる魔法の力に目を奪われたが、あの細い体の内にはもっと得難い強さがある――そう感じるようになっていた。

(……強靭な精神)

令嬢として生まれ育ってなお身につけたものなのか、あるいは天性のものなのか、品位や寛容さを保ったまま、《未明の地》の番人として生きるなど常人がなしえるものではない。

あるいは、聖剣サルティスの存在がそうさせるのか。

だがロイドが己の目で見た二人の関係からすれば、師の本当の強さはサルティスの存在だけが理由ではないように思えた。

(――何があの人をそこまでかきたてる?)

魔力素の均衡を保つ、魔法を守るという大義のためではない。

聞こえの良い大義などでは、自分自身の理由になりえない――菖蒲色の目は、深い共感を示して見つめ返してきたのだ。

ならばウィステリア・イレーネという女性は、生来それほど強い精神力を備えていたのか。

ふいに、また聖剣の声がロイドの脳裏をよぎった。

〝口づけの一つも、想いを返されることも知らぬまま、拙い恋のために身を捧げた――〟

ロイドは瞬き一つせず、闇を見た。

——急に、サルティスのあの言葉は何度も意識に上ってくるようになった。徐々に思考を蝕んでくる。

体中に名状しがたい不快感が広がり、上半身を起こした。

（……どういう意味だ）

かすかな憐憫を滲ませてサルティスが語った言葉は、時間が経つごとに反響を強くする。得体の知れぬ不快感となって深く食い込んでくる。

日中に感じた怒りとは違う、体の底を緩慢に焦がしつづけるような感覚。

（それが、あの人が番人になったことと関係があるのか）

《未明の地》の番人は、観測された瘴気濃度や魔力素の情報をもとに、魔法管理院が厳正に選んでいる。過去の記録を見ても偏りはなく、選ばれた人間はみな番人としての使命を果たしたと記されていた。

歴代の番人たちはただ選ばれ、その心情はどうあれ、拒否することも責務を免れることもできなかった。

だから、ウィステリア・イレーネもその心情と番人になった事実とは関係ない——そう考えていた。あるいは聖剣サルティス窃盗の咎を負い、罪人として——刑に処されるように、番人の役を負わされたという記録は異例と言える。

だが、実際には彼女はサルティスを盗んでなどいないという。

誤解があったのだろう、と本人は受け流して言った。それ以上の追及を望んでいないことを滲ませ、ロイドもそれきり話を切り上げた。

冤罪にしろ、それが解けずに番人になった経緯は決して愉快なものでないことはロイドにも理解できた。詳しく話したくないのも当然だ。そして冤罪かどうかは、自分の目的には関係のないことだった。

しかし今になって、それが無視できないものになってくる。師の人格を知るほどに疑念は大きくなる。――そして、別の意味が見えてくる。

（……何かを、隠しているのか？）

夜気が頭を冷やし、静寂が思考を研ぐ。漠然と浮かび始めた思考を留め、見定めようと、ロイドは口元を手で覆った。

（……罪を着せられて番人として送り込まれる前、別の候補者がいた）

記録にはそうあった。ウィステリア・イレーネは罪を犯し、元の候補者の代わりとしてここへ追放されたのだ。

元の候補者が誰であったかは記されていない。調べようとも思わなかった。

サルティス窃盗の記述が虚偽であったとなれば、記録そのものの信憑性も揺らぐ。別の候補者がいたという情報もまた、真偽は定かではない。

だが、これまで知り得ていることと矛盾しない。別の候補者。冤罪。偽りの記録。師の態度。聖剣の言葉と再度照らし合わせたとき、ロイドは一瞬息を止めた。

ウィステリア・イレーネの強靭な精神の源。偽りの罪を背負ってもなお正気の支えとなる、大義でもない何か。

――拙い恋のために身を捧げた。

突然、体中の血が煮え立つ。


（誰を、）


錯綜《さくそう》する情報の中に何かが形を結ぼうとしたとき、かすかな物音がロイドの思考を妨げた。

闇の中に引き戻され、音の方向に目を向ける。

――隣の部屋。今まさにロイドの思考を占めていた相手の寝室だった。

大きな物音ではない。だが神経が過敏になっていたせいではっきりと気配を捉えられた。

名状しがたい違和感のようなものを覚え、ロイドは身を起こして部屋を出た。

そして居間に現れたものに足を止めた。

解かれた長い黒髪が背を流れている。

袖の広い白の上衣に、ドレスの裾に似た幅広の脚衣――おそらく寝衣であろう薄着に身を包んだ女。

かつてないほど気配が希薄で、これまで見た姿とは似ても似つかぬ様子がロイドを驚かせた。

こちらに気づける距離のはずなのに、一瞥することさえなく、その体が浮かび上がる。緩くうねる髪が宙にたゆたい、天井をすり抜けて姿を消す。

明らかに様子がおかしい。

ロイドは足を踏み出す。

『追うな小僧』

先ほどまで反芻していた、聖剣の険しい声が頭の中に響いた。

ロイドはいったん足を止め、サルティスがたてかけられているであろう師の寝室に目を向けた。

「何があった。師匠はどこへ？」

『……気分を変えに、少し外へ散策に行っただけだ』

「この時間に、あんな薄着でか」

扉越しにサルティスを睨むようにロイドは目を細めた。

これまで、師があんな薄着で外へ出るところを見たことがなかった。瘴気に耐性があるとはいえ、外に出るときは極力瘴気に肌が触れないように、そして単純に身を護るためにしっかりと服を着込んでいた。

――まして、夜にあんな姿で外へ出るなど一度も見たことがない。

隣の部屋にいた自分が、これまでその行動に気づかなかったということも考えられない。

サルティスの答えもまたどこか異様に感じられる。

師を追おうとロイドが再度踵を浮かせたとき、射るような声がした。

『お前は邪魔になるだけだ。これはイレーネにとって必要な時間だ』

苦く吐き捨てるような言葉が気に障った。

ロイドは動きを止め、サルティスの方向に目を戻した。

「必要？　師匠は、何をしに行った」

目を眇め、間を隔てる扉の向こうを見透かそうとする。

意思持つ剣はしばらく沈黙した。

ロイドは無言のまま、静かに圧力をかける。答えが得られぬのなら、本人を追うまでのことだった。

それを、サルティスも察したようだった。やがて無感情に答えが返った。

『己の死を見つめに。誰もがするようにな』

何も特別なことではない――サルティスの声なき声が、そう告げるのをロイドは聞いた。

ロイドは言葉を失った。すぐには意味がわからなかった。

遅れて脳が意味を認識したとたん、視界が一瞬白く灼《や》けた。全身の熱が上がる。

衝動のままに踵を蹴ったとき、

『追うなと言ったはずだぞ、小僧』

不可視の刃で一撃を浴びせるように、サルティスの鋭い声がロイドの頭蓋を貫いた。

頭に響く痛みにロイドは顔を歪めた。踵が床につく。

『死は誰しもに訪れる結末であり、その結末をどう迎えるかを考えることはなかなか有意義ではないか』

聖剣は低く嗤った。これまでとは異なる、ひときわ冷えた嘲りだった。

「ふざけるな」

ロイドは低く唸る。先ほどまでの名残で、容易に血が沸くような感覚がする。体内で荒れるそれが、嘲笑する聖剣に向かう。

サルティスの見え透いた挑発――あるいは悪質な戯れ言。意識の隅で冷静な自分はそう疑う。だが無視できない。

『ふざける？　あの哀れな女が死を見つめることの何がおかしい』

苛立ちに飲まれかけていたロイドは、わずかに訝しんだ。

『人は、夜明けが来ることを知って闇夜を怖れなくなった。だが夜明けを知らぬ者はどうなると思う』

頭の中に響く声は、感情を欠落させたかのように無機質だった。日頃の、人間よりも人間らしい抑揚はどこにもない。

――夜明け。闇。

その言葉がロイドに想起させたのは、この暗い異界そのものだった。

ここに夜明けはない。終わらぬ闇が濃淡を変えて繰り返されるだけだ。どこまでも、それだけだった。

ロイドはふいに、凍てつくような夜気が足元から這い上がる感覚を思い出した。

遠い夜、夜行性の魔物の討伐に向かい、闇夜に奇襲を受けた。隠れる場所も逃げる場所もなかった。

同じ隊の騎士や従士は逃げ惑い、魔物に蹂躙《じゅうりん》され、あるいは混乱のうちに同士討ちで命を落とした。

生と死の狭間に生じたその闇は、一つの隔絶された異界のようだった。

視界は閉ざされ、鼻は血肉の汚臭に圧され、魔物の声と阿鼻叫喚が耳を聾《ろう》する。肌に触れる武具は枷のように重く冷たい。やがて幻覚と幻聴が忍び寄り、現実と妄想の境目を曖昧にしていく。

その闇の中でもロイドが己を見失わなかったのは、自分の力量を知っていたからだけではなく――夜明けという終わりが来ることを知っていたからだった。

恐怖は未知から来る。先の見えぬ不安が人を狂わせる。

終わりがあることを知っていれば、それまで凌げばいいだけだった。

だが、それを知らなければ。あるいは、終わりが見えなければ。

――目の奥に、暗い異界の空にひとり佇む女の幻影がよぎる。

終わりのない世界で、時を止められたまま立ち尽くす女の姿が。


『この異界で二十三年もの間、独りで生き続けて正気のままでいられるとでも思ったのか？』


聖剣が嗤う。

ロイドは、硬直した。

死角から重い一撃を浴びたようだった。

やがてその衝撃――反発が、火のように体を突き上げる。

（なぜ）

自分自身にもわからぬまま、ただその言葉が、激しい叫びとなって脳内に谺した。

〝一人で落ちようとするな。――ちゃんと、掴んでいるから〟

そう言って、透き通る目で見上げていたのは。

〝君なら――君だからこそ、多くを獲得できるだろう〟

澄んだ柔らかい響き。どんな曇りも歪みもなく、だが深さを感じさせながら響く声。

――その下に、あったのは。

ロイドは白くなるほど手を握り、強く踵を蹴った。

『待て――！』

聖剣の声を振り払い、《浮遊》で浮かび上がって天井をすり抜ける。

巨木の頂点を抜け、外へ出た。《未明の地》の最も暗い時間、見渡す限り空はただ黒く閉ざされている。

夜目のきくロイドが目を凝《こ》らしても、星よりも弱い瘴気の反射光が瞬くだけで、わずか先までしか見えなかった。

――だが、捜している師の姿はすぐに見つけられた。

細い後ろ姿が、闇に一際鮮やかな光に包まれて浮かび上がっている。

ロイドは息を呑んだ。

女の体を包む光は、蝶の群れを象っていた。深い闇との対比で目が眩むような輝きの鱗粉を撒き散らし、《未明の地》の番人の周りを舞っている。

光る蝶は忙しなく姿を変えた。縦に二つ割れたかと思うと別の片割れと融合し、あるいは一対の翅が分かれたかと思うと別の個体と引き合い、四枚の翅に融合する。

砕けた硝子《がらす》の破片が光の加減できらめくように、羽ばたくたびに青から紫へ、薄紅へ、そしてまた青へと色を変える。

変幻しながら乱舞する蝶は、だが女の周りから離れない。

「――師匠」

ロイドは宙に一歩踏み出し、蝶の群れをまとう背に声をかけた。

聞こえているはずなのに、その背は振り向かない。

青と薄紅の光が、緩く波打つ黒髪を妖しく照らす。その肩に、腰に、足に、気まぐれな光が舞い――砕かれた無数の真珠片を思わせる輝きが、細い体に散る。

蝶に似た生物が危害を加えるような気配はない。だがどれほど姿を似せても蝶ではありえず、魔物に違いなかった。

『蜂蜜というものがあるだろう。花の蜜を蜂が集めて、自分たちで作る蜜だ。彼らにとっては、私の体に取り込まれた《瘴気》がそれに近いのかもしれないと思っている』

師の言葉が、ロイドの脳裏をよぎった。

この蝶に似た魔物も、彼女の体を巡るものに群がるのか。

そう思い至ったとたん、ロイドは腹の底から焼け付くような何かがこみあげるのを感じた。

手を強く握り、踏み出す。

「師匠」

再び呼びかける。それでも、反応はない。

蝶の群れに囲まれた体は、闇に足を踏み出しては、どこか危うい足取りで虚空を進んでいく。一歩踏み出した爪先の下、黒い水面に波紋が描かれるように、白い円が一瞬現れては消える。

そのまま師は遠ざかって行こうとする。

ロイドは《浮遊》で大きく飛び、一息に距離を詰めた。

魔の光に腕ごと突き入れ、細い肘上をつかむ。

「イレーネ」

そう呼びかけて、ロイドは触れた腕の細さに小さな驚きを覚えた。

ロイドの腕に驚いたように、蝶は一斉に薄赤へと色を変え、また青い光に戻る。その光に包まれたまま、師はゆっくりと振り向く。

上向きの黒い睫毛が緩慢に瞬き、紫の瞳がロイドを見上げた。

ロイドは金の瞳を小さく見張り、声を失った。

緩やかにうねる黒髪に縁取られ、小さな顔はほとんど人ならざるもののような白さを放っていた。

滑らかな頬の上で、魔物の光が踊る。

あるいはその魔の光のせいなのか、間近にある頬も顎も驚くほど繊細な作りに見えた。

ロイドを見上げる紫の瞳に、魔物の投げかけた小さな光点が散っては消えていく。

――その両眼は、ロイドの知るものではなかった。

星の光を思わせた輝きはなく、脆く薄い紫の硝子玉がそこにある。冷たく透き通った目は、ロイドを見ていながらロイドを捉えていない。

（これは、誰だ）

ロイドの脳裏を、衝撃がよぎった。

ひどく騒がしく、名状しがたく、得体の知れない不安。

――目を離した瞬間、この手がつかんでいるものは、目の前の女は消えてしまう。

今ここに師はいない。

武を修め、いくつもの戦場を経験し、死線をくぐり抜けさせたロイドの直感がそう告げていた。

深い傷を負い、生死の境界を朦朧《もうろう》とさまよう者は、そこにいながらそこに存在していない。誰の手も届かない狭間に落ちて迷う。

「目」

鎧もなく、頼りない薄衣だけに包まれた体――そこに傷一つなかったとしても。

青紫の光に濡れたような輝きを放つ睫毛が、蝶に似た動きでゆったりと瞬く。

唐突に、ウィステリアは言った。

そうして首をかすかに傾げ、珍しいものを見つけた子供のようにロイドの目を正面から見つめた。

黒髪の一房が肩から胸へと流れ落ちる。

「綺麗だな。月みたいだ」

半ば夢を見ているような、とろりとした声だった。

そして、柔らかく微笑む。花開くようでいて――どこか、曖昧な微笑だった。

ロイドは一瞬それに呑まれた。

錆びつきかけた舌をようやくのことで動かす。

「……月？」

ロイドの問いに答えず、ウィステリアは顔を上げた。遥か頭上を見るような仕草をする。

細い喉がロイドの目の前にさらされた。

そのまばゆいばかりの白さと細さが、束の間、ロイドにすべての状況を忘れさせた。

悪意ある何者かが、ほんのわずかな力でこの首に手をかければ。

――あるいは薄い皮膚に唇を寄せ、柔らかいそこに歯を立てれば。

ただわずかな力と悪意だけで、たやすくこの命は奪われるだろう。

一切の闇に包まれた空を見上げたまま、ウィステリアは言った。

「ここには、月がないから」

何の感情もない、ただ事実を口にするだけの声。

ロイドは言葉を失った。

ウィステリアの顔には、どんな怒りも悲しみもなかった。

ただ、金色の目に月を見て無垢に微笑んでいる。

――それほどの長い間、この太陽も月もない世界で生きていたのだ。

おそらくはこうして、何度も自分の死を想いながら。

――正気のままでいられるとでも思ったのか？

聖剣の言葉が蘇り、ロイドは砕けそうなほど奥歯を噛んだ。

(——魔女?)

烈しい感情は捌《は》け口を求めて全身を荒れ狂い、自分だけではない、もっと漠然とした何かに向かった。

(……強靭な精神?)

つい先ほどまで自分が考えていたそれに、大声で嗤いたくなった。今この光景を前にして、あまりにも滑稽な考えだったと思い知らされる。行き場のない、叫びたくなるような感情が胸を荒らした。

——だが、ああ、確かに彼女は強いのだろう。

こんなふうに独りで死を見つめながら生きて、なおその精神は落ちきっていない。

手を伸ばし、真っ直ぐに見つめ、守ると言う。どんな栄誉も褒賞もなく、誰の目すらもない世界で、番人として役目を果たし続けながら。

正気を失ったほうが、よほど楽であるはずだ。

それは確かに、得難い強さだった。

(——番人とは、何なんだ)

疑問とも憤りともわからぬ声が、ロイドの内側に噴き上げる。

頭ではわかっていた。瘴気の均衡を保つための調整役。《大竜樹》の活動を休止させるための必要な贄。本来はそこで生を終え、生き続けるなどということはありえない。

それに対して疑問を抱くことはおろか、何かを思うことなどしなかった。

だが今はじめて、強烈なわだかまりを覚えている。重い塊が胸につかえるように、ひどく不快で耐えがたく感じる。

——この女を、こんなところに追いやったものは何なのか。

こんな感情を、ロイドは知らなかった。

つかんだ腕が、ふいに身じろぐ。

青紫の、薄紅の光に群がられるまま、ウィステリアはロイドの手から離れようとしていた。

「……どこへ？」

腕をつかむ手に力をこめながら、ロイドは問うた。

ウィステリアはロイドに目を向けた後、かすかに首を傾げた。魔物の放つ燐光が、流れる黒髪に青みがかった薄紅の輪をつくる。

紫の瞳の中を淡い光がよぎっては消え、長い睫毛に縁取られた瞼がゆっくりと上下する。

「どこかな」

柔らかく、感情のない声。

ふいに白い頤《おとがい》が引かれ、うつむいて足元を——吸い込むような漆黒を見た。

ロイドの目もそれを追った。

遠近感が消失するほどの深い闇は、すぐ側に足場があるようにも、どこまでも底がない谷のようにも錯覚する。

《浮遊》で留まっていても、一度魔法を解けば瞬く間に墜落する。永遠の闇に飲み込まれるまで、そう長くはかからない。

ロイドは、もう一方の白い手をつかんだ。そうして、両手に力をこめる。

「ここにいたら駄目だ」

思考に先走るように、そんな言葉がこぼれ落ちた。

ウィステリアが顔を上げ、不思議そうな表情をする。

「どこへ？」

ここがだめならどこへ――そう問う口調だった。

ロイドを見つめ返す紫の瞳は魔物の光に照らされ、色がまざりあい、ぼやけていく。

数拍の間、ロイドは返事に窮した。

ここにいてはいけない。

自分が発したその言葉の意味をようやく理解する。

薄く、唇を開いた。だがそれきり止まる。訂正したいのか、撤回したいのか――それとも。

否。答えなど決まっている。

しかし舌が重くなった。軽薄で無意味な答えを拒むかのように。

――言葉にするだけの力と資格が、今の自分にはない。

腹の底が煮えるような感覚と共に悟り、ロイドは一度強く奥歯を噛んだ。

それでも、手に込めた力は決して緩めなかった。離すつもりはなかった。

「……眠れないなら、付き合うよ」

ようやく吐き出せたのはそんな言葉だった。わからない、と言いたげに小首を傾げる彼女に、もう一度、戻ろうと繰り返す。

ロイドがつかんだ腕をゆっくりと引くと、抵抗されることなくウィステリアの体が動く。だが燐光を放つ魔物の群れもまた、その体にまとわりついた。

金の目が、蝶の魔物を射殺すように睨んだ。

「失せろ！」

吐き捨て、ロイドはウィステリアの腕を強く引いた。魔物の光から引き離す。

光の群れは一斉に散っていく。目まぐるしく色を変える鱗粉が微小なきらめきを起こし、なびく黒髪に、しなやかな肢体に名残惜しげに散った。

巨木の中に戻り、天井をすり抜け、先にロイドの足が床を踏む。

手の中の細い腕がかすかな抵抗を示したように感じ、ロイドは目を上げた。

魔の光の粒子が散る黒髪が、宙にたゆたう。《浮遊》で体が浮いたまま、紫の目は頭上を見る。天井の向こう、外に戻ろうとするかのように。

ロイドは、腕をつかむ手に力をこめた。

「――イレーネ」

色濃くなった目がゆっくりと振り向き、ロイドを見下ろした。

見下ろす紫の瞳と見上げる金の瞳が絡み合う。

ロイドは静かに腕を引き、ウィステリアの体を引きずり落とす。居間の床に、ようやくウィステリアの足が触れた。

ふいに、ロイドは触れる腕の冷たさに気づいた。薄衣越しにもわかるほどその体が冷え切っている。椅子を引き、反応の鈍いウィステリアを座らせた。角度によって色を変える鱗粉が白い頬や顎、うねる黒髪に残って、どこか淡い紫の花を思わせる光沢を放っている。

『……イレーネ』

頭の中に聞こえた低い声に、ロイドは師の寝室に目を向けた。ウィステリアもまた、同じように顔を向ける。

ロイドはわずかに目を細め、部屋の中にいるはずの聖剣を射た。

「黙ってろ、サルティス」

牽制するように言って、一度自分の部屋に入った。

上着を取ってウィステリアの元に戻り、肩にかける。

かけた上着は一回りほども大きく見え、細い肩からすべり落ちそうになる。白い手が前で合わせるようにぎゅっと端を握って重ねた。

ロイドは流し台に向かい、質素なカップを取り出した。保存容器から茶葉の代用品を取り、水に浮かべる。小さく火を熾《おこ》して温めながら煮出し、甘味料代わりだと教わった小さな果実を少し加える。

しばらく煮出し、いったん火を消した。少し冷ましてから、カップを取る。

それを、羽織った上着を握ったまま微動だにしない師の前に置いた。

「飲めるか？　あなたの好きなものを少し甘くしたが」

ウィステリアはゆっくりと瞬きをして、温められた器の中身を見た。それから両手を伸ばしてカップを包み、そっと持ち上げる。焦れるような遅さで、縁に唇をつけて傾ける。

ロイドは立ったまま流し台にもたれ、腕を組んでその様子を見守った。

白い喉がかすかに動き、少しすると、ぱちりと目が見開かれた。

――そのときようやく、見慣れた意思の輝きが瞳の中に戻ってくるのをロイドは見た。

一口、もう一口とウィステリアが飲み、温もって血色が良くなった唇から静かな息が吐き出される。

潤んだ唇に、ロイドの視線は一瞬縫い止められた。濡れた艶だけがその唇にある――誇張するような色が乗っていない分、やや薄めなその形の美しさがよくわかる。

「――……」

目を、引き剥がす。

紫の瞳はカップをじっと見つめたあと、ようやく顔を上げてロイドを捉えた。

見つめる目に焦点が戻ってきている。言葉はなかったが、不思議そうな表情をしていた。

「意外か？」

先んじてロイドが問いかけると、ウィステリアは肯定の代わりに一つ瞬いて、またじっと視線を送ってきた。

「……妹がいるんだが、幼い頃は一人で眠るのが怖いと言ってよく夜中に起きていた。一番寝室が近いのが俺で、起こされた。妹は泣いて昂ぶって眠るどころではなくて、やむをえず厨房に行って、甘い飲み物を温めて与えた。そうすると落ち着くから……一時期それが習慣になっていた」

語ったあとで、ロイドは自分の言葉にかすかな驚きを覚えた。強く唇を閉ざす。

――意味の無いことをなぜこんなに長々と口にしているのか。

家族のことは特に踏み込まれると煩わしく、話題になどしたくないと思っていたはずなのに。

ウィステリアは手の中のカップに目を落とし、「妹」と小さく反復した。

それから、赤みの増した唇が綻んだ。あのまどろむような微笑ではなく、感情の滲む笑みだった。

「……子供扱いか、私は」

「実際、効果があっただろう」

「ん……、そうだな」

つぶやきながら、ウィステリアはもう一度カップを傾ける。やがて飲み干したようだった。

それから目を伏せ気味にして、テーブルの上を見る。

しばらく、互いの呼吸だけが聞こえるような静寂があった。

「……もう、寝るよ。ごちそうさま」

そう言ってウィステリアが立ち上がると、肩にかけていた上着がはらりと落ちた。白い手がそれを拾い、椅子の背にかけて、ロイドの側――流し台にカップを持ってくる。

後で片付けるとウィステリアはつぶやき、ロイドに背を向けた。

緩くうねる黒髪がヴェールのように背を流れている。青とも赤ともまじる紫の光が散っている。

その後ろ姿が寝室に消えようとしたとき、ロイドはとっさに、師匠と呼びかけていた。

ほのかな燐光をまとった背がゆっくりと振り向く。

眠たげに一度瞬いた紫の目を、ロイドは見つめ返した。

――寝室の薄闇で浮かんだ疑問。そしていま目の前にいる、見たことのない師の姿。

飲み下しきれずに再びこみあげた問いが声になった。

「この地に来る前――あなたは、誰かに恋をしていたのか」

あまりにも稚拙な、くだらない問い。だがそれが最も直接的な問いだった。

おそらくは拙い恋とサルティスが暗示したものこそが、目の前の女をこの地に追いやった原因だと考えられた。

長く黒い睫毛の下、紫の目が見開かれる。

微睡みから覚め、息さえ忘れたように、その双眸はロイドを見つめ返していた。

硬直したまま、わずかに焦点が揺れる。

確かにこちらを見ているのに、だがもっと遠くの何かを見ているかのように。

(何を……)

――なぜ、そんな目をする。

突然、遠い星を思わせる目が歪んだ。

濡れた唇がわななき、瞳の中の光は大きく揺れて潤んだ輝きを放ち――

今にも泣き出しそうな顔を、した。

「……思い、出させないで」

震え、いつもより高くかすれた声。

ロイドは息を止めた。

ウィステリアはすぐに顔を背け、それ以上何も言わずに寝室に消えていく。

逃げるようなその背に、ロイドは続く問いも、他のどんな言葉も投げかけることができなかった。

華奢な背中が見せたのは、脆い、だが明確すぎるほどの拒絶。

扉は閉ざされ、視線すら阻んでいる。

ロイドは立ち尽くし、組んだ腕を抉るように指先に力をこめていた。

目の前が揺れる。頭の芯が凍り、同時に全身の血が燃えているようだった。

——思い出させないで。

それが、答えだった。

魔女でも《番人》でもない、脆く惑い死を見つめ続ける女の。

かつてのウィステリア・イレーネ＝ラファティに、一瞬触れたような気がした。

（——誰だ）

誰だ、と頭が、体中が叫んでいる。その叫びだけに支配される。こんな刺すような動揺を知らない。

ロイドは記憶を掘り起こし、一気にたどる。ウィステリア・イレーネの記録。実母の義理の姉としての情報。そのどこかに、ウィステリア・イレーネと婚約関係あるいは恋愛関係であったと思われる相手はいなかったか。

――いない。わからない。

ウィステリア・イレーネ＝ラファティのことを、何も知らない。

立場上、義理の伯母にあたること、記録が冤罪であること、《未明の地》の番人であるという説明の他には何も。

今にもあの寝室に踏み込んで細い腕を捕らえ、揺さぶって答えさせたい。

衝動にも似た激しさに、そんなものを覚えている自分自身にロイドは戸惑い、腕に食い込むほど手に力をこめた。

（あなたは誰を――想っていた？）

――あんな目をするほどに、誰を想っていたのか。

挿話　失った恋が、それ以上あなたを傷つけないように

「エスターお嬢様……笑顔でございますよ。侯爵夫人も、エスターお嬢様の笑顔をご覧になりたいはずです」

馬車の中、母ほどの年齢である気の良い侍女にそう言われても、エスター・エル＝スティアートの気分はまったく晴れなかった。

外は快晴で、侯爵夫人の招待に応じるには最適な天気だ。母に無理矢理送り出されたとあっても、これまでのエスターであれば、弾むような気持ちで家を出られただろう。

だが晴れた空が投げかける明るい光は、忘れようとしたはずの思い出を蘇らせ、エスターは涙ぐんだ。

ひどい顔色だから厚く化粧をしてきているが、ここで泣いたら崩れてしまう。そう思って必死に瞬きを繰り返し、こぼれ落ちそうなものを堪えた。

――本当は邸から外に出たくなかった。

あの日からずっと、誰とも会いたくなくて何をする気にもなれず、自分の部屋にこもってばかりいた。

泣いて泣いて、干からびそうなほど泣いて――それでもまだ、忘れられない。

(どうしてなの、ロイド……)

不可視の傷口がずきずきと痛み、また開く。うずくまって泣きわめきたい気持ちと、どうしてという憎しみにも似た激しい感情とがまざりあう。

——あの日、間違えたのだ。

その強烈な思いが毒のように体を回り、激しい後悔が喉を焼いた。

(もう一度、あの日に戻れたら……)

気が触れそうなほどに何度も何度もそう願った。

もう一度、ロイドに別れを告げたあの日に戻れたのなら——今度は決して間違えないのに。

沈んでいくばかりの思考に首までつかりかけたとき、馬車は止まった。

さあ、と侍女に促され、エスターは重い足取りで侯爵邸へ降り立つ。

執事が丁重に出迎え、すぐに庭へ通された。

花と緑の美しい庭に、白いテーブルと椅子が映えている。

座っていた女性が、優雅に立ち上がって微笑んだ。

「エスターさん、いらっしゃい」

落ち着いた栗毛を結い上げ、品の良い灰色の目をした侯爵夫人は、灰銀のドレスに身を包んでいた。エスターの母より少し若いと聞いているが、もっと若く見える。

たれ目気味で、左の目尻に小さな黒子があり、それが不思議な色気を醸し出していた。華やかな美人というわけではないが、引き込まれるような魅力がある。

若い内に結婚したが、間もなく夫に先立たれた未亡人という話だった。芸術に造詣が深く、また一部の人間からは、恋愛にまつわるよき相談相手――〝恋の女神〟などと言われているらしい。

まともな状態であったなら、エスターはすぐ夫人に打ち解けられていたかもしれない。

だが現実は、庭の鮮やかな緑にあの日の記憶を呼び起こされ、涙を堪えるだけで精一杯だった。

お嬢様、と小声で諭す侍女の声があったから、かろうじて耐えた。

なんとか腰を落として礼をしたエスターに、侯爵夫人は感じの良い笑みを浮かべて向かいの席を勧めた。エスターは静かに席についた。

すぐに茶と菓子が運ばれてくる。

湯気の立つカップとソーサーが夫人とエスターの前に置かれた。

夫人は細い指でカップを持ち上げると、ゆっくりと傾ける。

そうして喉を潤したかと思うと、穏やかな声でエスターに語りかけた。

「エスターさん、無理して来ていただいて悪かったわね。お母様が、あなたのことをとても心配していらしたのよ。私でよければ相談に乗るからとお話ししたの」

「……光栄です」

まともな愛想笑いさえできずに答えたエスターに、だが侯爵夫人はすべてわかっているというように微笑した。

「私は、ただあなたのお母様とお友達だから、あなたの相談に乗ろうとしているのではなくてよ。私にも、初恋は甘く苦い体験だったわ」

あなたと同じように、と言外に含むような口調に、エスターは緩慢に目を上げて侯爵夫人を見た。

夫人は穏やかにエスターを見つめ返し、うなずく。

「初めての恋は、思い詰めやすく傷が大きくなりやすいもの。でも身を滅ぼすようなことがあってはだめよ。今は耐えがたい傷でも、時が癒してくれるのだから」

新たな恋が一番ね、と悪戯っぽく笑って夫人は言った。

「……はい」

エスターはそう短く返事をすることしかできない。――新たな恋など、できるはずもないと思った。

鈍い反応にも夫人は不快そうにする様子もなく、ただ浅く溜め息をついた。

「ロイド・アレン＝ルイニング。――彼は、罪な人よね」

その名前が出たとたん、エスターは弾かれたように顔を上げた。ただの哀れみや同情というには、その声は少々親身に過ぎるように聞こえた。

夫人は手ずから茶のポットを傾け、自分のカップに注ぎ足した。

「私も、あなたと同じ夢を見させてもらった一人なの」

穏やかな声で、夫人は告げた。だがその言葉はにわかにエスターの胸を穿った。

動揺が顔に出る。止められない。そしてエスターの内にこみあげたのは、焦げるような黒い感情だった。――この人もロイドの恋人だったのか。

「いい夢だったわ。一時の夢としては本当に――〝理想の恋人〟だった」

「わ、私は……っ!!」

――あなたとは違う。

エスターはかっと頭に血がのぼり、寸前でその言葉を吐き出しかけた。

(私は……私は、本気だった!!)

一時の夢などではなく、真実ロイドを愛していた。こんなふうに思い出として語れる程度の気持ちと同列になどしてほしくなかった。

侯爵夫人はエスターの非礼に眉をひそめるでも、怒りを表すでもなく、同情的な表情を崩さずに続ける。

「私は違う? ええ、これまで彼の愛を乞い、得られずに去っていった女性たちはきっと皆同じことを思っていたでしょう」

「! そんな……!」

「おかしなことではないのよ。誰かに恋をするということは、根拠のない思い込みに振り回されるということでもあるの。彼……ロイドに恋をすれば、皆、彼の特別になりたがる。特別になりたくて、距離を詰めすぎてしまう。彼はとても紳士的だから……特にね」

諭すような夫人の言葉が、エスターの耳に鈍く刺さった。

怒りや反発のままに言い返してしまいそうになるのを、強く唇を噛んで堪え、うつむく。

(なら、どうすればよかったの?)

ロイドの特別な存在になりたいと願うことの何がいけないのか。

スティアートのじゃじゃ馬と呼ばれて周囲から呆れられてきたエスターには、宮廷人のような迂遠で艶めいた駆け引きなどできない。

はじめは反発から、やがては恋心から――勢いにまかせて正面からロイドにぶつかっていくことしかできなかった。挑発するような口調や棘のある言葉遣いになっては後で悔いたが、すぐには直らなかった。

それでも、ロイド自身がそういったものも含めて好ましいと言ったのだ。

坂道を転がり落ちるように自分がのめりこんでいることは、エスターにもわかっていた。けれど大きな口論にも険悪な雰囲気にもならなかったことに勇気づけられ、そのまま踏み込んでいった。

――自分には、それが許されるのだと思った。

うつむいて黙りこむエスターに、夫人はぽつりと語った。

「……一つ、覚えている光景があるわ。彼が夕日の射し込む窓辺に立って、ただ外を眺めていたの。その横顔が夕日に染まって、窓枠の影が十字架のように落ちて……銀の髪が火のように見えた。動いて息をしている人間とは思えなかったわ。何か罰を受けて地上に留め置かれた、人ではないもののようだった」

ちょっと想像がすぎるわね、と夫人は苦笑いする。

だがエスターはうつむいたまま目を見開いた。

夫人の言葉が、なぜか自分の記憶の中と重なった。

――ロイドは時々、とても遠い存在に感じたのだ。

彼を遠巻きに見ていた頃より、恋人となって近しい関係になってからのほうがよほど遠くに感じることがあった。

ロイドが誠実で非の打ち所のない行動をすればするほど、見えない壁が間にあるように感じた。

それはエスターに言いようのない不安を与え、ひどく心をかき乱した。

だから、いっそう踏み込んだ。どんな隠し事も不誠実なこともあってほしくないと直接言葉にして伝えた。ロイドは確かにそれを受け入れてくれた。

（なのに……）

どうして今、自分はロイドの隣にいないのだろう。

「どうすれば……よかったのですか。もっと、貞淑に、淑女らしく振る舞うべきだったのですか？」

口内に広がる耐えきれない苦さを吐き出すように、エスターはそう口にしていた。

――スティアートのじゃじゃ馬。跳ね返り娘。

これまで何度もそう言われてきた。けれど、他の令嬢とは違うその点こそがロイドの目に留まり、恋人になれたのだ。

「彼はあなたに、自分のことを話した？」

夫人が静かに告げた言葉に、エスターは小さく目を見張った。

「ロイドのこと……？」

「そう。たとえば彼の過去や考えやご家族や友人のこと。彼がルイニングの嫡子でありながら、剣を握って前線に立つ理由は？　戦乱の時代ならまだしも、貴族の子息が最前線に行くなどありえないことよ。それも魔物相手だもの。どれほど優れた武術の腕を持っていても、普通なら考えられないでしょう？」

エスターは小さく肩を震わせた。そうして今、気づいた。

（ロイドは……自分のことをあまり話さなかった）

趣味や好みについては、聞けば教えてくれた。あのきらびやかな外見のわりに、あまり派手なものは好まないこと。実用性を最も重要視していること。体を動かすことが好きだということ。

音楽や絵画は知識だけの無骨者、とややおどけて教えてくれた。

家族については、特に話すことを避けているようだった。だがあの有名なルイニングの嫡子だから、聞かずとも多くを知っていた。両親がいて、弟妹がいて、家族仲の良い一家としても有名で、ロイド自身は長子にして嫡子であるということ。

一度、何かの拍子に弟妹についての話題になったことはある。だがあのときロイドはかすかに苦笑いして、二人は両親によく似ている、とだけ言った。

それ以上のことは話さなかったが、十分だった。

どんな魔物を討伐したか、どんな戦いがあったのか、興味本位で聞けば、簡単な内容を答えてくれたことは覚えている。――女性に聞かせる内容ではないからと詳細を伏せられたことも。

（……でも）

ルイニング公の後継者ともなれば、たとえ剣を持つとなっても兵の背後で指揮をとる立場が正しい。

だから、エスターは率直に言った。

――あなたがすごく強いのは知ってるわ。でも剣を振るうのはやめて。あなたの身に何かあったらと思うと気が気でないの。

ただ純粋に、恋しい男の身を案じて出た言葉だった。

ロイドは淡い苦笑いに似た表情をした。

一瞬――それが倦んだような顔に見えたことを、エスターは思い出す。

しばらく食い下がったが、ロイドからは了承の言葉も拒否の言葉も得られなかった。恋人としてはたいていのことを受け入れてくれる彼にしては珍しいことで、結局、エスターが引き下がった。

脳裏に浮かんだ光景を頭を振って追いやり、エスターは挑むように侯爵夫人を見た。

――自分よりも、他の誰かがロイドを理解しているなどとは考えたくない。

「ロイドはルイニング公爵の正統な後継者であり、当代一の騎士でもあります。ロイドは本当は真実の騎士になりたかった……だから剣を握って前線に立った。そういうことでは、ないのですか」

「……そうね。あるいはそうなのかもしれない」

体を硬くしたエスターに対し、夫人はすっと目を細め、庭の緑に顔を向けながら言った。

「不思議に思って問い質した人は一人ではないでしょうね。後継者として輝かしい未来が約束されていながら、なぜそのすべてを無にしかねないようなことをするのか……」

夫人の横顔は、ここではないどこかを見つめているように遠く感じられた。

「誰も答えを知らないの。なぜ彼が剣を握るのか、彼は何を求めているのか」

びくり、とエスターの握りしめた手が震えた。まるで頬を打たれたように感じ、とっさに目を伏せた。

――誰も知らない答え。

それこそが、ロイドとの間に感じた見えない壁の正体なのではないか。

胸の底がまた、焦げ付く。そこから黒い泥が流れ出す。

「それなら……王女殿下は、その答えをご存じなのでしょうか」

夫人ははっとしたようにエスターに顔を戻した。

言葉を間違えれば王族への不敬と取られかねない物言いに、夫人ははじめて顔を強ばらせる。

「口に気をつけなさい、エスター。殿下は私たちとは違う。当たり前のことよ」

はっきりとたしなめる言葉に、エスターは唇を引き結んだ。

こみあげたものを無理矢理飲み下すように、カップを持ち上げて冷め切った茶を喉に流した。

第三王女アイリーンとロイドの婚約の噂を聞いたとき、エスターはにわかには信じられなかった。

――ルイニング公に言われてもまだ、ロイドとの関係が修復できると信じ込んでいた。

あるいは――自分があんなことを言ったから、ルイニング公が王女とロイドの婚約を進めてしまったのではないかと思いさえした。ロイドの意思とは関係ないのだと。

ロイドと決別した後、エスターは恥知らずと誹られるのも承知で、ルイニング公に面会を申し込んだ。

体面のことを気にする余裕さえなくしていた。

驚異的な若々しさを持つ現ルイニング公爵ブライト・リュクス＝ルイニングは、〝生ける宝石〟と呼ばれるほどの見目だけではなく、誰に対してもわけ隔てなく寛大との評判だった。

事実、ルイニング公はエスターに対してもその評判を裏切らなかった。

礼を欠いた面会、泣きじゃくって取り乱したエスターの言葉にも、辛抱強く耳を傾けた。

——その上で、かすかな哀れみを滲ませつつも厳然と告げた。

『あなたはロイドを選ばなかった。そしてロイドもあなたを選ばなかった。それを、無理に結びつけることはできない』

そのときの公爵の顔があまりにもロイドに似ていたからか、まるでロイド本人から言われたようでエスターは凍りついた。

静かにこちらを見つめる金の目に、心の奥底まで見透かされているように感じた。

——違う、と公爵の言葉を否定することはできなかった。

自分ばかりが前のめりになって、追いかけ続けることに疲れてしまった。なのに、諦めることなど考えもしなかった。

だから、あのときロイドを試すような真似をしたのだ。

そのことを、ルイニング公に見透かされているような気がした。

(追いかけて、ほしかった)

追いかければ、ロイドは振り向いてくれる。立ち止まって手を差し伸べてくれる。それが〝理想の恋人〟——完璧な恋人だからだ。

いつだって彼は完璧で、心がかき乱されるのは自分だけだと気づいてしまった。

だから、少しでもロイドに追いかけてきてほしいと思った。

別れると言えば、動揺して追いかけてくれるのではないかと期待して。

——理想の恋人なら、きっとそうしてくれると信じて。

なのに、返ってきたのは短い肯定だけだった。

泣き暮らして呆然と時間を過ごしているうちに、エスターはロイドとアイリーン王女の噂を聞いた。

（本当は、私を愛していなかったの？）

ロイドは自分を選ばず、王女を選んだ——そう考えることは、エスターにとって耐えがたい苦痛だった。

試すような真似をしたのは自分だと頭では考えられても、心が伴わない。

——アイリーン王女なら、ロイドは追いかけるのだろうか。王女なら彼が剣を握る理由も知っているのだろうか。

気づけば、エスターの頬は濡れていた。

こみあげる嗚咽を抑えることができない。

侯爵夫人は空のカップをそっと引き寄せ、ポットを傾けて注いだ。

温かな茶に満たされたそれをエスターの側に戻す。

「彼はね。強引な真似も、余計な詮索もしない、寛容で洗練された人……でも自分のことを話さず、相手に干渉しないということでもあるの」

エスターの唇が、嗚咽に震えた。

知りたくなかったのに、夫人の言葉は多くのことを突きつけてくる。

ロイドは、エスターに多くを聞かなかった。好みを少し訊ねることがあっても、家族や過去や友人について干渉するようなことをしなかった。――余計な疑いを抱かず、こちらを信じ、そのまま受け止めてくれているのだと都合良く考えていた。

けれど、そうではなかったとしたら。

「追いかければ立ち止まってくれることはあっても……彼は、追っては来ないの。踏み込んでくることもない。きっと、誰のことも」

――殿下だけが別ね、と夫人は静かに付け加えた。

落ち着いた抑揚の中に確かな同情を感じて、エスターの喉はいっそう震えた。

自分に対してだけではない。きっと、自分のように恋に破れていった者に対しての言葉だった。

皆、きっと同じ痛みを抱えたのだとも理解できた。

――ロイドは、追っては来ない。

否定したくても、その残酷な言葉は息もできぬほどエスターの胸いっぱいに広がった。

「夢は、いつかは覚めるもの。あなたはまだ若く未来がある。新しい恋を探しなさい。――失った恋が、それ以上あなたを傷つけないように」

エスターはしゃくりあげて泣いた。

そしてようやくのことで、首を縦に振った。

涙に濡れた視界に鮮やかな緑がぼやけ、あの日の記憶も少しだけ溶けていく気がした。

四章◆知りたいと願った意味は

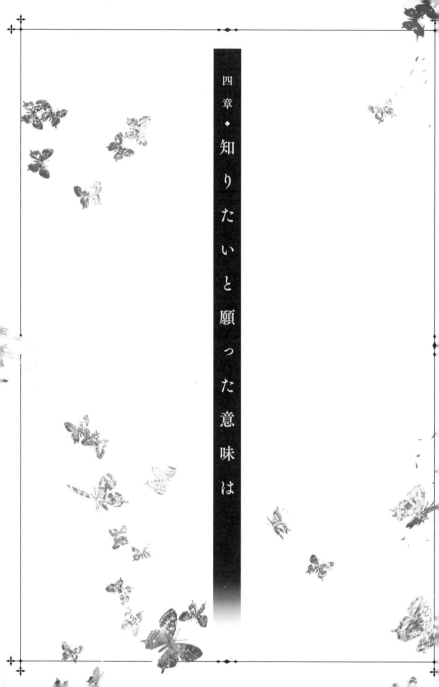

仮定と希望

（……最悪だ）

ウィステリアの目覚めはいつにもまして悪かった。悪夢を見たときや、思い出したくない過去を思い出したときともまた違う。

どうしようもなくいたたまれなくて恥ずかしい——そういった類の感情だった。

はああ、と盛大に溜め息をついて、寝台の端に腰掛けたまま両手で頭を抱える。

すかさず、いついかなるときも明快な聖剣の声が飛んだ。

『お目覚めのほどはいかがか。たいそうよく眠れたという顔をしているではないか！』

「……それ、絶対皮肉で言ってるだろ」

『無論。昨夜のお前はたいそう醜態をさらしていたからな！』

「う、うるさい！　思いっきり傷を抉りに来るな！」

羞恥で頬が熱くなるのを感じながら、ウィステリアは聖剣を睨んだ。

それからまた、手で口元を押さえてうつむく。

（……見られた）

——ロイドに、見られた。

夜明けと共に理性が戻ってくるにつれ、おぼろげな夜の記憶が蘇ってきて青ざめた。

気まずさにまた深い溜め息をつく。

ロイドの前で醜態をさらしただけでなく、幼子にするように――彼曰く、妹の面倒を見ていたので慣れているというように――温めた甘い飲み物を振る舞われてやや落ち着く、という体たらくだった。

――否。それはまだ、自分が恥ずかしいだけだからいい。

耳に蘇る言葉に、ウィステリアは胸元をつかんだ。

『この地に来る前に――あなたは、誰かに恋をしていたのか』

あの問いに、胸の奥深くを直接叩かれたように感じた。

――なぜ。知られた。見透かされた。どうして。

目眩がするような感覚。それから。

「……っ」

――ブライトの顔が、どうしようもなくよぎった。

まるでブライト本人に言われたように錯覚して、取り繕うことができなかった。

笑って受け流すべきだったのに、もう思い出したくないのに――。

詰めていた息を、なんとか吐き出す。そうしてから、ウィステリアはサルティスを睨んだ。

「なあ、サルト。ロイドに何か言ったか？」

『……何かとは？』

「だから、その……私がここに来る前のこととか」

『言ってない。下世話な詮索はしないよう、忠告はしてやったが』

そうか、とだけ答え、ウィステリアはまた息をついた。サルティスの性格からしても、こちらの過去や経緯をことこまかにロイドに説明するなどというのは考えられない。

だがロイドは察しが良く頭の回転も速い。こちらの言動や断片的な情報から、あの問いに行き着いたのかもしれない。

（……気を引き締めないと）

ウィステリアは立ち上がり、ゆっくりと伸びをした。

すると、かすかな芳香が漂ってきて鼻腔をくすぐった。空腹を刺激するような香りだった。

（ロイドが朝食をとっているのか）

そう思うと、少し怖じ気づいてしまう。顔を合わせるのが気まずい。このまま部屋に引きこもろうかなどと一瞬考えたが、できるはずもなかった。

軽く着替えて髪を梳かし、一つ深呼吸をしてから寝室を出る。

居間のテーブルに予想した姿はなく、むしろその向こう――調理場に立つ長身が見えた。

特徴的な三角に切り抜かれた半袖、金の刺繍がされた黒い上着がいっそうその身を引き立て、肩を越す長さの銀髪は束ねられて首の後ろを流れている。

空腹を刺激する芳香は、広い背の向こうから漂ってくる。

ウィステリアは忙しなく瞬いて立ち尽くす。一言も声をかけないうちに、大きな背が振り向いた。

「おはよう」

「!!　お、おはよう」

ロイドの片手には木べらがあり、長い指がくるくると器用に回した。

「心身の調子は？」

さらりと訊ねられ、ウィステリアはとっさに答えられなかった。

金の瞳に全身を観察されているような気がして、目を伏せる。

――昨晩のことを受けての言葉であることは、誤魔化しようがない。

まごつきながら、ようやく答えを絞り出した。

「……もう、大丈夫だ」

「ならいい。身支度が終わる頃には出来上がってる。多分」

ロイドの言葉の意味を、ウィステリアはすぐにはつかみかねた。が、どうやら自分の分まで朝食を作ってくれているということらしいと悟ると、これ以上ないほど目を丸くした。

サルティスが容赦なく鼻で笑った。

『出来上がる？　ふん、焦がすの間違いではないのか？　あるいは毒でも入れるつもりか？』

「舌も鼻さえもない物体に調理について口出しされるいわれはない」

『物体だと!?　無礼だぞ小僧!!』

ロイドは鋭くサルティスに言い返し、サルティスも即座に切り返す。ウィステリアは戸惑いつつ、ひとまずサルティスをテーブルの横にたてかけ、身支度を完了させるべく浴室に引っ込んだ。

「……美味しい」

ほとんど無意識に、ウィステリアはそうこぼしていた。

簡素なスープに、パンや粥代わりの明るい繊維。食材こそいつもとさして変わらないが、スープは自分で作るものとは味付けが違い、少し濃い。だがしつこくなく、つい次の一口を運んでしまう味だった。

いつもただ千切って食べるだけだった繊維は細かく刻まれて器に盛られ、刻んだ植物と混ぜて、即席で作ったらしい調味料がかけられている。これは爽やかな風味だった。

――自分ではない誰かに作ってもらった料理など、いつぶりだろう。

ウィステリアは自分でもうろたえるほど胸が詰まり、密かに感動していた。

向かいに座るロイドは得意げにするでもなく、一度、目を上げてウィステリアを見ただけだった。

「君……料理もできたのか」

「簡単なものだけだ。身の回りのことは一通り自分で出来た方が面倒がなくて済む」

「な、なるほど……？」

そういうものなのだろうか、とウィステリアは内心で首を傾げた。

――たとえば前線に出るものとして、戦場において自分で炊事が出来たほうがいいのはわかる。が、そのわりに料理として体裁を守っている様子が感じられた。ただ腹を満たすためにしては少し手がこんでいる。

「……もしかして、妹君に作ったりしていたのか？」

「それもある。小腹が空いたときにいちいち作ってもらうというのも面倒だった」

ロイドはあっさりと答えた。

ウィステリアは小さく目を見開き、それから声をもらして笑いそうになった。気障で涼しげな顔をしておいて、夜中に泣き出した小さな妹のために厨房に立つ少年の姿――そして食べ盛りの青年が大量に作っては次々と平らげる図が頭に浮かんだ。

今も、ロイドの分量は、ゆうにウィステリアの二倍はある。

滑らかに淡々と平らげていくからあまり意識しなかったが、ロイドはかなり食べるほうらしい。

自然と気持ちが和むのを感じながら、ウィステリアは匙を再びスープにくぐらせる。

ロイドが、おもむろに口を開いた。

「――昨晩のような状態には、頻繁になるのか」

静かな問い。

匙をつかむ指先をかすかに震わせ、ウィステリアは動きを止めた。

不意打ちに、すぐには声が出ない。

スープに目を落としたまま、重い口を開いた。

「すまない、迷惑をかけた。疲れがたまるとああなる。頻繁になるわけではない」

「そんなことは言ってない。疲れ？　それだけで？」

ロイドの声には明らかに不審の感情が滲んでいた。

(――他に、どう言えと?)

ウィステリアは内心で尖った声をあげた。苛立っている。迷惑をかけたのは自分のほうだ。八つ当たりだと自覚する。

――弱い自分、脆い自分を見られたくなかった。

なのに、仮にもこの青年の師という立場であるのに、醜態をさらしてしまった。あんな状態を目撃したら、ロイドでなくとも訝しく思って当然だ。あきらかに不審であったのだから。

それでも、何でもないことであるように乾いた声で続ける。

「《瘴気》のせいだ。《瘴気》は精神にも作用することがあり、正常な判断を損なうことがある。私自身は昨晩のことはおぼろげにしか覚えていない。半分、夢を見ていたようなものだ。何か妙なことを言ったかもしれないが、寝言だと思ってくれ。そういうわけで、《瘴気》が精神面に及ぼす影響については君も気をつけたほうがいい」

ロイドは答えなかった。すぐには信じられないのだろう。

ウィステリアは強く唇を閉ざした。

――完全な事実というわけでもないが、まったくの嘘というわけでもない。

少なくとも瘴気の影響で、時として箍《たが》が外れやすくなる――理性が失われることがあるというのは事実だ。

ただ、それによって何がさらけ出されるかなど、ロイドには知られたくなかった。

かつて、泣き叫ぶ自分にサルティスが教えてくれたことを思い出す。

――立て、イレーネ。どれだけ泣き叫んでも、懇願しても、お前に手を差し伸べられる者はいない。――好きなだけ嘆いたら、耳だけ動かせ。一つ、教えてやる。お前にも唯一、己の人生を決める自由が残されている。

それは冷酷で厳格な、だが疑いようのない確かな救いだった。

〝――終わり方だけはお前の自由にできる〟

先の見えない《未明の地》での生に絶望しても、かろうじて心を保てたのはその言葉があったからだった。

幕引きだけはいつでも、自分の自由に行える。

いつでも終わっていいのだ。

そのことはウィステリアを深く安堵させ、同時にずるずると時間を重ねさせた。

「……私の場合はこの体質もある。君がああなることはないだろうから安心し――」

「そんなことを言ってるんじゃない」

食器が小さな衝突音をたてた。――ロイドがそんな音をたてたのは初めてだった。

ウィステリアは薄い小麦色をしたスープの表面に目を落としたまま、ロイドを見なかった。

強い視線を感じる。あの黄金の、月に似た瞳はこちらを探るように直視しているのだろう。

つい先ほどまで舌に温かかった食事が、急に冷たくなっていく気がした。

その冷たさが、歪な沈黙を呼ぶ。

息苦しさに耐えかね、ウィステリアはかすれた声で言った。

「……この話はやめよう。君の必要とする魔法にも、サルティスにも関係のないことだ。だから――」

「確かに関係ないらしいな。それで？」

逃げるように口にした言葉を、鋭い声が遮る。挑戦的な、かすかな苛立ちさえ感じる響き。

「見なかったことにしろと？」

強い視線の気配が逸れない。ウィステリアが逃げることを許さないというように、強さを増していく一方だった。

（――何なんだ）

困惑と同時に、ウィステリアは苛立った。

今日のロイドはやけに絡んでくる。昨晩の醜態に対する失望や皮肉ならまだわかるのに、むしろ真逆の――息苦しいほどの率直さで追及してくる。

自分も瘴気に蝕まれることを危惧しているのかと思えば、また違うような気がする。

ただ静かにこちらを探り、距離をはかろうとするかのような。

――踏み込もうとしている目だ。

ウィステリアはぎゅっと一度奥歯を噛んだ。

逆立つ胸のうちをやりすごし、低く抑えた声で牽制する。

「関係のないことを話すつもりはない」

探る視線を撥ねつける。

――あくまで仮の師弟。それ以上の干渉はお互いに許すべきではない。

そのことを、相手にも強く思い出させようとする。

今度は先ほどよりももっと重く気詰まりな無言が生じた。

互いに距離を見誤り、立ち尽くしているような感覚だった。

だが青年の低い声が、おもむろにそれを破った。

「もしもう一人分の《門》が開けたら、あなたは」

「――っやめろ！」

ウィステリアはかっと頭に血がのぼると同時に叫び、音を立てて椅子から立ち上がっていた。

そこでようやく、小さく見開かれた金の目を見た。

――愚かな、とサルティスが低く吐き捨てる声が聞こえる。

かき乱され、こみあげたものを、息を詰めて堪える。

だめだ。言ってはならない。口にしたら。

必死にそう押し止めて襟元をつかむ。なのに声が抑えきれなかった。

「……私がそのことを、考えなかったとでも思うのか」

――生き延びて、時が止まった体。それは自然の終わりがやってこないことを意味していた。

そのまま生きるということは、終わりのない時間をこの異界で過ごさなければならないということだった。

帰りたいと、何度泣き叫んだかしれない。悲しみは怒りや憎しみに変質し、向こうの世界で生きるすべての人間を呪いさえした。そうしなければ耐えられなかった。

だがやがてはそれも磨り切れ、過去からも未来からも目を背けて、自分で自分を終わらせられる自由を胸に抱くと、ウィステリアにはただ静かな諦めだけが残った。そうすることが、唯一自分を保つ方法だった。

ウィステリアは震える息を何度か吐き、低い声で言葉を吐き出す。

「……《門》は向こうからしか開かず、その先の道は一人しか通れない。この異界と向こうの世界を繋ぐには莫大な魔力を必要とする。それほどの魔力を使ってこじあけた《門》とその道は、一人分の質量にしか耐えられない」

かつてサルティスから聞き、諦めとともに飲み込んだその真理。

――ここに二人居ても、《門》が開いたときに帰れるのは一人だけだ。

ロイドはいずれ帰る。そのことが持つ意味を、ずっと考えないようにしていた。

自分以外の同居人に慣れ、それを失うことに寂しさを感じるなどというだけではない。

長い時間をかけて心の奥に沈めた感情を――自分は向こうには帰れないという事実を、抗いようなく突きつけられるということだった。

だから、とかすれた声でウィステリアは続けた。

「できもしないことを言うのはやめてくれ。――叶わない希望も仮定も、もううんざりなんだ」

そう吐き捨て、強く唇を引き結んだ。息が引きつれ、全身に細波が立っているようだった。

――希望という名の無意味な願望をどれほど抱いても、どれほど抗っても、変えられないものは変えられない。

ここから帰れないことも。

自分が、ロザリーの代わりにここへ来るしかなかったことも。

耳が痛くなるような沈黙が漂う。やがて、ロイドもまた抑えた声で言った。

「すまない。浅慮だった」

短く率直な謝罪が、沈むように重く響く。

すぐには口を開けなかったウィステリアの代わりに、聖剣が冷め切った声をあげた。

『愚かだな、小僧。まったく――愚かな』

ウィステリアは手を握り、荒れた胸の内を静めることに集中した。

――こんな言い方をするべきではない。ロイドに、こんな感情をぶつけるべきではない。

もう一度息を吐くと、感情の波がようやく引いていく。

「……声を荒らげるような真似をしてすまなかった。この話はもうやめよう。せっかくの朝食がまずくなる。忘れてくれ」

頬は思ったより滑らかに動き、ウィステリアは淡く笑うことができた。

それで、この話題を葬るつもりだった。ロイドなら察して、二度とこの話題には踏み込まないはずだった。

言葉が返ってくることはなかった。

代わりに、静謐な黄金の目がウィステリアを捉えていた。

その雄弁な双眸は、声よりもなお強く語ってくる。

――忘れることも、諦めることもないというように。

冷ややかな揶揄や好奇心でもない。哀れみともまた違う。

どこへ行っても逃れることのできない、地のすべてを照らす月の光に似た目。

ウィステリアはその視線から逃れるように目を伏せた。

諦めを知らない双眸に、どうしようもなく心が乱されてしまいそうだった。

見えない壁の向こう

「……やはり、早く彼を帰すべきだな」

居間の棚を整理しながら、ウィステリアはほとんど独白のようにこぼした。

『何だ今更。ぐずぐずしているから余計な詮索を受けるのだぞ、愚か者』

「……まあ、そうなんだが」

テーブルの上に横たわるサルティスは、いかにも呆れたと言わんばかりだった。

せっかくの朝食を気まずいやりとりで終わらせてしまったあと、ウィステリアはロイドに植物の採取を頼んだ。半ば追いやるようにそうしてしまったのは、少し一人で考えたかったからだ。

居間を片付け、掃除し、少々歪な収納棚を無意味に整理する。

棚に両手を触れたまま、うつむいた。

（これ以上、妙な感傷を抱くような関係になる前に決着をつけないと）

自分とロイドは、本来関わるはずのなかった人間だ。

早く彼を帰して、自分はここに残る。そしてまた、これまでと同じ日々に戻る。

――自分と、サルティスだけの日々に。

棚の段に触れる手に、静かに力をこめる。ウィステリアはゆっくりとサルティスに振り向いた。

「なあサルト」

『何だ』

うっすらと口を開き、勢いのままに問いかけて止まった。

「……なんでもない」

『何だ、気色の悪い。うじうじと悩んでる暇があれば、さっさとあの小僧を叩きのめしてこい』

聖剣の答えにウィステリアは苦く笑い、そうだな、と答えて棚に目を戻した。

――聞いても仕方のない問いを、危うく声に出すところだった。

なぜ、自分の側にいてくれるのか。それから。

（私では、真の主にはなれないのか）

喉の奥にこみあげたその思いを、唇を閉ざして封じた。

言葉にして決定的な答えを聞くのはおそろしかった。

問うまでもなく、少し考えればわかる。サルティスの主になるには、ウィステリアという人間は武人としての素質も力量もまったく足りていないのだ。

それでも今のところ、仮の主という形でもサルティスが触れることを許しているのは自分だけだ。サルティスが側にいてくれるなら、それで十分のはずだったのに。

――ロイドの存在は、自分があくまで仮の主でしかないことまで突きつけてくる。

サルティスとの関係が、不確かで不安定なものにすぎないことを思い知らせてくる。

ウィステリアは深く、長く溜め息をついた。するとふいに、天井に気配があった。

顔を向けると、魔力に反応して大木の内部は一時的に実体を失い――すり抜けて、束ねた銀の髪を揺らめかせながらロイドが降りてくる。その片手に、頼んだ以上の大きな草の束を抱えていた。

金の目はすぐにウィステリアを捉える。

その眼光の思いもよらぬ鋭さに、ウィステリアは一瞬怯んだ。どことなく銀の眉も険しい。

「お、おかえり……どうした？」

「何も。少し邪魔が入った」

ロイドは抱えていた束をテーブルの上に放り、腕で荒っぽく頬を拭った。

それでようやくウィステリアも察した。

「邪魔？　魔物に襲われたのか⁉　怪我は――」

「倒した。怪我はない」

端整な顔に漂う険しさやほのかな赤みは、戦闘の名残によるものらしかった。

ウィステリアは思わずロイドの全身を見やった。ロイドの言うところの〝怪我はない〟は、必ずしも無傷を意味しない。

（迂闊だった……！）

背が冷え、同時に口内に苦いものが広がって歯噛みする。

あの距離なら大丈夫だろうと油断したのもあるが、自分の感情任せにロイドを遠ざけようとして、さほど必要でもないものの調達を頼んだのだ。

大きな怪我こそしていない様子なのが幸いだが、もし強力な魔物に遭遇していたら――。

目まぐるしく考えるうち、ウィステリアは強い視線を感じて目を上げた。はっきりと銀の眉がひそめられ、細められた金の目と合った。

「……怒るぞ」

「！　な、何を……」

「一人で行かせるのではなかったとか、自分のせいで危険にさらしたとか、そういった類の考え事をしてる顔だ」

ウィステリアは絶句した。まさに頭の中を読まれたかのようだった。とっさに言葉が出てこず、狼狽する。

――ロイドが不快そうな顔をしているということは、こちらが彼を侮っているように思われたのかもしれない。

「いや、その……君の力を侮っているのではなく」

「あなたに背負われるつもりはないと言ったはずだ」

冷静に反論され、う、とウィステリアは言葉に詰まった。

『未熟者が口だけはよく回るではないか。この未熟者のイレーネに心配されるということは、お前がそれ以上に未熟である証！　未熟も未熟ということであろう』

遠慮を知らぬ聖剣が火に油を注ぐようなことを言い、ウィステリアは焦った。制止しようとしたところに、金の目が怒りに輝いてサルティスを睨みつける。

「聖剣殿があのように言っていることだし、一刻も早い上達のために指南が必要だな、師匠？」

「そ、そう……だな？」

ロイドの声は低く、うなる獣を思わせた。

それに気圧される形で、ウィステリアは思わずうなずいていた。


「同じやり方ばかりではあなたも飽きるだろう」

家から外に出て地上に降り立つなり、ロイドはそんなことを言った。

ウィステリアは目を瞬かせた。

「飽きる？」

「こうして向き合って仕組みから説明を受け、それを模倣するという形式に異論はない。が、より実戦に近い形で使ったほうが無駄もなく早く習得できると思わないか」

「それは、そうだろうが……」

ではわざわざ魔物を探して戦いを仕掛けるか、あるいは試し撃ちできそうな自然物があるところまで移動したいということだろうか。

ウィステリアが意図をはかりかねていると、青年の金の目がかすかにきらめいた。

大きな手はおもむろに腰に佩《は》いた剣を鞘ごと抜き、下がって地面に置く。

「？　何を……」

「魔法を織り交ぜた近接戦を想定してくれ。剣は使わない。こちらが使う魔法は《反射》のみ。あなたは自由に使ってくれ。あなたの使う魔法を体で学んで覚える」

ウィステリアは大きく目を見張った。

それから複雑な気持ちになり、サルティスを抱えたまま腕を組んでロイドを睨む。

「私が君ほど剣を使えないのは事実だが、剣士である君が剣を持たないとは……舐められているということか？」

「いや。剣があれば剣を使うが、武器がない状態なら体術でさばく。武器がない状況も十分ありうるからな。――あなたこそ、私の武器が剣だけだと見なすと後悔することになるぞ」

ウィステリアは眉をつり上げたまま、む、と口を引き結んだ。ロイドの言葉にも一理あるように思えた。魔物との戦闘に限っても、あらゆる状況が起こりうる。

そして体術だけ比べてみても、自分がこの弟子を上回っているとは思えなかった。

ロイドは続けた。

「判定基準を決めよう。先に、背面もしくは前面が地に触れたほうが負けとする。それでいいか？」

「先に倒れたほうが負けということか。わかった」

『ふん。実戦というわりにずいぶんお行儀のいいやり方ではないか』

すかさず皮肉を挟んだ聖剣を、ロイドは冷ややかに一瞥する。

ウィステリアはたしなめるようにサルティスに向かって言った。

「この場合はむしろ基準を決めておかないと勝敗がわからなくなるだろう。ちょうどいい、君もただの傍観者ではなく立会人の役ができるぞ」

『ただの傍観者だと⁉　おい、この我をなんだと――』

たちまち抗議の声をあげる聖剣を半分聞き流しながら、ウィステリアは気の進まない自分を必死に鼓舞した。

ウィステリアの得意とするのは遠距離からの先制で、絶対的な有利をとって一気に魔物を倒す、という戦術だった。交戦というよりは一方的な殲滅。そして近距離戦はできるだけ避けている。

一方、剣を使うロイドは距離を詰める戦い方が基本と考えられる。体術にしても、そのために習得したものだろう。

ウィステリアは距離を取ると、不満をこぼし続けるサルティスを間合いの外の地面に置いた。

それからロイドと向き合い、いつもとは違って、一定の距離を取る。

「賭けをしないか？」

距離を置いて対峙するロイドが、ふいに言った。

ウィステリアは目を丸くする。

「賭け？」

「そうだ。ただ勝敗を決めるのではつまらないだろう」

「……つまらないということはないが。そもそも何を賭けるんだ。ここには賞品となるようなものは何もないぞ」

思わず眉根を寄せたウィステリアに、ロイドは軽く肩をすくめた。

「ものは要らない。――質問に対しての答えがほしい」

さらりと口にされた言葉に、ウィステリアは意表を突かれた。

金の両眼は貫くように見つめてくる。その透徹とした光の向こうに、炎のごとく揺らめく頑なな意思が見えた。

『くどいぞ、小僧。昨晩からの一件をまだ引きずるか』

「切り替えただけだ」

サルティスの言葉にも、ロイドは涼やかな顔のまま答える。

そのやりとりでウィステリアははじめて気づき、絶句した。

(……もしや、こうするためにこの状況を作ったのか?)

詮索するなと撥ねつけて終わったはずで、ロイド自身が興味を持つ話題とも思えなかったというのに。

ウィステリアが抗議する前に、ロイドはまったく悪びれずに遮った。

「無理に聞き出すつもりはない。答えたくないならそれでいい。答えられるものが見つかるまで聞くだけだ」

「……おい。何も聞かずに終わるという選択肢はどこへ行った？」

「ない」

即答され、ウィステリアは唖然とした。反論するも、青年は涼しげな顔を崩さない。もはや決定事項とでも言うように。

（なぜここまで……!?）

何がロイドをここまでかきたてるというのか。下世話な好奇心からとは思えないし、拒んだからといって無闇に反抗心を燃やすような青年でもないはずだ。これまでは、筋が通っていれば一度の説明ですぐに理解し、受け入れる態度を見せてきた。

何より、彼自身が詮索を嫌うようなところがあると思っていた。

「諦めの悪い男は嫌われるぞ……っ!!」

「つまり不屈ということだろう。美点なんじゃないか。それで嫌われた覚えもないしな」

「まっ、真顔で言うな真顔で!!　サルト、どうにかしてくれ!!」

『知らん！　低俗な争いに我を巻き込むな!!』

当のロイドは素知らぬ顔で、自分の両手首に触れて動きを確かめるような仕草をした。

「逆にあなたは？　賭けの対象に何を望む？」

問われ、ウィステリアは眉をひそめた。そんなものはない――と言いかけ、小さく脳裏に閃くものがあった。

（サルトを持ち帰るということ以外に、何が証立てになりうるかを聞く……）

そのまま聞くのも少しためらわれ、そのままにしていた問いだった。

だが、ロイド自身が言い出した賭けに乗る形で聞けば、率直な回答が得られるかもしれない。

「……君と同じように、こちらの質問に対する回答でいい」

「あなたも？　私に何か聞きたいことでもあるのか？」

ロイドはわずかに片眉を上げ、意外だというような顔をした。金の目に好奇の光がきらめく。

ウィステリアは答えず、軽く肩をすくめた。――が、そうしてからこれはロイドの仕草だと気づく。

「ま、まあいい。ではじめよう。審判は頼むぞ、サルト」

気恥ずかしさをかき消すように言って、息を吐いた。

ロイドが軽く両手を握り、構える。わずかに重心を落とし、左手は胸に引きつけ、右手を前に出す。

対して、ウィスティリアは足を軽く開いて立ち、両手も下ろしたままだった。

それでも目だけは、銀髪の青年から決して離さなかった。

◆

――舐められているのか。

ともすればそう錯覚するほど、ロイドの眼前に立つ相手は無防備に見えた。

否、実際に無防備だった。

だが、安い挑発のために彼女はそうしているのではないとロイドは知っていた。

師と仰ぐ女が、剣術はおろか武術や体術に特別優れているわけではないと改めて思い知らされる。

この地で一人生き延びてきた女の戦い方は、ロイドの知るどの武人や魔術師とも異なる。

向こうの世界とは異なる種類の魔法を、はるかに遠い距離から放ってくる。それが彼女の間合いであり、強力な武器の一つでもあった。その有効距離から考えると威力が相当減少するべきだが、師のそれは高い威力を保っている。それだけでも驚嘆すべき技量だった。

一方、近距離戦はそうではないというのも真実であるらしい。

距離を詰めれば、魔法の多くを封じられる可能性が高い。だが、それで油断を許して良いほど、ロイドは相手を知らぬわけではなかった。

互いに無言で向き合う。呼吸さえはばかり、空気が鋭く張り詰めていく。隙を探り合う。

ロイドに長く組み合うつもりはなかった。

不必要に相手を傷つけたいわけでも、無意味に己の力を誇示したいわけでもない。ただ、知りたいことがある。

『――思い、出させないで』

震える声が、揺れる紫の瞳が頭に焼き付いて離れない。

思い出せばまだ肌の下がざわつくような感覚がする。

頭の隅で、そんな自分に驚いてもいる。――だが、抑えきれない。

(答えを、聞かせてもらう)

知りたい。欲しい。だから取りに行く。

――研ぎ澄ました一撃。それで、勝負を決める。

ふ、と相手がかすかに息を吐き、ほんのわずかに体が弛緩する刹那。

ロイドは大地を蹴っていた。

全身の筋肉が瞬時に躍動して爆発力を与え、長身からは想像もつかぬ速さを生む。

ほとんど一息に間合いを詰める。

紫の目が見開かれるのは数拍遅い。ロイドは師の懐に飛び込んでいた。

勢いのままにぐんと沈み、最小限の動きで足払いをかける。――避ける気配は一切ない。

捉えた、と思った。

だが足に感じた衝撃は、わずかな弾力。撥ね返される。決して相手の体の感触ではない。

(何……!?)

直前で、何か見えない壁のようなものに衝突したようだった。

――魔法の兆候は見えなかった。無詠唱で何らかの魔法が発動したのか。だが反撃の気配もない。

(止まるな)

たたみかけなければ決定的な隙になる。

前傾の勢いを保ったまま、跳び上がる。

首元を狙った。腕で抱え、背後に回って拘束さえすれば。

だが今度も、触れる寸前で弾かれた。またも魔法が発動した気配はない。

――だとすれば。

集中し減速する世界の中、白い手が伸びてくるのが見える。その動きはまるで水中のように遅い。

動きだけで見れば、ロイドのそれにまるでついてきていない。

――だがその手はごく薄い、紫の光を帯びていた。

それに触れればどうなるか、ロイドは既に二度体験していた。半身を反らして《弛緩》を避け、後方に跳んで距離を取った。

師である女の、鮮やかな紫の瞳が目を引く。

――やはり、遠距離ほどの魔法を持っていないのは間違いない。

向こうから仕掛けてこないのも、反撃に《弛緩》だけを使おうとしたことからも確信する。

（《弛緩》はおそらく、かなり接近しなければ使えない）

相手を無力化するという意味では《弛緩》は絶大な威力を発揮する。

だがこれまで二回受け、そのどちらも至近距離だった。それがロイドに一つの推測をもたらす。

（至近距離と言っても、皮膚が直接接触する、あるいは握った剣が交差するなどの間接的な接触状態にないと発動できない――）

つまり相手もまた、距離を詰めなければ《弛緩》を使えないということだ。

距離を詰める必要があるのは相手も同じ。それはロイドの間合いでの戦いを意味した。

しかし、見えない壁のようにこちらの攻撃を阻んでいるものが何であるのかまだわからない。

自然とロイドの口の端はつりあがった。

（面白い）

物静かで、隙ばかりに感じられるほどの佇まいからは想像もつかぬほどの相手だった。そうたやすくは超えさせてくれない。

温厚な性格とは対照に無詠唱で正体不明の魔法を使い、更に《弛緩》という別の魔法をも同時に使うその技量。

師を包む見えない壁をどう越えるか。この手を阻むものをどう破るか。

肌が波打ち、全身が高揚していく。

ロイドは再び構え、全神経を研ぎ澄ます。

余計なものを意識から締め出し、ただ一つに引き絞る。

世界にウィステリア・イレーネただ一人が浮かび上がる。

◆

（……さて、どうするか）

棒立ち状態で対峙したまま、ウィステリアは速まる鼓動を抑えて自問した。

体術の心得がないウィステリアは、ロイドのような構えを取ることはできない。

一瞬前、ロイドに踏み込まれてたたみかけられたときの緊張と驚愕で体が硬くなっている。

わずかな動きさえも隙になるような緊迫感。いつ破られてもおかしくない不安定な均衡の中、紫と金の瞳は互いだけを睨み、うかがう。

一応弟子であるところの青年は、剣の代わりに全身を武器としたかのように隙が見当たらなかった。手に武器がなくとも、躊躇や臆病さがまったく感じられない。

軽率に手を出せばたちまち反撃を受け、かといって待っていても一瞬で懐まで飛び込まれる。

こんな状況でなければまた感心してしまうところだ。

――実際、ロイドに踏み込まれたとき、ウィステリアの体はほとんどついていけなかった。

かろうじて目だけが後を追えた。

しかしだからといって抵抗できないわけではない。

平常心と集中を保てれば、詠唱無しで魔法を発動・維持できる。敵が飛び込んでくるとあらかじめわかっていれば、防御の術はあるのだ。そして防御の魔法は決して不得意ではなかった。

体の周りに不可視の鎧のように張り巡らせている魔法は、ロイドにはまだ教えていない。

ウィステリアの意図通りに、魔法の壁は堅固な盾となってロイドの攻撃を阻んだ。

――だが、それとて無敵ではない。防御に特化した分、攻撃に回せる力が少なくなる上、攻撃への動作も遅くなる。

(どうにかして《弛緩》を叩き込む)

相手が魔物ではない以上、こちらの反撃はほぼ《弛緩》しか使えない。

神経を尖らせたまま頭の隅で考えているうちに、ぐん、とロイドの体が沈んだように見えた。

次の瞬間、矢のように駆け、目に映る青年の姿が一気に大きくなる。

(速い……!!)

魔法の使用を疑うような速度だった。純粋な足の速さ、踏み込みの大胆さ。どれも自分とは比べものにならない。

その必要はないにもかかわらず、ウィステリアはとっさにのけぞっていた。

しかしそれすらわずかに遅かった。のけぞると同時に周りに巡らせた《大盾》がロイドの腕を弾く。

向こうの攻撃は届かない。だが反射的にウィステリアが半歩後退すると、ロイドはそれだけ踏み込んで再び手を振り抜く。

首を狙ったそれも不可視の鎧に弾かれる。

まったく怯まず、ロイドは三度、低くして逆の腕を振り抜く。ウィステリアの腹部に伸びる。

――どれほど攻撃されようと、すべて《大盾》が阻むことはウィステリアにはわかっていた。

ゆえに、ロイドの腕を狙って自分の手を伸ばした。

《大盾》に弾かれた一瞬の隙に触れられれば、《弛緩》を発動させられる。

だが、ウィステリアの手が触れる寸前で、青年の腕が引かれた。目を疑うような反応速度だった。

即座にロイドは地を蹴り、距離を取る。

空振りした手を握りしめ、ウィステリアは青年を再び見た。

黄金の瞳が爛々と燃え、ウィステリアを見返していた。攻撃をことごとく阻まれている怒りや苛立ちではない。ましてや、教えられていない魔法への疑念や恐怖でもない。

その双眸にあるのは、真夏の陽炎を思わせる灼熱の輝きだった。

「以前に――見ていないな」

唇の端をつり上げ、ロイドは言う。

「《盾》と言った。私の剣を阻んだ技だ。まったく同じではないが」

ウィステリアは密かに息を呑んだ。頬が強ばるのを抑えきれない。

——教えていない魔法だからと無意識に緩んでいた部分に、鋭利な一撃を受けたようだった。

初めて見《まみ》え、ロイドが剣で斬りかかってきたとき——それを防ぐために、確かに《盾》の魔法を使った。

いま身にまとっている《大盾》はそれの応用で、原理としては同じ魔法になる。

（油断していたのは、私のほうか）

衝撃を受けた自分を叱咤する。

それでも、この見えない壁の正体がわかったところで、破る術をロイドは知らないはずだ。

落ち着け、といつも自分を叱咤する聖剣の声を強く思い出す。

目の前の青年が恵まれているのは魔法や武の素質だけでない。むしろもっと恐るべきは、その観察力や応用力のほうだ。——これまでの経験からわかっていたはずのことだった。

（時間をかけるのはよくない）

現状は不利ではない。しかし時間をかければ変化する。おそらくは有利とは言えないほうに。ロイド相手ならきっとそうなる。

呼吸すらもはばかりながら、ウィステリアは目の前の青年をうかがった。

ロイドもまた、隙の無い構えでこちらを探っている。

——それは、ウィステリアに野生の獣との対峙を思わせた。

魔物とは違い、敵意も悪意もない。ただ静謐な闘志だけを持つ、一瞬の隙に喉元に噛みつく天性の狩人。

互いに相手を見ている。相手だけが見えている。それ以外のすべてが世界から消える。

(私が踏み込むのはあまり意味がない)

《弛緩》のためには距離を詰めることが必要になる。だが単純な、そして覆しようのない体捌きの差で、こちらから仕掛けても避けられるだけだ。自ら隙を作りにいく行為でしかない。

ウィステリアは焦る気持ちを抑えつけた。

石像のごとく静止して揺るがなかったロイドの姿が、ふいに揺れた。

そう思った時には再び間合いを詰められていた。

(追うな!)

反射的に動こうとする自分の体を止める。まともに迎撃しなくていい。《大盾》さえ維持できればすべて魔法の力が阻んでくれる。

——狙うのはただ一つ。《弛緩》が発動できるだけのわずかな接触。

ロイドの左腕が首元を狙う。弾く。

今度は右腕が死角から狙うように顎下から。阻む。

同時にウィステリアも、ロイドの体を一瞬でも捉えようと手を伸ばした。

だがその動きは遅すぎ、あるいはあまりにも予測が容易なためか、ことごとくロイドに避けられる。

向こうの攻撃も届かない。だがこちらの攻撃も届かない。

歯痒い焦燥が、ウィステリアの胸に小さな棘となって刺さる。

反撃を避けながらも、ロイドは攻撃の手を緩めない。

拳や足が見えない壁を打ち付けるたび、《大盾》はウィステリアにその余波を伝えた。

息をする間もなく、いきなり青年の姿がウィステリアの視界から消え――今度は足を払おうと蹴りが来る。それも弾く。

だが不可視の鎧に守られても直立不動のままとはいかず、ウィステリアはとっさに半歩後退する。

わずかな隙を、ロイドは逃さなかった。

一歩大きく踏み込んだかと思うと、再びその右腕がウィステリアの首元に伸びる。

――だがウィステリアの目もまた、ほんのわずかにロイドの動きに慣れていた。誘うように首をかすかにのけぞらせる。

ロイドの手が首に触れる前に壁に阻まれる。その腕を確かに捉え、

「《弛緩》――！」

急いて乱れる声のままに放った。

《弛緩》の魔法はたちまちロイドの体を侵蝕する。抵抗を予想してウィステリアは身構える。

しかし呆気ないほどロイドはすぐに動きを止め、抗う気配も見せなかった。

――が、青年が浮かべたのは不敵な微笑だった。

ウィステリアが虚を衝かれるより早く、長身が倒れかかってくる。

「な、……っ⁉」

《弛緩》は確実にかかっていた。それで倒れてきた体を突き飛ばすのにもためらい、ロイドの体が

ぶつかる。ウィステリアはとっさに両足で踏み止まる。

――突然、足を払われた。

さほど力もない、不意をついた最小限の動き。

「え……？」

わけがわからぬまま、ウィステリアは膝から崩れる。

ぐっと青年の両腕に抱えられ、厚い体に押しつぶされるようにして背中から倒れこむ。

ウィステリアは反射的に目を閉じたが、痛みはずっと少なかった。

頭の後ろに大きな手が、もう一方の手が腰上のあたりに差し込まれて地面との間に挟まり、緩衝材のような役目を果たしていた。

ウィステリアは紫の目を見開き、忙しなく瞬いて広い肩越しに空を見上げた。

――何が起こったのか、すぐにはわからなかった。

体が、ずしりと重く厚いものに覆われている。すぐ耳元で、自分のものではない呼吸が聞こえた。

「……クソ。本当に動けない」

うめくような悪態が耳をつく。だが次の瞬間、不遜な声に変わった。

「勝負あったな」

笑いを含んだ口調だった。

ウィステリアは、すぐにはその意味がわからなかった。この自信家で不敵な青年が、敗北したにもかかわらずなぜ得意げなのか。

その困惑を察したのか、ロイドは続けた。

「〝先に、背面もしくは前面が地に触れたほうが負けとする〟――覚えているか？」

「‼」

ウィステリアは大きく目を見開き、さあっと青ざめた。

自分の状況の意味にようやく気づく。弁明の余地もなく、倒されて背中が土に触れている。

そこで、ウィステリアの脳裏に閃くものがあった。あるいは遅すぎるかもしれない気づきだった。

「まさか……わざと？」

――わざと《弛緩》を受けたのか。この体勢に持っていくために。

不敵な笑みの意味。ロイドの体が倒れ込んできたとき、明らかに意図を以って膝を払った一連の動きの意味を、今になって思い知る。

ロイドは、息だけでかすかに笑ったようだった。

「あなたの《盾》は、こちらからの攻撃をすべて弾く。触れられない。だが、それではあなたもまた私に《弛緩》をかけられない。ということは、あなたのほうからは私に触れられる」

ウィステリアは声を失った。

（だから……わざとこちらの攻撃を受け、《大盾》が発動しない一瞬を狙ったのか）

動けなくなる前に、相手の背を地面につければ勝ちとなる。今回に限っていえば、相手を無力化することが勝利の条件ではなかったのだ。

ウィステリアは目元を震わせた。

――相手は魔物ではない。あるいはずっと手強い敵だった。

わかっていたのに、やはり油断したのだと痛烈に思い知る。

『……対人戦の経験がない点を突かれたか』

サルティスの苦い声がする。

まともに叱責されるよりもよほど胸に響く言葉に、ウィステリアはぐっと唇を引き結んだ。

――してやられたという敗北感。予想しえたはずなのにできなかった自分を恥じる。

それから、この大きな弟子に対する呆れとも感嘆ともつかぬ思いがわいた。

「……君には本当に、驚かされるよ」

負け惜しみに聞こえぬよう、ウィステリアは精一杯明るい声で言った。

「では、私の質問に答えてもらう」

やけにあっさりしたロイドの声が、すぐ耳元で響く。

はっとウィステリアが顔を向けようとしたとき、自分のものではない吐息が耳朶《じだ》をくすぐった。

「――逃げるなよ、師匠」

一変して、吐息まじりの低いささやきが耳を侵した。

とたん、ウィステリアの肌に細波がはしった。あまりに近くで生々しい呼気を感じ、たちまち顔が茹だる。今すぐ耳を覆って逃れたいという衝動と、いたたまれないほどの羞恥が一気に襲いかかってきた。

「ちょ、ちょっと待て！　き、君は《弛緩》にかかって動けないんだぞ⁉　それなのに勝ったと言えるのか⁉」

「この期に及んで勝敗に異議を唱えるつもりか？　さすがに負け惜しみがすぎるな」

「そ、そういうわけでは……っ、そ、そうだ、こんなの実戦的とは言えないんじゃないか⁉　サルト⁉」

『今回は油断したお前が全面的に悪い。小僧の条件を考えなしに飲むからだ、馬鹿者。……いつまでその見苦しい姿勢でいるつもりだ？』

唯一の味方と思っていた聖剣から白けきった声が返ってきて、ウィステリアの望みはあっさりと絶たれた。

なんとか抜け出そうとするうち、唐突に意識させられる。

――長身のはずの自分を覆い隠すほどの大きな体。ずしりとしたその重みと厚さ。逞しい両腕に抱え込まれて動けない。

鋼のような筋肉で覆われた体は熱かった。

（う、うわ……っ‼）

かっとウィステリアの頭に血がのぼった。

じたばたともがいて抜け出そうとするが、ロイドの体はびくりともしなかった。

力ではまるでかなわないと思い知らせてくる。

「――で、質問に答えてほしいんだが」

「こ、この体勢で聞くことか⁉　いいから離れなさい‼」

「動けないからな。あなたの《弛緩》のおかげで」

「なっ……！　せめて退こうとする気配を見せろ！」

ロイドはふてぶてしく堂々とした口調で、ウィステリアのほうが理不尽を言っていると言わんばかりだった。

離れたところで、サルティスが鼻を鳴らすような声を漏らした。

『馬鹿め。魔法で吹っ飛ばしてやればいいだろうが』

「へえ？　誇り高き聖剣殿は無抵抗の相手を魔法で吹っ飛ばすことを厭わないというわけか。大した高潔さだな。無抵抗の相手を魔法で退けるのはさぞかし誇り高い振る舞いだろうな」

『小僧如きが我を愚弄するか！　そもそも無抵抗はお前の非力さゆえではないか！　その非力、浅はかさの代償として命の一つや二つ失ってもおかしくないのだからな！』

勢いよく物物しい言葉を口にする聖剣に、ウィステリアは止めるべきか同意すべきかためらった。

精悍な体の下でぐっとうめく。

――ロイドの言葉は暗にこちらを牽制しているように聞こえた。脱力して動けない彼に対し魔法を使うというのは、少し卑怯に思える。それに、ますます敗北感を上塗りするようなことにもなる。

「だ、だいたい、君はなぜそんなことに固執しているんだ。魔法のことならいつでも答えるし、条件などなく教えるのに――」

ウィステリアは悪あがきのように言い募る。冷笑や皮肉めいた反論を覚悟したが、すぐには返ってこなかった。

代わりに耳元でかすかに息を吸う音が聞こえ、低く抑えた声がこぼれた。

「あなた自身のことが知りたい、イレーネ」

とたん、ウィステリアは息を呑んだ。

低い声があまりにも真摯で、熱っぽい吐息まじりに聞こえたからか――胸の底が、抗いようもなく震えた。どくどくと心臓がたちまちうるさく悲鳴をあげはじめる。

薄く唇を開き、ウィステリアは何か言葉を返そうとした。だが結局そのまま止まり、ぎゅっと唇を引き結んだ。――昨夜のことを思い出す。

無意識に、体が硬くなった。

「……昨日と同じ問いには、答えないぞ」

自らにも言い聞かせるように、先んじて牽制する。

誰かに恋をしていたのか。そんな問いに、答えるつもりはなかった。――あるいはこの青年にだけは。

数拍の沈黙。

そうして、ロイドは問うた。

「あなたが《番人》になったのは――あなたの恋う相手のためか?」

ウィステリアは、かすかに目が揺れるのを堪えきれなかった。

だがそれを振り払うように一度強く目を閉じる。

――答える必要はない。ロイドには関係のないことだ。突き放してしまえばいい。

あれはもう遠い、摩り切れるほどに色あせた過去の残骸なのだから。

(……でも)

とうに残骸でしかないというのなら、こんなふうに答えを避けることもおかしいのではないか。

塞がって久しい傷の、古い痛みについて語ることと同じでしかないのだから。

今はもう何も感じない、何も思わないはずのことなのだから。

それに、一つは答えなければいけない約束だった。

目を閉じたまま、細く長く、ウィステリアは息を吐いた。

「……質問はその一つだけだ。撤回も、変更もなしだ」

そうつぶやいて、ウィステリアはゆっくりと瞼を持ち上げた。

黒い睫毛の下、周囲の影を吸い込んで紫の瞳は色濃く染まる。そうして広い肩越しに、夜明けを知らぬ空を見上げる。

浅く、一度だけ息を吸った。

「――そうだ。それがすべてでは、ないが」

乾いた声で、言った。

否応なしに触れあう体に、ロイドの身がかすかに強ばったのが伝わってくる。

しばらく、互いの呼吸の音だけが聞こえていた。

ウィステリアはゆっくりと両手を持ち上げ、太い腕を軽く叩いた。

「そろそろ動けるだろう。ほら、起きろ」

「――」

耳元で聞こえた吐息が、かすかにうなるような響きを帯びた気がした。

まだ《弛緩》が強く効いているのか、とウィステリアは訝った。

だが、頭の後ろと背に回った腕が身じろぐように――あるいは抱え込もうとするような気配さえ見せ、ウィステリアはぴくりと震えた。

「こ、こら、起きろ！　起きなさい！　これ以上は何も答えないからな！」

叫んだ声が、どうしようもなく裏返った。

――触れあう体に、抱きしめようとする腕にどうしようもなく心臓が跳ねる。

重なった胸からこの騒ぐ鼓動が伝わってしまう。たちの悪い戯れだとわかっているのに、冷静さが保てない。

ぐい、とロイドの袖を引っ張りながら、慌てて口を開く。

「い、いくら相手が私でも、こういう行動は王女殿下の不信を買うぞ⁉」

焦りのまま、ウィステリアは叫んだ。

――ロイドには、妻となるべきアイリーンという女性がいるのだ。

だが口にしたとたん、それはウィステリアの胸にも思いもよらぬ重みとなって響いた。

のしかかっていた体がわずかに強ばったような気がした。

一瞬、張り詰めた沈黙が落ちる。

やがてロイドが息を吐く音が聞こえ、ウィステリアを押さえていた重みはゆっくりと退いた。

同時に、頭と背に回っていた腕が丁寧に引き抜かれる。

（あ……）

繊細なものをそっと地面に横たえるような動きは、ウィステリアを静かに驚かせた。

回された手は、逃すまいとするためだけではなく――できるかぎり硬い地面に触れさせないようにするためのものでもあったのかもしれない。

ロイドは体を起こし、立ち上がる。

ウィステリアもまたすぐに起き上がると、髪や裾を軽く払った。そうしてふと顔を上げると、金の目と合った。常より鋭い光が揺らめいている。

射貫くような黄金に、ウィステリアはわずかに怯む。

「な、なんだ？」

声を絞って問い返すも、ロイドは答えず、ただ肩をすくめるだけだった。

――だが、その目はウィステリアから逸れなかった。声よりも雄弁に、いくつもの言葉を投げかけてくる。

ウィステリアはかつて向けられたことのない眼差しをどう受け止めたらいいかわからず、顔を背ける。

（何なんだ……！）

揶揄や戯れならまだ怒ることも諫めることもできる。なのにこんな反応をされたら、どうしたらいいかわからない。

こんな目を知らない。

気まずさから逃れるように、地面に横たえていたサルティスに近づき、拾い上げる。聖剣を抱えて両腕を組む。そうすることで、支えを得たように少し落ち着きを取り戻した。

ウィステリアは呼吸を整えると、やや早口に話題を変えた。

「せっかくだ、《盾》について教えよう」

わずかに不自然な沈黙。

その後で、ああ、とロイドの短い答えが返った。

挿話　交錯する後悔

嗚咽に震える妻の肩を強く抱いて、ブライトは勇気づけるように自信に満ちた声を発した。

「大丈夫だ、ロザリー。ロイドは強い。そう簡単に命を落とすような男じゃない」

自分自身の言葉に欺瞞《ぎまん》を感じながら、ブライトはあえて強く言い放った。

肩を抱かれたまま、ロザリーはハンカチを両手で絞る。そしてまた涙を拭いながら、首肯した。

「そう……そうよね。あの子は生きている……必ず、帰ってくるのよね」

「もちろんだ。ロイドはいつも戦って、勝って帰ってきた。今回もそうだ。まして、アイリーン殿下が待っていてくださるのだから」

ブライトは穏やかに、あえて軽い響きで応じる。何も深刻なことではない――言外にそう伝えるために。

それでようやく、腕の中のロザリーにぎこちない笑みが浮かんだ。

「私ったらだめね、すぐに取り乱して……」

「構わないよ。君は感情が豊かで愛情深い妻、そして母だ。そんな君を誇らしく思う」

ブライトが心のままにそう告げると、ロザリーの顔から強ばりが和らいだ。

「君が倒れてしまっては元も子もない。休めるときに少しでも休んでくれ」

なだめるように妻の肩を軽くたたき、ブライトは穏やかに笑った。

「それとも、添い寝が必要かな？」

「……い、要らないわ！　もう、何を言っているの！」

ロザリーの眉がつり上がり、頬に血色が戻る。

ブライトは内心で安堵しながら、妻の頬に口づけた。背に腕を回してソファーから立ち上がらせてやり、部屋から送り出す。

扉が閉まり、ブライトは一人残される。とたん、端整な顔から表情が抜け落ちた。その口からこぼれたのは、細く長い溜め息だった。

ブライトはどさりと音をたててソファーに腰を下ろし、手で目を覆った。

（……どこにいる、ロイド）

ロイドが――長男であり嫡子である息子が、予定日を過ぎても異界から戻ってこない。

ルイスではなだめられないほどロザリーが取り乱すのも当然だった。先日嫁いでいったばかりのパトリシアには知らせていない。表向きは、ロイドはこれまでのように魔物討伐のため遠征に出たということになっていた。

事実が公表されるのは、ロイドが無事に目的のものを持って帰ってきたときで、華々しい戦果と共に王女との婚約も確定し、公にされるはずだった。

現状を正しく把握しているのは、アイリーン王女とその近親、異界とこちらを繋ぐ役割を果たした魔法管理院の一部の人間――そしてロイドの家族である自分たちだけだった。

（《未明の地》――）

胸中でそう発したとき、ブライトはかすかに音をたてて奥歯を噛み、白くなるほど手を握りしめた。

――どこまでも忌々しい名。呪われた土地。

二度とその名が自分の周りに聞こえることなどあってはならなかったのだ。

『……あの方が番人になって以来、瘴気の濃度は稀有なほど安定しています。ロイド君が向こうへ行くとしたら、今がもっとも適した状況と言えるでしょう。同時に、瘴気の濃度は明日にでも高くなる可能性もあります。予測も保証もできません。今この瞬間の他に、いつになればと申し上げることはできません』

ベンジャミン＝ラブラは、感情を押し殺した様子でそう告げた。

ただ事実を述べ、判断はこちらに任せるというように。

だがブライトにとってラブラの態度は、《未明の地》へ向かうというロイドの意思に賛同しているようにしか思えなかった。

（……やはり行かせるべきではなかった）

痛烈な後悔が、苦く体中に広がる。そしてその苦さは、目を背けていた薄暗い感情をも意識させた。

真実、息子《ロイド》を思うなら――何があっても反対すべきだったのだ。

ロザリーのような純粋な思いでなかったにしても。

『ご懸念には及びません、父上。私の力量であれば十分に可能だと、ベンジャミン＝ラブラ殿も賛同しています』

怜悧な、あるいはどこか冷めたような目をして、自分の若い頃によく似た男はそう言った。

私の力量であれば。

ルイニングの最高傑作と言われるほどの魔法の才能があれば。

——そのとき、ブライトは自分自身にわきあがったものに動揺した。

突如として胸の内に噴き上げたそれは、消えたはずの古い傷痕がいきなり血を流したかのようだった。

ルイニングの出来損ない。

今はもう耳にすることはなくなったはずのそれが、頭を殴る。

姿形はよく似ていても、決定的に異なる一点。——ルイニングの恥ずべき異端と、最高傑作。

自分と同じ色の、だがずっと冷めた色の目は嘲笑しているようにさえ見えた。

とっさに喉元までこみあげた何かを、ブライトは寸前で噛み殺した。

ならば一刻も早く行って戻って来い——そう答えたときの自分は、本当に息子の力を信じていたのか。息子の目的を心から応援して送り出したのだろうか。

久しく忘れていた感覚までもが、強い後悔に引きずられて蘇ってくる。

ブライトは強く目を閉じた。

（——ロザリー）

先ほど部屋から送り出したばかりの妻の顔を、無性に見たくなった。

何度も息を吐き出し、ささくれ立つ胸の内をなだめようとする。

（取り乱すな）

悲観し後悔する姿など、ロザリーをはじめ他の人間には見せられない。後悔するということは、ロイドの生存を諦めるということを意味する。

感傷的な考えを振り払おうと、ただ現状と情報だけを羅列する。

帰還予定日を過ぎてもまだ戻らない——その意味を誰よりもよく知っているのは、ラブラだ。

ロイドが命を落としたなら、合図が送られてそうとわかるはずだとラブラは言った。

『《門》をもう一度開いたところで、彼が自力で戻れる状態でなければ意味がありません。開いた《門》を通れるのは一人だけですから』

いっそこちらから捜しに行く、連れ戻せばと言い募ったブライトに、ラブラは目を合わせずに否定した。

気まずそうに告げたのは、その内容のためだけではなかったのだろう。

——ラブラもまだ忘れていないのだとブライトにはわかった。

親しく交流しているわけでもない、かといって全くの無関係とも言えない二人の間には、目に見えない隔たりがあった。それはずっと過去に生じた、深く薄暗い亀裂だった。

遠いあの日、研究一筋で温厚だという男が強く唇を引き結び、非難めいた目を向けてきたことを思い出す。

『……これはきっと、あなたのためのものです』

――そして、突きつけられた記録。

ブライトは強く息を止める。両手を握り、指先を掌に食い込ませる。

胸に蘇り、こみあげたものをやり過ごした。血が噴き出す前に蓋をする。

ベンジャミン＝ラブラは二度と接触することはないはずの男だった。

しかしここでもまた、ロイドがラブラと繋がりを持ち、浅くはない付き合いをしていた。

あるいはその結果がこの現状に繋がっているのなら、それすらも止めるべきだったのか――。

（二度と後悔しないと決めておきながら、これか）

あの日から自分は変わった。そのつもりだった。

自分の選んだものを背負い、そのまま生きる覚悟をした。決して意味のない仮定に、無様な感傷に浸りはしないと誓った。

なのに、時折あふれだす。

時間を意識させられるたび、ロザリーの中に彼女の面影を見出そうとする自分がいる。

もし彼女が今ここにいたら。生きていれば。

白髪を一本見つけたと大騒ぎする姿や、笑ったとき目元に小さな皺ができる顔を、見ることができただろうか。

――もし、あのとき。

脳裏によぎった考えを、ブライトは強く噛み殺した。もしという仮定を、ただ無力で無様な己を哀れむようなことを許してはならなかった。

それは醜悪な自己憐憫のみならず、彼女の意思と犠牲をも辱める行為だった。

傷に耐えるときのように、鈍い呼吸を繰り返す。

時を重ねるごとに彼女はあの日の姿のまま遠のき、解け——それでも、時折閃くように、紫の目だけは鮮やかに思い出す。

光を吸い込んで揺らめく紫水晶、あるいは繊細な濃淡の菖蒲を思わせる目を。

そして、あの声なき声を。

彼女が自分を呼ぶ声、話すときの抑揚、発音、すべてが漠然と遠のいていくのに、たった一つ忘れられない。

右手で、左肩に触れた。

——体に感じた震え。押し殺した、声にならぬ声。言葉にならぬ嗚咽。湿った吐息。

ブライトは左手を強く握り、指先を掌に食い込ませる。

——彼女を追いやり死なせた地で、己の血を継ぐ息子もまた姿を消した。

この身を罰するでなく、息子《ロイド》を奪う。

そこに、運命の悪意を感じずにはいられなかった。

五章◆あなたのために、できることは

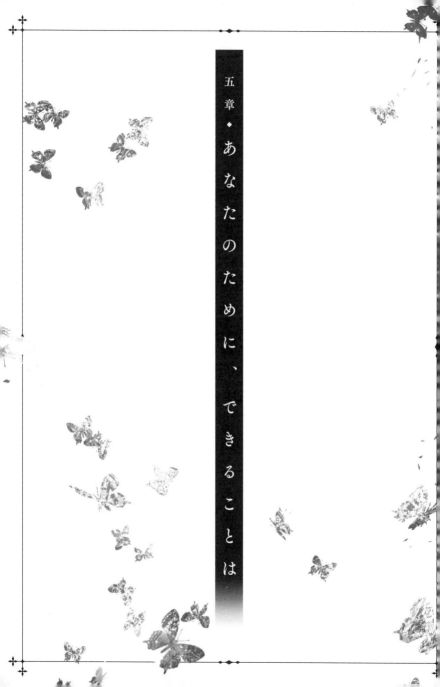

違えず、忘れられず

――白い薔薇の咲き乱れる庭で、新緑の目をした王女が佇んでいた。

「わたくしは、不確かなものが嫌いなの」

汚れを知らぬ薔薇の群れの中、ロイドに背を向けながらアイリーンは言った。

二人から数歩離れたところに、第三王女の侍女が影のように控えている。

日中の王宮、薔薇の庭園で若き貴公子と〝白薔薇〟の王女が交流を持つようになって一月が経とうとしていた。

求愛する男をことごとく撥ねつけてきた王女は、なおも貴公子に背を向けたまま言う。

「ロイド、あなたは約束を守れて？　誓いというものの重みを知っていて？」

「少なくとも、正式に交わした契約や約束を違えたことは一度もありません」

ロイドはそう答えながら、ある噂を思い出した。アイリーンとこうして接触を持つために奔走し、その中で得た情報の一片だった。

マーシアルの白薔薇は、実はすべての求愛者を撥ねつけているわけではない。

中には何人か、白薔薇の棘をかいくぐり、その大花に触れる寸前まで至った者もいたという。

だが、その全員がついに白薔薇を摘むことはかなわなかった。

政略の末に遠ざけられた者もいれば、不運な事故で落命した者もおり、あるいは心変わりして他の女に走った者もいたという。

いかにも悲劇の題材として好まれそうな美姫の宿命というものが、アイリーンには現実として降りかかっているという話だった。

その話のどこまでが真実で、どこまでが偽りなのかロイドにはわからない。

だがアイリーンの他の求愛者を見る目にひどく冷めた色があるのは事実だった。

自分に向く目にも、ときおりその冷えた光がよぎるのをロイドは見た。

ロイドはその冷ややかさに奇妙な共感のようなものを覚えさえした。

――アイリーンの場合、その眼差しが永遠や愛などというものを誓った者たちが幻のように消えていったことに起因するとしたら。

背を向けていた王女は振り向き、翠玉《エメラルド》にもたとえられる瞳でロイドを見た。

陽光にきらめく双眸は今、どこか猫の目のようにいたずらめいている。

「多くの人間が、あなたのことをどう見ているかは知っているわ。あなたはあのルイニング公の後継者ですもの。これ以上ないくらいにね」

躊躇なく告げる紅の唇に微笑があった。

「ロイド。あなたが、血筋や父譲りの容貌を己の価値と錯覚するような凡人なら興醒めね」

高貴な、そして静かな挑発。生まれついての王族がそうであるように、アイリーンも臆することなく無遠慮な物言いをする。

ロイドは唇に笑みを深めた。真正面から挑まれるのは嫌いではなかった。

——父と違うこと、己の力を証明しろと言われるのは、なお好ましいとも思える。

この誇り高い姫君は特にこうした直接的な物言いをするがゆえに、一部の人間から反感を買ってもいると聞いていた。だがロイドには長所と映った。迂遠で陰湿な言い方をされるより遥かに好感が持てる。王女という身なら、傲慢とされる部分があって当然だった。

「——聖剣《サルティス》は、主を選ぶと言ったわね。主と認めた者に強大な力を与えるのでしょう？」

確かめるように、アイリーンは問う。

ロイドは短く肯定する。聖剣サルティスについて、アイリーンに教えたのはロイド自身だった。

——記録に残っている限り、最後にサルティスの主が現れたのは数百年も前のことだ。

大きな戦があり、国が疲弊していたところに魔物の大量出現が重なった。マーシアルのみならず、近隣の国もろとも滅亡の危機に陥ったという。

そのとき、一人の男がサルティスの主として認められた。男は聖剣の力を解放して魔物のことごとくを討ち、マーシアルの敵対者をも滅ぼして国を救った。

男はその多大な功績を以て、王女を下賜された。

——ある俗説には、素性の知れぬその男は、王女を愛したからこそ危機に立ち上がり、聖剣を手にしたのだという。男が美しい王女に一方的に思いを寄せていたのか、あるいは身分違いの恋がはじめにあったのかは定かではない。

救国の英雄はサルティスとともに盛大に祭り上げられることとなったが、英雄が没したあと、サルティスは新たな主を見出さなかった。

農夫や夜盗まがいの男から当代一と言われた騎士や戦士まで、あらゆる人間が英雄の再臨を目指してサルティスに挑み、みな破れていった。

どれほど魔物が現れようと、大きな戦が起ころうと、サルティスは次の主を見出さなかった。

ロイドにはいかにも誇張された逸話であるように感じられたが、一人の男がサルティスに認められ、王女を下賜されたという部分には奇妙な偶然をも感じた。

そして、かつて剣の師であった男の言葉を思い出した。

『俺は選ばれなかった。あの野郎、本当に見る目がねえ。だからまあ、ずっとひとりなんだろうさ』

師は、破天荒でも腕は確かだった。型破りでふざけてばかりいたが、その男が自らを戒め、厳しい枷を課してまで求めたものがサルティスだった。――だがそうまでしても、師ほどの技量を以ても聖剣に選ばれることはなかったのだ。

アイリーンはふいに、強く目を輝かせた。

「お兄様は、馬鹿げた作り話だと嗤ったわ。今となってはまともに振るえた人間などいないし、聖剣などというたいそうな称号を掲げているけれど、小賢しく喋るだけの鉄錆なんですって」

くすくすと声をもらし、白薔薇の姫君は笑う。しかしその明るい微笑は、鋭い棘を孕《はら》んでいた。

アイリーンが〝お兄様〟と呼ぶとき、それが数いる兄王子の中でも王太子その人を示しているらしいことをロイドは最近知った。

兄妹たちの中でも、アイリーンと王太子イライアスは比較的交流があるということも聞いている。

「あのお兄様がね、いつもより厳しい反応をなさったの。何かあったのかしら？」

軽やかな声で王女は語り、可憐に首を傾げてみせる。

ロイドは、その仕草をただの妹王女の戯れと捉えることはしなかった。

どうやらアイリーンとイライアスは、単に良好な関係というものではないらしい。

「ねえ、ロイド。凡人が馬鹿げていると考えるものほど、実は偉業の原石であったりすると思わない？」

やや唐突な問いにも、ロイドは簡潔に肯定する。アイリーンの意図を正確に察していた。

アイリーンは、その反応に満足したように微笑んだ。

それから視線を薔薇に戻し、繊細なレースの袖から伸びる指を豪奢な花弁に触れさせた。

「……信じる、ということをしてみたいわ」

そうつぶやいた横顔がふいに儚く見え、一際強くロイドの目に焼き付いた。

ほっそりした面《おもて》が再び振り向く。

「わたくしを失望させないでね、ロイド。あなたの想いを、強さを証明してみせなさい。他の誰にも、ルイニング公にすらも不可能なことを成し遂げて。わたくしとあなたの約束――誓いよ」

緑の目に、潤んだような輝きがよぎった。可憐な顔に浮かんだのは、強い命令とは真逆のものであるようにロイドには見えた。

願い、祈り、不安に揺れる――懇願の表情。

「あなたが誓いを守るなら、わたくしも守るわ。マーシアルの白薔薇は、誠実な強者にこそ手折られるべきだもの」

声なき声が、その両眼が無言のうちに訴える。そうなる未来を信じたいと、濡れたように輝く瞳が告げている。

王女とその求婚者は見つめ合い、二人にだけ聞こえる言葉を交わす。

――奪って。

「待っているわ、ロイド・アレン＝ルイニング。わたくしを裏切らないで」


瞼を持ち上げたとき、ロイドの目に映ったのは見慣れはじめた歪な天井だった。とほうもない巨木――一本の《大竜樹》が枯れ、その中を人の住むための空間に作りかえられた場所。

たった一人の女と、超常の力を持った一振りの剣によって。

「――……」

浅く吐き出したロイドの息が、広くはない部屋に響く。

横たわったまま、淡く光る金の瞳はしばらく闇を見つめていた。ゆっくりと右腕を持ち上げ、伸ばす。暗闇の中に、何かをつかみとろうとする。

『お前がお前自身の手綱を握るために』

師の声が脳裏に谺する。記憶の中の声に、ロイドは胸の内で答える。

（誓いは守る）

師に約束した枷。王女に誓ったからだけでなく、他ならぬ自分自身に誓った。

――己の力を証明する。力の意味。自分自身の価値。覚悟と力なくては生還の難しい異界の地に赴き、主を選ぶという聖剣《サルティス》を得る。

それは、生きて持ち帰ってはじめて意味をなす。ロイドに焦りはなかった。

予想もできなかった望外の状況に身を置くことができ、己の全てを懸けてサルティスに認めさせることに力を注げる。

超えたいと思う存在が現れ、己の持てるものを腐らせる暇がない。これほどの機はもう二度とないとさえ確信している。

伸ばした手を、握る。

（……必ず）

はじめて何かがつかめそうな気がしていた。行き先も終わりも見えずにただ漠然と探していたものの輪郭が、ようやく見えたような感覚だった。魔物の群れを前にしたときとも違う快い緊張感、高揚感、体がゆっくりと目覚め、呼吸を深く鮮やかに感じ、血が火に変わっていくような――。

握った手の中に、ふいに柔らかな感触が蘇った。

指に絡んだ艶やかな黒髪。両腕の中にあった、細く柔らかな肢体。だがその体は無駄がなく引き締まり、この過酷な地で生き抜いて磨かれたことを示していた。

同時に、この地で生き抜くにはあまりに繊細なつくりをしていた。

ロイドは目を閉じた。

――あの夜に見た、蝶の形をした魔物に囲まれて佇む女の姿が瞼の裏に焼き付いている。

深い暗闇の中で白く浮かぶ指先。たやすく手折れるほどに細い首。淡く発光しているような輪郭を囲む、黒いヴェールのような髪。青くも赤くも見える鱗粉がかかり、真珠のような光沢を湛えていた。

あの姿のどこにも、強大な魔法を持つ魔女の姿などなかった。

不老という奇跡を身に宿した番人の姿でさえなかった。

艶やかな菖蒲を思わせる目は蝶の光を受けてきらめき、ロイドを見つめ返していた。

月のようだと、無防備に微笑む顔。

ただ、金の瞳の中に月を見出そうとするだけの、脆い宝石のような目――。

『わたくしを裏切らないで』

白薔薇の声が耳の奥で反響する。鮮やかな夢の名残が瞼の裏に広がり、ロイドはゆっくりと目を開けた。

（わかっている）

――サルティスを手にし、自分を待つアイリーンの元へ必ず帰る。一度誓った以上、その誓いは違えない。

しかし、苛立ちとも不快感ともわからないものが胸に巣くっている。無視することはできない。

ウィステリア・イレーネという存在には、不可解な点が多すぎる。

（サルティスを得て、その後は）

はじめはただ生き延び、必要ならば戦い、一人帰還するだけでよかった。

——だが、今は。

ウィステリア・イレーネの形を、その眼差しを、ロイドと呼ぶ声の温度をもう知っていた。

『……私がそのことを、考えなかったとでも思うのか』

かすかに震えていた声。怒りを隠すように伏せられた目。その奥の憂いと諦観。

魔物を屠《ほふ》る強大な魔法を持ち、力を持ったまま時を止めた体は、決して傷つかないわけではないと知った。

『できもしないことを言うのはやめてくれ。——叶わない希望も仮定も、もううんざりなんだ』

ロイドは息を止め、体の奥からこみあげるものを抑え込む。

漠然とした、だが耐えがたい衝動。こんなところへ彼女を追いやった何か——誰か。

『……思い、出させないで』

揺れて光る紫の瞳。震える声。遠くを見つめていたようなあの目は、他の何かを見ていた。

——あの女がかつて恋い、そのために番人となった誰かを。

ロイドは強く、胸元をつかんだ。体を衝き上げ、意味もなく叫びたくなるものを、奥歯を噛んで殺す。

——今すぐ手を伸ばして掴んで、あの奥に秘められたものを暴きたい。知りたい。

意識するほどに強くなるばかりで、たちの悪い病のようだった。これまで一度もこんな衝動に襲われたことはない。

（こんなところにいていい人じゃない）

思考を乱そうとする感情を抑え、反復する。

サルティスを得たところで、そのまま彼女を置いて帰ることなど考えられなかった。

――もうウィステリア・イレーネを知った。忘れることなどできない。

だが手段や力がないのも事実だ。成すための力がないのに願望ばかり口にするのはまったく軽薄で無意味だった。相手への侮辱にすらなりかねない。ウィステリアの拒絶と怒りは当然で、だから
ロイドもあの場は引き下がるしかなかった。

しかしそれは、諦めることを意味しない。

（方法はあるはずだ）

ここにベンジャミン＝ラブラがいればと考え、無益な仮定だと気づいて打ち消す。

ウィステリア自身が不可能だと言うのなら、別の知見が必要になるのは確かだ。

この地で自分以外に当てはまる存在は一つしかいない。

闇の中に聖剣の名を呼ぼうとしたとき、かすかな気配がした。ロイドはとっさに体を起こす。

物音はない。だが、隣の部屋から人が出て行く気配だとわかった。

ロイドは立ち上がった。

それ以外には何も

――また、思い出す。忘れ去っていたはずの過去の断片を。

あるいは過去だと思い込んでいる幻だろうか。もう曖昧になってしまってわからない。

ブライトの快活な金の目が見開かれたとき、ウィステリアには小さな太陽のように見えた。

「狩猟のこと？　ウィスは狩りに興味があるのか？」

「い、いえ……え、ええと、そうね、少し……」

「ああ、それなら、ルイニングが雇ってる狩人を呼んで――」

「えっ！　いいえ！」

適任者がいるとばかりにすぐに呼びに行こうとするブライトを、ウィステリアは焦って引き留めた。

それがあまりに露骨な慌て方だったからか、ブライトは不思議そうな顔をする。

頬が熱くなるのを感じながら、ウィステリアはなんとか言い繕った。

「あの、あなたの経験とか、感想を聞きたくて……」

「私の？　でも私は狩りの腕はそんなによくないんだ。大きな獲物を仕留めたというわけでもないし……」

「いいの！　よかったら、ぜひ聞かせて」

ウィステリアが勢いよく言い募ると、ブライトは首を傾げながらも、うーん、となった。

「面白い話……何かあったかな」

何か有意義な答えを返そうと、ブライトは目を上げて真剣に記憶を探る。

突拍子のない話にも真面目に向き合うその姿に、ウィステリアの胸はまた温かくなった。自然と、唇が綻ぶ。

「特別なことでなくていいの。ただあなたの話を……聞きたいだけだから」

何を見、何を聞き、何を感じ、何を考えているのか。

――ただ、あなたのことを知りたいのだと。


サルティスが何か言おうとする気配がした。だが実際に声が発せられることはなかった。呼び止めようとしてやめたのかもしれない。

ウィステリアも振り向かず、暗い寝室を後にした。

眠気とも疲労ともつかぬものに全身を苛まれ、だが意識は冴えて眠りに逃げることを許してくれない。

こういう夜は、眠れずとも寝台に横たわって目を閉じているしかないと頭ではわかっている。やがて夜が過ぎ去るまで息を潜めているしかないのだ。

だが何かに急き立てられたように、それができなかった。

サルティスに助けを求めることもできない。――助けてもらえるものではない。

できるだけ物音をたてないようにして、《浮遊》で浮かび上がる。

居間の天井をすり抜け、上へ飛び——外へ出る。

薄い寝衣だけの体に、夜気が迫った。その冷たさも、今のウィステリアにはどこか鈍く感じられた。

見渡す限りの闇だった。《未明の地》の夜は、一瞬天地がわからなくなるほど暗い。目が慣れれば、時折、弱い星光のように瞬くものを捉えられる。瘴気が、小さく何らかの反応を起こしているのだろう。

その光はひどく脆く遠く、周りの暗さに自分がどこにいるのかさえわからなくなる。

かすれた吐息が、ウィステリアの唇からこぼれた。それがやけに耳に響く。

(ああ——)

独りだ。どこまで行っても。

魂が凍てつくほどに、そう感じた。

——何を今更、と弱い自分を嗤おうとして、失敗する。

(大丈夫……大丈夫だから)

自分が粉々に砕けてゆくような幻覚に、ウィステリアは必死に心の中で繰り返した。

——いざとなれば、終わらせられる。いつでもできる。今この瞬間にでも。

だから、大丈夫だ。

やがてどこからともなく、淡い青の光が浮かび上がった。蛍火よりも大きく、きらめく硝子片のような形をしている。動くたび、目を奪われるような鮮やかな青から花を思わせる赤みの強い紫へ、そして青みを帯びた薄紅へと色が変わる。

やがてそのきらめきが増え、砕け散った欠片が吸い寄せられるようにウィステリアの周りに集まりはじめる。

ウィステリアはゆっくりと腕を持ち上げ、闇に向かって手を伸ばした。

白い指先に、手首に、腕に、輝く光が集まって降り立つ。

欠片たちは結合して蝶のような形をとり、また砕け、ウィステリアの体に戯れる。この世界にたった一人である人間の、その体に流れる瘴気と魔力のまじったものを好んでいるがゆえだった。

無害な魔物の羽ばたきに音はない。ただ、視界に色づいた光を散らす。

その羽ばたきをなぞるように、ウィステリアはゆっくりと瞬いた。

――この異界の地にも、自分以外の生き物はいる。

それに、サルティスが側にいる。

そのことを強く意識してみたが、あまり気休めにはならなかった。

(……寒い)

体が震えた。息を吐いた唇がわななき、両手で自分をかき抱く。腕をつかむ指先に、力がこもった。

暗い冷気が骨まで苛み、どれほど服を重ねても耐えられそうになかった。

両手であの聖剣を抱いてすがれば、少しは気も紛れるのかもしれない。

だがサルティスが抱き返してくれることは決してない。

聖剣はただ孤高に、確かな存在としてそこにあるだけだ。

どれほど気安く感じても、サルティスは意思持つ剣というまったく異質の存在だった。そこに厳然と存在していても、抱き返す腕も涙を拭う指もない。弱い姿を見せれば失望されるだけだ。

数刻前に、鋭い棘のごとく忠告された言葉が頭の中に反響する。

『理由？　そんなもの、決まっている。あの小僧はお前の弱点を探ろうとしているのだ』

なぜロイドはウィステリア自身のことを知りたいなどと言うのか――うろたえ、浮き足だったウィステリアの問いに、聖剣は厳しく答えた。

その戒めの言葉に、すうっと血が冷たくなるような感覚とともにウィステリアは理解した。

ロイドの目的はサルティスの主となり、持ち帰ること。――ウィステリアという人間に勝ち、超えることだ。その先で、王女に求婚することこそが真の目的なのだから。

それ以外の意味などありはしない。わかっていたはずだったのに。

（馬鹿だな、ウィステリア・イレーネ）

乾いた自嘲がこぼれる。

自分とロイドは仮の師弟という関係でしかない。それ以外には、他人と同義の、義理の伯母と甥という立場があるだけだ。

なのに、ロイドの知りたいという声と目に心を乱された。

――かつて自分も、一つでも多くブライトのことを知りたいと願ったから。

硝子窓を通じた光が七色に拡散するように、輝く蝶の動きが視界に幾重もの色彩を散らす。

ウィステリアは自分をかき抱く腕に強く力をこめた。痛みさえ感じるほど指を食い込ませ、全身を苛むものに耐えようとする。

（……愚かな思い違いをしてばかりだ）

かつて、親同士の交流によって生まれたブライトの親愛と友情を、自分にだけ向けられる特別なものと思い込んだ。

自分だけに特別な目を向けてくれているのではと勘違いした。

それがどれほど愚かで浅ましい思い込みであったかを、取り返しのつかない形で思い知らされたというのに――。

「師匠」

重い闇を一閃するように、背後から声が響いた。

舞い散る光の中でウィステリアは紫の目を見開き、だがそのまま硬直した。

「また、眠れないのか」

青年の声がする。昼とは違う柔らかな響きを帯び、ウィステリアの背をかすかに震わせた。

好戦的でも皮肉でもない。張り上げているわけでもないのに、よく通るせいか、脆い場所にまで浸透してくるような声。

ウィステリアは振り向かなかった。――今、こんな状態で振り向けない。

答えずにいると、無言がかえってくる。こちらが振り向くのを、返事をするのを辛抱強く待っている。なぜか、そんなことを強く感じた。

うつむいたウィステリアの視界に、青から紫へと変わる光がよぎった。

「イレーネ」

また、いつもと違う呼び声がする。

（……いやだ）

ウィステリアは強く唇を閉ざした。両手で耳を塞ぎたかった。

ロイドの声が、いつもと違う。イレーネと名を呼ばれているせいなのか、そこにかすかな熱や優しさがあるように錯覚してしまう。

頭の中が揺れ、混ざり合ってしまう。

――ウィス、と呼ぶあの人の声に。

かつて特別だった、そして同じように自分を呼んだ他の声に。

――ウィス姉様、と呼ぶ明るい声。

――ウィステリア、と呼ぶ愛情のこもった声。

胸の底から、何かがあふれそうになる。あふれて迸って、押し流されてしまいそうになる。

自分以外の誰か――抱き返す腕も温もりも持った存在に向かって、手を伸ばしてしまいそうになる。

その体の熱さも強さも、触れられる腕があることも知ってしまっている。

「……一人にしてくれ」

息苦しさの間から、ウィステリアは声を絞り出した。

聖剣の忠告の言葉が、耳に遠く蘇る。――弱みを見せてはいけない。

わかっていても、これ以上どんな言葉を返すこともできない。

（早く）

戯れに舞う魔の光が、少しでもこの体を隠してくれる間に。

――自分が振り向いてしまう前に。

時間が経てば、きっとまたいつもの自分に戻れる。

返ってくる言葉はない。

慣れた静寂。見知った暗闇。そのまま耐えていれば、この夜が過ぎればきっと――。

「イレーネ」

ずっと近くでその声が聞こえたと同時に、熱く大きな手がウィステリアの腕をつかんだ。

まるで火を当てられたように感じ、ウィステリアはびくりと震えて振り向く。

――対の黄金が、ずっと近くにあった。蝶の光よりもずっと強く、炎のように輝く目に息が止まる。

「あなたに、そんな顔をさせるものは何だ」

胸を貫く問いに、ウィステリアの肩が揺れた。唇が強ばり、引きつった吐息がもれる。

――何もない。

いま自分がどんな顔をしているのかわからない。だがきっと見苦しい、ひどい顔をしているのだろう。それでも。

（どうして）

どうして、ロイドはこんなことを言う。こんな目で見る。こんな――貫くような、奥深くまで踏み込んでくるような目を。

つかまれた腕がこんなにも熱い。

ウィステリアは顔を背ける。

「放っておいてくれ。君には関係ない」

離れようと、体ごと引く。なのにつかむ手は離れず、ただ力をこめてくる。

「……離せ」

顔を逸らしたまま、ウィステリアはかすれた声を漏らした。その言葉が惨めなほど力を失っていることは、自分でもわかった。

「なら突き放せばいい。魔法を使えばいい」

いっそ冷酷なほど、ロイドはためらいなく切り返す。

ウィステリアは硬直する。自分の弱さを見透かされたような気がして、閉じた唇の奥で吸う息が震えた。

ロイドの言う通りだった。離れようと思えば、突き放そうと思えばできる。《弛緩》でも使えばいい。なのに、それができない。

――触れる手の熱さから、間近にある青年の体が放つ淡い温もりから離れられない。

「教えてくれ、イレーネ。何があなたを苦しめている」

低く、胸を射るような声が響く。

ウィステリアは黙ったまま、ただ体を硬くしていた。嵐が過ぎるのをただ待つだけの生き物のように、動けない。

――何が苦しいのか。なぜ、眠れない夜がこんなに訪れるのか。

これまで同じような夜があっても、これほど短い間隔ではなかった。

理由は、考えるまでもなかった。

二十三年の間、一度も起こることのなかった異変。

《門》を開いてこの地へ現れた、ブライトと同じ顔の青年。

――自分以外の人間などいなかった家に、暗い夜に、ロイドがいるから。

だから。

つかまれていなかったほうの腕に、また同じ熱さを感じた。

「誰なんだ」

短く、鋭い問いにウィステリアは息を止めた。両腕をつかまれて逃げられないまま、顔を上げる。

音もなく舞う蝶の光が、銀の髪に青と薄紅の輝きを投げかける。

その中で、金の目は月のように燃えていた。

ウィステリアが投げかけられた問いの意味を理解するまで、少し時間がかかった。

――ロイドは、番人になった理由を聞いた。

そして自分は、それが何を意味するのかも深く考えないまま答えてしまった。

ゆえに今、誰なのかと問われている。恋した相手。この地へ来た理由を。

ウィステリアはかすかに揺れる息を吐き出し、細く吸った。

「……答えるのは、一つだけと言ったはずだ」

耳の奥で、サルティスの叱咤する声が蘇る。ロイドがこんな問いを発するのは、何か特別な意味があるわけではない。

ただサルティスを得るために、自分を超えるために、弱点を探ろうとしているだけだ。

サルティスを手に入れ、ブライトたちのいる場所へ帰るために。

――アイリーン王女に愛を乞うために。

答えられずにいるうちに、鋭利な光を放つ金の目が苛立ち、あるいは焦れたような色を帯びる。

ウィステリアはうつむいてその視線から逃れた。

両腕をつかむ手だけが熱い。その熱い手が、引き寄せようとするかのように力をこめる。

「――なら、私に何ができる」

近く、頭上から降った言葉にウィステリアは目を見開いた。

心臓が大きく跳ね、ぐらりと視界が揺れる。

――あのときと同じ声。

『何か、私にできることはあるか』

耳の奥に蘇る声に、悲鳴のような鼓動の音が重なる。

息が、あがる。唇が震える。

――やめて。

ただ、頭を振る。

――思い出させないで。

――言わないで。

闇の中、体の上を青と紫の光が踊り、散る。

青年のかすかな吐息が聞こえ――。

「あなたのために、何ができる？」

『君のために、できることは』

その声は、耳で捉えたものなのか頭の中に響いたものなのか、もうわからなかった。

ウィステリアの視界が大きく歪んだ。世界が揺らぎ、現実感を失い、今と過去が混ざりあう。

一度だけ触れた体。強く抱きしめてくれた腕。差し出された優しさ。

最後の、一度きりの抱擁――決して、自分のものにはならなかった人の。

喉が震え、こみあげるもので詰まった。唇を開く。言葉が舌先にまでせりあがる。

（私を、選ばなかったくせに）

胸を衝いたその思いを声に乗せかけ、震える唇を硬く閉ざした。

（違う。違う、違う、違う……!!）

強く目を閉じる。明滅する魔の光も、目に焼き付くような金の輝きも銀のきらめきも、すべて追い出してしまいたかった。

（ロイドは……ブライトじゃ、ない）

別人が発した、別の言葉。重なって聞こえた言葉も、意味はまったく違う。

――もう、同じ過ちを繰り返しはしない。

触れる手にも、搦めとられそうな黄金の瞳にも、溺れそうな声にも、特別な意味など何もない。

（もう、二度と――）

何度も息を止め、こみあげるものを噛み殺す。力の入らない手を、鈍く持ち上げる。

ウィステリアはロイドの腕に触れた。そして、口を開く。

「――教えて、くれ」

抑えた声が、脆くかすれた。

「アイリーン王女への証立ては、サルティスを得ること以外ではいけないのか？」

肘の上をつかんでいる手が、一度だけ震えたような気がした。

言葉を発するためのかすかな吐息が聞こえたとき、ウィステリアは怯えるように遮った。

「魔法なら、いくらでも教える。私が持ちうるすべてを伝えよう。知識も技も」

「……私は、」

「他に何が必要だ？　この《未明の地》の知識？　経験？　それも向こうへの手土産になるなら、いくらでも――」

「違う！」

ロイドが声を荒らげ、ウィステリアは息を止めた。――怜悧な青年がこんな大声を浴びせたのははじめてだった。

ロイドの強い気配が圧力を帯びる。視界に捉えずとも、その視線が火のような烈しさであることを感じられた。

ウィステリアは顔を上げなかった。足元に目を落としたまま、振り払うように告げた。

「何が違う？　サルティスの他に、何が欲しい」

――サルティス以外なら何でも差し出す。

言外にそう伝える。ロイドの、鋭く息を呑む音が聞こえた。

「私が今こうして《番人》になっても生きていられるのは、サルティスがいるからだ。私には、彼が必要だ」

ためらっていた言葉は、呆気ないほど簡単にウィステリアの口からこぼれ落ちた。駆け引きも何もない、ただ剝き出しの本音だけだった。

――サルティスが聞けば、何を見苦しいことをと憤るかもしれない。

だがもはや取り繕う力も残ってはいなかった。サルティスがいなければ、ウィステリア・イレーネは今ここに存在していない。

ロイドは沈黙する。

互いに硬直したまま、ウィステリアはただ答えを待った。

か細い光だけが周りを舞っている。脆く色の変わり続ける光は、凍てつくような静寂と共に世界を覆っているようだった。

やがて、その静寂を重く破る声があった。

「あなたは……サルティスがあるから――」

ロイドの声が、低いうめきのように響く。

途切れた言葉の先を、ウィステリアは聞かなかった。

――サルティスがあるから、ここで生きていられる。そんなことは当たり前だった。

目を伏せ口を閉ざしたまま、問いに対する答えだけを待った。

無言の拒絶をどう捉えたのか、ロイドはしばらく答えを返さなかった。

だが静かなその呼気に、刃を抜く寸前にも似た鋭さが滲んだ。

「――なら、サルティスはなぜあなたを真の主と認めない」

胸を穿つような低い声がしたとたん、ウィステリアは息を止めた。

弾かれたように目を上げ、爛々と輝く金の瞳と交差する。

こちらを貫く両眼に、動けなくなった。

――何を。

ぐらりと頭の中が揺れる。

何度も浮かび、その度に押し込め、自分の中に閉じこめていた問い。

ずっと隠してきたそれをふいに暴かれたように感じ、かっと頬が熱くなった。

「っ、離せ……!!」

ロイドの腕に触れていた手に力をこめ、引き剥がそうとする。

「関係ない！　君には、そんなことは関係ないだろう!!」

吐き捨てるように叫び、なのに悲鳴のように響いた。

――頭では、答えなどとうにわかっている。

ウィステリア・イレーネは、かつてサルティスの主であったような英雄とはまったく違う。長く語られるような優れた武人ではない。

――サルティスがここまでついてきてくれたのは、ただ哀れんでくれたからだ。

強く誇り高い聖剣が、一人の女を哀れみ、慈悲を与えた。

仄暗い優越感の下には確かなものなど何もない。惰性と憐憫だけで繋がった関係。いずれ、確かなものに壊されるかもしれない関係だった。

真の主という、確かな存在に。

――そんなことを、こんな形で突きつけられたくなかった。

「そこまでして……っ、私からサルティスを奪いたいのか!!」

腕をつかんだまま、ロイドが短く息を吸う。言葉が返る気配に、ウィステリアは拒絶するように叫んだ。

「主になれなくてもやってこれた！　それで何の問題もなかった！　君が――君さえ来なければ！」

闇に、ウィステリアの叫びが谺する。

腕をつかむ手が震えたような気がした。放った叫びの残響が、闇の向こうでかすかに尾を引いている。

ロイドの手がわずかに緩んだとき、ウィステリアは両手でその体を突き放した。

自分ではない体から感じていた淡い熱が、瞬く間に消える。

凍えるような冷たさが、開いた距離にたちまち入り込んでくるようだった。

「——それだけか」

抑え、かすれた声が耳に響く。

これまでと違う響きに、ウィステリアは顔を上げた。

月を映したような両眼に、青と紫の光がよぎって消える。

「あなたが望むのは——サルティスに触れずに、私があなたの前から消えることだけか」

ウィステリアの体に大きな波がはしった。目眩に似て、視界が揺れる。

言葉を吐き出そうと唇を開いて、止まった。

——頭にのぼっていた熱が、急速に引いていく。

（私は）

自分の放った言葉の意味に気づいても、もう消せなかった。

——サルティスを奪おうとするロイドを、一刻も早く向こうへ送り返さなくてはいけない。そう思ったのは事実だった。

サルティスを渡すなどありえないことだったからだ。

そしてこの青年も《未明の地》に耐えられる体ではなかった。——だから。なのに。

ロイドはこの世界に現れた異物で、向こうの世界に通じるもう一つの《門》だった。

その姿は、金の目は、声は、思い出したくなかったことを呼び起こす。心の奥深くまでかき乱す。

だから。

『あなたは遠距離が得意で、私は剣を振るえる距離のほうがいい。噛み合っている。問題はない』

――守らなければいけない存在に、庇われることも。

『雑用だろうが雑魚払いの剣だろうが、好きに私を使え。それも鍛錬だ』

――背負われるつもりなどないと言われることも。

『……眠れないなら、付き合うよ』

――暗い夜に、熱い腕につかまれて引き戻されることも。

『あなた自身のことが知りたい、イレーネ』

――ああ、そうだ、だから。

ウィステリアは震える息を吸った。体中の力をかき集める。

太陽も月もない世界で、淡く金に光る目を見つめる。

「それ以外に、何がある？」

声を、絞り出した。

――刹那、月色の瞳が揺れた。

不敵な青年のそんな表情を、ウィステリアははじめて目にした。

眉も唇も動いてはいないのに、かすかな呼吸が、金色の目の中の光が揺れている。

――まるで、傷ついた少年のような顔をしていた。

倒れた器からこぼれていくように、ウィステリアの胸に凍てつくものが広がった。

二度と元には戻せないそれは、後悔というにはあまりに苦く、息苦しかった。

震える唇で青年の名前を呼ぼうとして、低く遮られる。

「――わかった」

そう答えたロイドの声は静かで、感情が読み取れなかった。

瞳に見えていた揺らぎは既に消え、端整な仮面を思わせる無表情に覆われている。

「考える。少し、時間をくれ」

短く、だがこれ以上ないほど十分な答え。ウィステリアは唇を開きかけたまま声を失った。

――サルティスの代用となるもの。証立てについて、考えるとロイドは告げていた。

長い足の踵が、宙を軽く蹴るような動作をした。

ロイドがゆっくりと離れていく。

「……師匠、中に戻れ。ここは冷えすぎる」

ウィステリアは小さく肯定するだけだった。

紫の目を伏せ、離れてゆく青年にとっさに指が震えたのを強く握って殺した。

ロイドの姿が巨木の中に消えたあと、鈍く両手を持ち上げ、顔を覆う。

(……これで、いい)

――ロイドは向こうに帰る人間で、自分はそうではない。

ただ一時、ありえないはずの交わり方をして、遠くない終わりが見えている。

いずれは忘れ、また忘れ去られる関係だった。

だから、こんなに苦しいのも、喉が震えるのも、目の奥が焼け付くように痛むのも——一時だけだ。

蝶の形をした魔物が互いに近づいては離れ、羽ばたいては青に紫にと色を変える。

変わり続ける魔の光は、顔を覆ったまま深い暗闇にひとり佇む女を冷たく照らしていた。

◆

床を再び踏んだとたん、銀髪の青年は扉の向こうを睨んだ。

「サルティス！　そこにいるんだろう！」

闇を裂くような声が、暗く沈んだ屋内を一閃する。

応じる声を待たずに、その双眸が夜を払う黄金の炎のように輝いた。

「——お前に聞きたいことがある」

ある享楽家の追想

【書き下ろし】

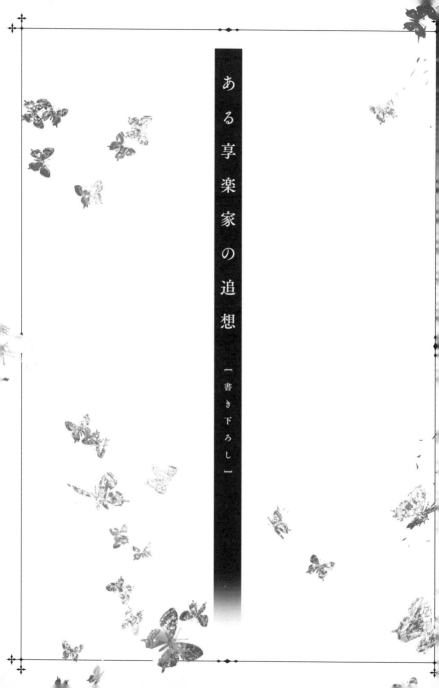

エドウィン・ヒュー＝ベイロンがマーシアル屈指の公爵家嫡子と出会ったのは、二年前のことだった。

当時、エドウィンは今以上に人脈を求めてあらゆる社交場に顔を出していた。昼も夜も関係なく、あやしげな酒場や喫茶店、会員制の店から演劇・歌劇、散策まで精力的に出かけていた。

とある大物が某伯爵家主催の夜会に出ると聞いたときも、エドウィンはすぐに参加を決めた。その大物と接触する機会はめったにあるものではなく、ようやく機が訪れたのだった。


エドウィンが伯爵家の大広間についたとき、周りがざわついているのはすぐにわかった。特に、未婚の令嬢たちがあきらかに落ち着きのない目を向けている。

ちらちらとうかがうような視線の先に、年の近い貴公子たちが数名集まって歓談をしている。

エドウィンは目を細め、貴公子たちの中に目的の男を見つけた。

（あいつか……）

頭一つ、抜きん出ている男だ。こちらに背を向けているが、まばゆいばかりの銀の髪とあいまって余計に際立っている。肩を越す長さの銀髪は、首の後ろでひとまとめにされていた。

やや緑がかった深い色の上衣は袖や裾に銀の刺繍がされ、裾が長いにもかかわらず、その下――黒い脚衣に包まれた足が彫像と錯覚するほど長く見える。

エドウィンはとっさに反発を覚え、頬が引きつりそうになった。――男が単純に体格がいいというだけではない。肩幅があるためか実際の背の高さ以上に大きく見え、佇まいだけで明らかに他と違うとわかる。あの苦さが口内に広がるのを必死にやり過ごす。――苦く、劣等感と名のついたそれは何の役にも立たない。

そうして、エドウィンは愛想の良い笑顔を張りつけて標的に近づいた。

「やあ、チャールズ、ダニエル。こんなところで奇遇だな」

「エド！　君も来ていたのか」

エドウィンの明るい声に、銀髪の男と向き合う位置で談笑していた二人が目を向けて答えた。

チャールズもダニエルも名の知られた侯爵家の令息で、エドウィンが最近取り入った二人だった。良家の子息らしい育ちの良さと人の良さゆえに、懐に飛び込むのはいともたやすかった。

銀髪の男が顔を向ける。

その瞬間、エドウィンは息を呑んだ。髪よりも少し濃い色の、太めで形の良い眉と彫りの深い鼻梁――やや薄く、感情の読めない唇は、いかにも冷淡で高貴に見える。

長い銀色の睫毛も、その下の金の双眸も、まるで人形のように端麗だった。

金の瞳は、わずかに光を含んで黄水晶《シトリン》のような輝きを帯びてエドウィンを見ている。

静謐な、だが鋭く切り込んでくるような視線だった。

（……くそ！）

不覚にも呑まれたことに気づいて、エドウィンは心中で悪態をついた。だが顔に出すような愚は犯さない。得意とするにこやかな笑みを顔に張りつけたまま、見知った方の二人に親しく声をかけた。

「こちらの高貴な方を紹介してもらえないかな。実は、なんとなく察しはついてしまっているんだが」

「はは、まあそうだろうね。こちらはジェニス子爵、ロイド・アレン＝ルイニング閣下だ」

温厚な顔のチャールズがエドウィンに答え、次に銀髪の男――ロイドに向かって、こちらはエドウィンと紹介した。

銀の睫毛が瞬き、エドウィンを見る。

エドウィンは内心の昂ぶりを抑え、気さくな笑みのままに一礼した。

「お目にかかれて光栄です、ジェニス子爵閣下」

ジェニス子爵の称号を持つ男からは、ああ、と短い返事だけがあった。やや露骨なほどの態度で、こちらに興味はないと知らせてくる。

ルイニング公爵家の貴公子からすれば、ベイロン家など眼中にないのだろう。

だがそれでもエドウィンの高揚をさますには至らなかった。

（ロイド・アレン＝ルイニング……大物だな）

ルイニング公爵家といえば、マーシアルの筆頭貴族としてまず最初に名の挙がるほどの名門中の名門だ。その嫡子ロイド・アレンは、ジェニス子爵という名誉称号を持っている。

ルイニングとの繋がりが得られればこれ以上のものはない。これまで築いてきた人脈全てを合わせてもなお余るほどの価値がある。

この機を逃したら終わりだと直感が告げている。興奮と緊張を心地良く感じながら、エドウィンは最大限、感じの良い声を作った。

「お噂はかねがね。私は剣も持てぬ軟弱者ですが、それでも閣下の武勇にはいつも心が躍ります。

ぜひお話をお聞かせください」

明るく気さくに、だが礼節は保つ――エドウィンは強くそう意識しながら語りかける。このルイニングの嫡子と自分の年齢はさほど変わらない。だが家格に差がある以上、砕けた態度を見せるのはもっと後のほうがいいだろう。いずれはそうできるという自信がエドウィンにはあった。

純粋な――エドウィンからすれば〝単純〟なチャールズとダニエルも、ぜひ、とロイドにせがむ。

金眼の貴公子は浅く息を吐いた。

「さほど面白い話でもないが。武勲を謳われるような派手な話ではない」

「いいえ、実際に剣を持って魔物と対峙した方にしか見えぬもの、聞こえぬものが貴重なのです。我々には知りようもないことですから」

エドウィンはきわめて感情豊かに、熱意を持って――そう聞こえるような――声で返した。

チャールズとダニエルが無邪気に追随する。

ロイドはそれでも人形のような表情のまま、どこか気怠そうに首の横に手を当てた。些細なそんな仕草にすら、周りの視線が集まるのをエドウィンは見る。

（……見てろよ）

いずれは自分こそがそうなる。そのために、絶対にこの男を利用してのし上がってみせる――腹の底まで焼けそうなほど強く、エドウィンは自らに誓った。

エドウィンは、自分の武器を正確に理解していた。

美男子と言われてもそこそこ通るほどの容姿と人懐こい表情、軽やかで通りの良い声、観察力、そして気さくさを演出できる頭脳。この四点がそろい、状況を見極めて活用できれば、たいていの人間の懐に飛び込むことができた。

エドウィンがあらゆる社交の場に顔を出して瞬く間に人脈を形成したのは、この能力によるものだ。

上流階級とされる家柄の子息たちでさえ、取り入るのは簡単だった。よく言えば育ちがよく、悪く言えば世間知らずな彼らは、無礼にならないぎりぎりの馴れ馴れしさで近づくやり方が驚くほどよく効いた。それはエドウィンのように、観察力に長けた人間にしかできない演出だった。

くわえて、若い男女ほどやや後ろめたい快楽に弱く、少し背中を押すだけであっという間に転げ落ちる。

エドウィンはこれを有効活用し、自らの財を増やすことにも成功した。

――とはいえ、エドウィンは悪評をたてたいわけではなかった。ほどほどに弱みを握り、貸しをつくり、巧妙に友人という位置を構築した。

そういったエドウィンの戦術は、効果に差はあれ、ほとんど失敗したことがなかった。ゆえに、大物を前にして慎重になることはあっても、取るべき行動は変わらなかった。

すなわち、ルイニングの後継者に対して礼節のぎりぎりの範囲を見極め、近づく。

――そしてある程度、それは成功したように思えた。

「ではどれくらい賭けますか、ロイド殿」

カードを手に、エドウィンは挑むように問うた。テーブルについているのは四人だった。エドウィンと、その友人二人、そして金眼の貴公子。

みな二十前後と年が近い。家柄を無視すれば、いたってよくある青年たちの集まりと捉えられるだろう。

異質なのは、こういった場にほとんど参加しないという、あのルイニングの長子ロイド・アレンがいることだった。エドウィンの友人二人はそれなりに名のある伯爵家の子息だったが、終始ぎこちない笑みで、緊張が隠しきれていない。

ロイドをこの場に引っ張り出したのはエドウィンの手腕によるものだった。何度か断られても気にせず、己の交渉力と情報と伝手を駆使してこの場に誘った。ロイド自身がこういった遊びを嫌っていないことを確かめ、休暇の時間を狙って声をかけた。エドウィンの戦術は見事に成功した。

そうしてエドウィンの友人の家の応接間で、テーブルについてカードに興じている。

――その種の遊びにおいて、少々の賭けがまじるのもまた、よくあることだった。

エドウィンの手元にも、他三人の手元にも、見事な木彫りの貨幣が積まれている。財を示す貨幣の数がもっとも多いのは、エドウィンの真向かいに座っているロイドだった。

だが二番目に多いエドウィンも、そこまで差がついているわけではない。

ロイドはほとんど表情を変えなかった。扇状に開いたカードは、持つ人間の手が大きいせいかやけに小さく見える。

エドウィンは意識して、やや気の抜けた顔を作って対峙していた。

（こいつ……）

――強い、と内心で舌打ちする。

イカサマをはたらいているというわけではないようだ。一勝も譲らぬほどの強さというわけでもない。何度か負けながら、きわどいところに限って勝負強かった。劣勢であればあるほど、大胆な手を打って勝ち抜ける。そうして一気に賭け金を持っていく。

なにか、勝負所の嗅覚のようなものが備わっているとしか思えなかった。攻めにためらいがなく、こういう相手は、賭けで嵌めるということが難しい。

そして今、ロイドは少額を掛けて手堅く勝てば上がれる局面にあった。だがそこに至っても、ロイドという男は少しも笑う気配を見せない。表情を隠しているのだとしたら大した名優だ。

――あるいは勝ちを確信している者の余裕なのか。

（一人勝ちなんかさせるか）

張りつけた表情の下で、エドウィンは苛立ちと共に吐き捨てた。今ここで勝たせることで後に持ち上げやすくなるなら、いくらでも負けてやる。だがその効果が見込めないなら、無意味な負けだ。

無意味な負けは、エドウィンの好みではなかった。

――ここで一気に逆転する。そのために、どうやって向こうの賭け金を上げさせるか。

エドウィンが目まぐるしく考えたとき、ロイドが動いた。

手札を持っていないほうの手が、象徴の貨幣を掃くように中央へ押しやる。

「――全額だ」

抑揚のない声。他の二人が歓声とも悲鳴ともつかぬ声をあげる。

エドウィンも軽く口笛を吹く。

――金色の目は、こちらを見ている。

射るような視線に、エドウィンの頬はかすかに引きつりそうになった。

挑まれている。そう直感する。

他の二人は早々に脱落し、エドウィンとロイドの一騎打ちのような形になる。

「これは参りましたね……。よほど強い手札が揃っていらっしゃると見える」

エドウィンはいかにも困った調子を装いながら、相手を素早く観察する。

だが銀の眉や金の目、冷淡に見える口元や彫刻じみた鼻筋のどこにも、感情の気配が見えない。

絶対に勝てるというほどの手札なのか、あるいは大胆な見せかけか――。

エドウィンは胸の中で悪態をつく。こういった単純な力押しのようなやり方は好みではない。だが、こうなったら本当に一騎打ちを演じるしかない。

「では勝負といきましょう」

そうして、互いの手札を開示した。


日が沈む。長く感じた一日にようやく夜の帳が下りる。

勝負の熱狂が過ぎたあと、応接間には二人しか残らなかった。早々に酔いつぶれた他の二人のうち、この邸の主は酔って気分がよくなったのか、ゆっくりしていってくれと陽気に叫びながら執事に抱えられて部屋を出て行き、もう一人は馬車で送られていった。

そうして、エドウィンはあたかもこの邸の主人であるかのように、ロイドと二人で向き合った。窓際の椅子に座り、テーブルの上のボトルを思い思いにグラスにつぐ。わざと給仕を断ってそうした。

供された細長いボトルの中身は、芳醇だがかなり酒精の強いものだった。片手におさまる程度の小さなグラスに少し注いでは、一口含んで舌で味わう。鼻に抜けていく濃厚な香りが、エドウィンを一瞬酔わせた。

だが、その酔いも長くは続かない。

「――お強いな、ロイド殿は」

酒で舌がほぐれたふうを装い――実際、いくぶんか本当にそうなってはいた――エドウィンは砕けた口調で言った。

向かい側でグラスを傾けていた男は金色の目だけを動かし、エドウィンを見た。銀の睫毛が淡く光っている。その下の双眸に向かい、続ける。

「酒も、賭けも」

ロイドは答えず、空になったグラスをテーブルの上に置いた。それが何杯目のものだったのか、エドウィンは覚えていなかった。少なくとも、普通の人間ならとうに酔いつぶれるか、そうでなくとも体に酔いの証が出ている量だ。

だが鋭さのある目元や引き締まった頬にはほとんど赤みがない。目の中の光も揺らいではいない。酔わせてから、と考えていたエドウィンは、早々にその考えを捨てざるを得なくなった。

「……負けたのにか？」

淡々と飲んでいた男が、ようやく言葉を返した。呂律に乱れもなく、声も低いままで、エドウィンはますます舌打ちしたくなる。

――何から何まで隙がなく、気にくわない男だった。

エドウィンは精一杯、明るい苦笑いを浮かべた。

「最後、ロイド殿は勝ちにこだわっていなかった。もっと手堅く行けば確実に勝ち上がれたでしょうに、それを自ら放り出すようなことをする――驚くべき無欲さ、精神力ですよ」

――あるいはよほど舐めているのか。エドウィンは自分の頭の中で、そう続けた。

最後の一戦はエドウィンが勝利し、結局、エドウィンが勝ち抜けした。ロイドは全額を失ったが、負債もなく、結局、持っていたものをすべて手放したというだけだ。

最後の一戦、ロイドの手札は決して強い並びとは言えなかった。むしろ負ける可能性のほうが高いとわかっていたはずだ。

にもかかわらず勝負に出た。全額を賭けることであたかも強い手札がそろっているかのように見せかけ、こちらの動揺を誘い、勝負の前にこちらが下りるのを待った――普通に考えればそうだ。

だが、あの目は自分の逃げを許さなかったとエドウィンは思う。

――勝てる確率が低いことなどわかりきっていたはずなのに。

腹の中にわきあがった苛立ちを押し流すように、エドウィンはいったんグラスを傾けた。強い酒精が喉から腹を焼いていく。

「……そういえば、ルイニング公もかなり勝負強い方だと聞いてます。ああ、酒にも強いとか。やはり、あなたはルイニングの正当な後継者だ」

エドウィンは軽く笑った。——現ルイニング公爵ブライト・リュクスが〝生ける宝石〟と呼ばれるほどの美貌を持ち、その長子であるロイド・アレンが父の若い頃に酷似しているのは周知の事実だった。

だが、どうやら似ているのは容貌だけではないらしい。

エドウィンにはそれもまた苛立たしいものに思えた。

——生まれつき何もかもに恵まれた男。それならばせめて、もっと卸しやすければいいものを。もっと浮かれ、わかりやすい顔や態度をとればいい。

これまでエドウィンが見た限り、ロイドはルイニングの太陽や宝石などといった形容詞とはほど遠い、無味乾燥な表情ばかりしている。周りからの評判も同じようなものだった。

感情表現の乏しい男は、ボトルを手にとって自分のグラスに注いだ。エドウィンが一回に注ぐ量の二倍近い。大きな手がグラスを取り、黄金の瞳が中の液体を見つめる。

「——君は、もとはベイロン家から離れるつもりでいたらしいな」

抑揚の希薄な声が、唐突に言った。

エドウィンの微笑は一瞬、凍りついた。酒の味でも語るような口調で切り出されたそれに、束の間混乱する。

いつの間にか、金の双眸が自分を見ている。射る、というような表現が浮かぶ鋭い視線だった。

エドウィンは寸前で表情を崩さずに済み――声を漏らして笑うことで、驚きごと吐き出した。

「ご存じでしたか。恥ずかしいな」

「交友範囲を広げようとしているのもそのためか」

「ええ、まあ……」

困った、と照れたふうを装い、エドウィンは顎を撫でた。内心では、憎らしいほど無感動な顔の相手に悪罵を浴びせる。

――どこまでこちらのことを探ったのだろう。

「私のことなど、興味も無いものと思っていました」

「見知らぬ相手と付き合うほど暇ではない」

ロイドの目が再びグラスに落ちる。水でも飲むように度数の強い酒を嚥下する。

ルイニングの嫡子ともなれば、付き合う相手を選ぶのは当然だ。早い段階で素性を探られるであろうこともエドウィンは予想していた。ただし、それは相手がこちらに興味を持ってからの話だった。

ロイドはまったく顔色を変えずに続けた。

「――どんな気分なんだ?」

自分のグラスを持ち上げたエドウィンは、動きを止めた。

目を上げて相手を見ても、ロイドは自分の手元に目を落としたままこちらを見てはいなかった。

「一度は、あらゆるしがらみから逃れられる立場だった身だ。それが、縛られる立場になったというのはどういう気分なんだ？」

エドウィンはかすかに息を呑んだ。男の言葉が一瞬遅れて頭に入ってくる。

（何を言ってるんだこいつ）

こちらを挑発しているつもりなのか。見下しているのか。腹を炙られるような不快感と苛立ちを覚え、少なくない労力を費やして抑え込む。

エドウィンは笑みを崩さなかった。――家を継ぐ身となったあの日から、少しでものぼりつめるために、どんな相手にも取り入り、媚も売ってやろうと決めていた。

「荷が重い、とは思っていますよ。私はもともと、四番目の気楽な身でしたから。ですが、衣食住の心配をしないでいいというのは安心だ。まあ、その安定と自由が引き換えというなら仕方ない。権利と責任というやつでしょう」

エドウィンは意識して明るい声で返した。それでいてロイドの表情を観察し、情報を得ようとする。だが元々感情が乏しいせいなのか、あるいはよほど巧妙に隠しているのか、うまく読み取れなかった。

（――お前のような人間にわかってたまるか）

エドウィンは腹の底で吐き捨てる。

生まれたときから地位と権力と富を約束された御曹司などには、自分の気持ちなど決してわからない。まして、ルイニング公爵家という頂点に生まれた人間になど。

エドウィンはベイロン家の四番目の息子として生まれた。ベイロンは比較的古く、由緒正しい家柄にあたる。だがその財は年々目減りし、見栄の下でやせ衰え、爵位を継ぐ長男以外はみな、将来はほとんど援助を受けられず己の身一つで生計をたてねばならなかった。

エドウィンのすぐ上の兄——ベイロンの三番目は、エドウィンと気が合った。明るく気前がよく奔放な性格で、あらゆる遊びをエドウィンに教えたが、酒と女と怪しい薬に溺れて若くして死んだ。

『堅実な生き方なんてクソ食らえだ、エド。どうせ俺たちの行く先には何もない。遊べるうちに遊んで、それで終わりだ』

三番目の兄は日頃からそう口にし、本当にその通りにして死んだ。

簡素な葬儀が行われたが、長兄と二番目の兄は、野良犬の死体でも見るような目をしていたことをエドウィンは覚えている。

二番目の兄は、家督を継げる身でもないというのに自分を厳しく律していた。ベイロンの名に恥じるなというのが口癖だった。それでも家を出され、最終的に信仰に生きる道を選んだ。三番目の兄が、〝動く屍〟と称したような生き方だ。

長兄は、二番目以下の弟たち全員を見下していた。生まれたときから〝自分〟と〝それ以下〟で育てられた男にとってはそれも当然であったのかもしれない。

——エドウィンも、三番目の兄のように生きて死ぬつもりでいた。

それが変わったのは、幸か不幸か、上の兄たちが全員事故や病で命を落としてからだ。

当時恋仲だった舞台女優のもとに居候していたエドウィンに、兄たちの訃報とともに家督も転がり込んできた。

そのとき、エドウィンは驚きと共に、いきなり目の前が開けたような感覚を味わった。

そうして、決めた。

――こんな好機は二度とない。ならば、のし上がれるだけのし上がる。そうして、つかめるだけつかみとる。

次期当主という立場についてから頻繁に社交場に顔を出しているのもそのためだ。新たな後継者として周りに認めてもらうため、自分の足元を固めるため。己の持てる全てを使い、あらゆる人間に取り入る。

――やがて上り詰めていくための、足がかりと踏み台をつくるためだった。

だが、愛想笑い一つせず、全てが勝手に転がり込んでくるこの男には、そんなことなどわからないだろう。

ただ生まれだけで、そこにいるだけで輝かしい未来を約束された人間には。

(何がしがらみだ。安全な場所で退屈をもてあそぶだけの温室育ちが)

――家に縛られるなどと、笑わせる。

エドウィンは長く息を吐き、グラスの中身を一息にあおった。喉を通り過ぎていく酒精に少しばかり勢いづけられ、言葉が勝手に喉をつく。

「ルイニング公爵家の後継者ともなれば、背負うものもさぞかし多いことでしょうな。私には計り知れないほどだ。ロイド殿は逃れたいと――自由がほしいと思ったことがおありで？」

弾みで、そう口にした。やや馴れ馴れしすぎる——軽率。エドウィンの頭に残ったわずかな理性がそうささやいたが、遅かった。

酒のせいなのか、自制が緩んでいる。しかしここまで言ってしまえば、と諦めとも自棄《やけ》ともつかぬもので、更に舌が滑った。

「剣を持ち、魔物と戦うなど、相当な信念がなければできないことだ。それに大事な御身を危険にさらすなど、周りが許さなかったでしょう。なぜ、そこまでするんです？　高貴にして高潔なる、力持つ者の義務のためですか？」

——素質に恵まれ、誰もが羨む地位も財も名誉も約束された身でありながら。

エドウィンがどれほど望んでも手に入らぬものを生まれつき持ちながら、それを危険にさらそうとしている。

エドウィンからすれば、よほど破滅願望でもあるようにしか思えない。

あるいは、弱者を助けるための、力持つ者の崇高にして高貴な使命だなどと大義名分を掲げられても反吐が出るだけだ。

銀の睫毛がかすかに持ち上がり、金の目がエドウィンを見た。

「捜しているだけだ。——逃げるつもりはない」

それだけ告げた男の声は凍えて響き、エドウィンはかすかに息を呑んだ。

それきり、ロイドは答えない。

（……何だよ）

誇るでも、憤るでもない。楽観している様子でも、理想に熱狂している様子でもない。ただ、冷淡に受け止めている。

(何を探してるって言うんだ)

それが何を意味するのか、エドウィンにはまるでわからなかった。

以後、エドウィンは更にロイドとの距離を詰めた。その裏で同時に情報を集めることも怠らなかった。本人に気づかれぬようにそうすることはそれなりの対価が必要だったが、ロイドという男を足がかりにできるならいくらでも釣りが来る。

あの日、何かを探し、逃げるつもりはないと答えた男の姿がやけに心に引っかかっていた。

(父親であり、現公爵であるブライトとの仲は悪くない。むしろルイニング公は目をかけている。ルイニング一家は総じて仲がよく、他家との諍いや負債などといったものもない……)

表に裏にと集めた情報を、脳内で整理する。わかったのは、ルイニングの地位の強固さくらいだ。当のロイド自身にも、弱みとなるような点は見つけられなかった。強いて言えば、何一つ不自由のない身でありながら、自ら剣を握って魔物との戦いに身を投じる点が妙だ。周りにたびたび止められているらしいが、それでも聞かないらしい。

だが、それにしても華々しい戦績をあげている。自分の力をよほど誇示したいのか。それとも――。

ロイド・アレンという男がいまいちつかみきれない。

ロイドははじめこそ人を寄せ付けないように見えたが、一定の壁を越えると変化することにエドウィンは気づいた。観劇にしろ晩餐会にしろ、何度か断られても気にせず誘い続ければ、やがて応じる回数が増えてくる。反応が芳しくなくとも、エドウィンはまったく気にしなかった。ロイドはわかりやすく喜ぶこともなかったが、不機嫌になったり、わかりやすく退屈そうにする様子も見せなかった。注意深く観察すれば、単に反応が薄いだけなのだとわかる。

何よりエドウィンにとっては、相手がこちらに悪い印象を持たなければそれでよく、欲しいのは友情などではない。そのまがいもので、利用できる程度のものであればよかった。

やがて、周りのほうが都合良く勘違いしはじめた。

「あのジェニス子爵と親しくなるなんて、どうやったんだ？」

他の友人に羨望交じりにそう声をかけられたとき、エドウィンは笑いそうになった。――実に有用な勘違いをしてくれる。感謝すら述べたい気分だった。

「何も特別なことはしていないさ。ただお近づきになりたいと思って、めげずに声をかけているだけだよ」

それこそ健気な乙女のようにな、と軽口をたたくと、友人たちは笑った。

「でも、あの方はなかなか近寄りがたいじゃないか。それに、万一、機嫌を損ねでもしたら……」

「まあ、そうだな」

エドウィンは曖昧な返事にとどめた。――自分が知り得たことを、わざわざ他人に教えてやる必要はない。

（……見た目ほど短気じゃないんだよ）

エドウィンは声に出さずにつぶやく。ロイド・アレン＝ルイニングは出自のみならず、背が高く鍛えられた体つきをしていて、顔立ちも極めて整っている――だがほとんど無表情であるせいで、威圧感を与えやすい。愛想笑いをすることもなければ、饒舌なほうでもない。目に鋭さがあるせいで、ともすれば不機嫌に見えるから尚更だ。

だがエドウィンが思い出す限り、ロイドが機嫌を損ねたり、高圧的な態度をとるということは一度もなかった。給仕に粗相をされ、目を見張るほど高価な衣装を汚されたときも、眉一つ動かさなかった。くずおれんばかりに青ざめ、声を震わせて謝罪する給仕や支配人に、いつもと変わらぬ抑揚で短い許しの言葉を与えただけだった。

感情を隠すのがよほど巧みなのか、あるいは感情が希薄で、怒りという感情すらも薄いのかもしれないと思ったほどだ。

エドウィンは慎重にロイドとの距離をはかったが、他の人間に比べるとかなり難敵であることは認めざるをえなかった。あの感情の読めぬ態度の前に多くの人間は怖じ気づき、自信を失い、相手の不興を買ったと感じて引き下がるのだろう。

エドウィンも天性の観察力と野心なくしては、同じように引き下がっていたかもしれなかった。

ある夜会で、エドウィンと会話していたロイドにこう聞く者がいた。

――なぜ、そのような新参者と親しく付き合われるのか。

ベイロンのにわか後継者相手に、と言わんばかりの口調だった。

エドウィンはにこやかに、瞬時にいくつもの皮肉を用意した。だがそれを口から放つ前に、ロイドのほうが無表情のままに言った。

『彼は勝負から逃げない』

その答えに、話しかけた男のみならずエドウィン自身も驚かされた。問うた男のほうは意図がわからないとばかりに困惑していたが、エドウィンの脳裏にはいつかの賭けがよぎった。——無意味な負け方はしたくないと意地になり、ロイドを負かしたときのことだ。あのときも、ロイドが不快感を覚えているような様子はなかった。

（下手に媚びを売られてるのがわかるとうんざりするって質か）

エドウィンは、そんな推測をした。よほどの愚か者でなければ、大抵の人間はロイドに媚びへつらう。ルイニングの名前がついてまわる限り当然のことだ。

（案外、夢見がちなところがあるな。——何を勘違いしてるんだか）

笑いそうになるのを必死に堪えた。

打算抜きに近づいてくる人間などいるわけがない。

が、多くの人間はやり方が下手だということだろう。ロイド本人に見抜かれているのだから。

エドウィンは妙に愉快な気分になった。

どうやら自分の目論見がうまくいっている——ロイドに、打算で近づいてきたと意識されていないと確かめられたからかもしれない。

信頼とまでは行かなくとも、他より一歩抜きんでた存在になれたという手応えを得られたからだろう。

そうして十分に距離感を見極めた上で、後日、エドウィンは冗談交じりに言った。

「幸いにも私が多くの友人に恵まれているのは、ある方針に沿っているからなんです。友人であれば、お互いに嘘は言わないこと。偽りのない関係であること。隠したいこと、言いたくないことがあるなら、ただ口を閉ざせばいい」

——そうして口を閉ざしていれば、少なくとも相手に隠したいことがあるということは明確にわかる。

エドウィンにとって愛すべき、聞こえのよい論理だった。

ルイニングの貴公子は銀の睫毛を数度瞬かせる。そして金の双眸が、どこか推し量ろうとするかのようにエドウィンを捉えた。

黄金の刃を突きつけるかのような眼差しに、エドウィンはわずかに怯む。——失言だったか。見抜かれたか。

まさか、という思いが胸をよぎる。一瞬の、だがずっと長く感じられた沈黙のあと、ロイドは言った。

「——わかった。いいだろう」

相変わらず淡白な声が、しかし妙に熱をもってエドウィンの耳に響いた。

その後、エドウィンはロイドと名で呼べるようになり、ロイドのほうにもエドと愛称で呼ばせるようにした。

やがて、ロイドという男は見た目ほど堅物でもないことがわかってきた。

節度や上限は必ず守るが、誘えば賭け事にも乗ってくるし、酒にも付き合う。あるとき、エドウィンは軽く相手を試した。

『実は少々小遣いが足りなくなってね。再戦を頼む』

『……ますます足りなくなるんじゃないか』

『まさか。勝てる相手にしか勝負を挑まない質なんだ、私は』

エドウィンはおどけて言った。表情に出ないからわかりにくいが、ロイドが勝負事を好む傾向があり、負けず嫌いであることは薄々気づいていた。悪気なく給仕に粗相があったときは怒らずとも、戯れでも侮るような気配を見せた相手には切りつけるような一瞥を向け黙らせる。

勝負事が絡むとこちらの誘いに応じることは多く、決して手を抜かない。

――だから、こういう言い方をすれば乗ってくるだろうと確信していた。

作りものめいた長い睫毛が瞬いたあと、その下の金の瞳がふいにきらめいた。

『――その言葉、忘れるなよ』

冷淡な男は、はじめてかすかな微笑を見せた。

唇だけの好戦的な笑み。だが、エドウィンはわずかに驚きを覚え、束の間目を奪われた。ロイドがはじめて見せた笑みらしきものも思いのほか明るさを帯びて、嫌みのないものに映った。

――この男は、こんな顔もするのか。

（案外、御しやすいところがある男なのかもな）

エドウィンは意識して冷笑的にそう捉え、妙に浮つく自分を抑え込んだ。

順調だ、とやや強く自分に言い聞かせ、近づき方は間違っていないと自信を持った。

相手を飽きさせることのないよう常に気を配り、何度も趣向を変えた。

――ロイドが唯一乗ってこないのが、異性絡みの娯楽だった。

長い物思いに耽っていたエドウィンは、友人たちに呼ばれていることに気づき、現実に意識を引き戻した。とたん、半ば反射的に、脳裏に浮かんだ疑問が口をついて出ていた。

「ロイドの……ジェニス子爵閣下の、今の恋人って誰だ？」

「え、いるのか？」

エドウィンの問いに、友人は目を丸くした。エドウィンは手を振り、じゃあいないな、とその話題を打ち切った。

注意を逸らすために他の話題を振りながら、頭の隅で一つの報告を思い出していた。


その日、ロイドが朝から王宮に出仕してそのまま帰らないことを確かめた上で、エドウィンは郊外のある邸へ向かった。古い家屋がまばらに並ぶ区画の中、少し遠巻きにされるようにその邸はぽつんと建っている。

古い建築様式で、周りを威嚇するように鉄柵と厳めしい門で囲まれている。だが人気が無く、門も柵も雨風に長くさらされて汚れ、余計に古びて脆く見える。

人を寄せ付けず、ひとり寂しく老いる老人のような、とエドウィンはやや斜に構えてその邸を正面から眺めたあと、裏に回った。

古びた鉄柵の向こう、緑と淡い青や桃色の色彩がまじる広い庭が見える。庭はしっかり整備の手が入っているようだった。どこか夢の中のような淡い色彩は、紫陽花によるもののようだ。

――幸いにも、エドウィンの目的の人物はすぐに見つかった。

ぼやけた色合いの中、紫陽花の前に立つ女の姿だけが鮮やかに浮き上がっている。

（あれか……）

この邸には若い使用人がほとんどおらず、邸の主人は若い女だという。

エドウィンの脳裏に、先日受け取ったばかりの情報が蘇った。

『……事故に遭い、親に先立たれ、他に頼れる親類もほとんどいないご令嬢とのことで』

意外に思う気持ちと、いかにもだと思う気持ちが半々だった。

紫陽花を見つめる女は、喪服を思わせる色の濃いドレスに身を包んでいた。襟や袖に控えめなレースがあるだけで、他に装飾はない。

ややくすんだ金色の髪は豊かに背を流れ、それが唯一の飾り気と言わんばかりだった。

暗い色のドレスのために尚更引き締まって見えるが、女の事情を知らなくとも、細い背は脆く儚げで、どこか幻のように見える。

（さてどうするか――）

女の姿をこの目で見る、という目的は達成した。

エドウィンが思案したとき、女がふいに振り向いた。隠れる間もなく目と目が合う。

気づかれたことに内心で舌打ちしながら、エドウィンはとっさに慣れた愛想笑いを浮かべた。同時に、女の顔をはっきりと見た。

（——あいつ、こういうのが好みか）

生い立ちゆえか、あるいは生来のものなのか、振り向いた女はその後ろ姿以上に、儚さを体現したような姿をしていた。薄い眉、伏し目がちの目、鼻はやや小さめで、唇だけが少し厚く、うっすらと色づいている。そこだけがほのかに官能的だったが、くすみのある金髪や肌に血の気がないためか、瞬きをすれば消えてしまいそうなほどに希薄だった。

女は一瞬、見知らぬ男に姿を見られたことを恥じるように顔を伏せたものの、おずおずと目を上げてエドウィンを見た。

「どなたですの……？」

「ああ、失礼。偶然通りかかりまして、こちらの邸が気になったもので」

エドウィンは感じの良い微笑を浮かべ、そのまま当たり障りのない挨拶で切り抜けようとした。

だが、気弱に見えた女のほうから声をかけられた。

「もしかして、ロイド様の……？」

いきなり言い当てられ、エドウィンは小さく目を見開いた。

「申し訳ありません。ろくにお出しできるものがなくて……」

「いえ、気になさらないでください。こうしてお話しする機会をいただけただけで十分すぎるほどです」

エドウィンはにこやかに答えた。半分は社交辞令で、もう半分は本心だった。

――ロイドの友人なのか、という問いに、一瞬はぐらかそうかと思ったものの、好機だと思い直した。ロイドの使いであるように装い、あっさりと、見知ったばかりの令嬢の家の中に招かれた。女の特殊な背景ゆえにそれができたのだろう。

セシリア、と女は名乗り、エドウィンもそのまま本名を名乗った。

扉を開け放した応接室の中、エドウィンはテーブルを挟んで若い女主と向き合う形で座っている。数少ない使用人の一人である老女がすぐに茶を用意して、そのままセシリアの側に控えた。

外から見る限りは古く手が行き届いていない様子だったが、中は意外なほど整っていた。華美ではないものの、いくつか調度品もあり、家具も安物ではない。掃除なども行き届いている。

――天涯孤独の身になったとはいえ、聞いているほど困窮していないのだろうか。

「セシリア嬢。何か、不自由はしていませんか？　足りないものなどあれば……」

「いえ……。ロイド様には、本当によく助けていただいています。こうしてまともに生活できるのも、ロイド様にご支援いただいているからこそで……」

セシリアは細い声で応じ、恥じ入るように目を伏せた。白くやせた頬に、ほんのりと赤みがさす。

可憐さのなかに、どこか庇護欲をくすぐる妖しい色香のようなものが垣間見えた。

（……なるほど）

一瞬引き込まれかけたのを感じ、エドウィンは意識して冷ややかに女を見た。

「ロイドと知り合ったのは、南の方の領地で――と聞きましたが」

「……はい。あのときは本当に……ええ。ロイド様が助けてくださらなかったら、私は今ここにはいません」

セシリアは首肯し、ふいに痛みを思い出したかのように眉をくもらせた。

――聞くまでもなく、エドウィンはセシリアがどのようにしてロイドと出会ったかを知っていた。

セシリアは、嫁ぎ先の領地へ輿入れする最中に山賊に襲われたという。

護衛は全滅し、セシリアがさらわれかけたとき、偶然、近くで魔物を追っていた討伐隊が駆けつけ、窮地を救った。――駆けつけたといっても、実際はロイド一人が突出し、隊の他の人員が追いつく頃にはあらかた片付いていたという。

幸か不幸かセシリアは傷もなく助かったが、護衛や侍従、それから持参金代わりの財のほとんどを失った。元から体の弱かった両親は、その知らせを聞いて倒れ、そのまま帰らぬ人となった。

更に輿入れ先から一方的に婚約の破棄を告げられ、セシリアは頼れる人間をすべて失った。不幸をもたらす女として忌避されたがゆえとの噂だった。

セシリアは絶望し、自ら命を断ちかねない状況に追い込まれたとき、山賊を退けた男が再び救いの手を伸べた。

「命だけでなく、その後も助けていただいて……。どうやってこのご恩を返せばいいか……」

か細い声で、セシリアはぽつりと言った。

「ロイドは、見返りを求めたのですか?」

「……いいえ。ですから余計に心苦しくて……」

エドウィンは不自然にならない程度に女を観察する。

セシリアという女は、どうも不幸な星のもとに生まれたらしい。山賊に襲われるという不運の前にも二度別の縁談があり、そのどちらもそれぞれ違う理由で破談となっている。

三度目には、不幸をもたらす女として忌避されたのも無理はないのかもしれない。

しかしそれで義憤に駆られて面倒を見るほど、ロイドという男は単純ではないはずだ。あるいは周りに手を伸べる人間がおらず、忌避されていたことがロイドの何かをかきたてたのか。

賭けにおいて、ロイドは逆境や不利な状況でこそ大胆に打って出ることを好む男だった。そうでなくとも己の身を危険にさらして魔物と戦うようなことをしている。

(見返りを求めない、ねえ……)

——案外、この女の庇護欲をかきたてるようなところにも惹かれたのかもしれない、とエドウィンは思う。

男が女を助け、その後も面倒を見続けるとなれば、その意味は限られてくる。

ロイドは実際に、この女に対して金銭的な援助をしている。それも少なくない額だ。端から見れば、愛人を囲っている図と変わらない。だがセシリアを見る限り、そういった色めいた関係にはなっていないようだった。

一方で、エドウィンがどんなに誘っても、ロイドは異性の絡む遊びには乗ってこなかった。異性に興味がないのかと疑ったが――この女の存在があるからだったのか。

「彼が見返りに求める唯一のものは、あなたの愛ではないのですか？」

エドウィンが明るく言うと、セシリアははっとしたように顔を上げた。物憂い目に、一瞬期待の光が輝いたのをエドウィンは見逃さなかった。

だが不運の令嬢はそんな自分を恥じるようにうつむく。それでも、頬が赤く染まっているのは隠しきれなかった。

「そんな……私のような者が……」

消え入りそうな声でセシリアはつぶやく。細い肩が落ち、一層華奢で儚く見える。どこか迷い子のようなその姿に、傍らに控えている老女が痛ましげな目を向けていた。

愛想の仮面の下で、エドウィンも思わず目が吸い寄せられた。

（……確かに、つい世話を焼いてやりたくなるような女ではあるか）

エドウィンは意図的に感情を抑え、突き放した目でセシリアを分析する。

これまでの不幸な経緯を抜きにしても、雨に打たれた花のように頼りなく小さな姿は男の庇護を強く必要としているように見えた。

「……ロイドは何度か、あなたの様子を見にここへ来ますね？」

「はい。何か不足はないか確かめに来てくださって……。少しお話をしてくださり、帰って行かれます」

エドウィンはいくつか確かめたいことを織り交ぜながらセシリアと雑談した。

そして別れ際に、

「私がこのように訪れたことは伏せておいてください。彼は、友人にすら自分の善行をあまり吹聴したくないというような堅物ですから」

とセシリアに告げた。

セシリアは何も疑うことなく、いかにもわかっているというようにうなずいた。


帰り道の馬車に揺られながら、エドウィンは今日得た情報を反芻する。

——ロイドは、セシリアのことを周りに伏せている。個人の資産から出した分だけで援助しているという事実からも、周りに知られたくないという意図が明らかだった。

(まったく、この私に隠し事をするとは)

エドウィンは皮肉な笑いを浮かべた。同時に、腹の底にくすぶるような怒りを覚えた。

——特殊な事情の女ではあるが、この自分にまで隠しておくような存在とは思えない。

思ったほど信頼されていないのか。だが他の誰にも話していないようだった。あるいは、吹聴するような関係ではないからということか。

あの性格にしては、ロイドの異性遍歴は決して地味ではない。しかしその割にどれも手堅く潔癖な——つまらない付き合い方をしている。

ここ一年ほどは特定の相手はいないという話だった。ならばセシリアが最有力候補と考えても無理はない。

恋仲になった女の存在は、男を狂わせる最たるものだ。

それはロイドとて例外ではないだろう。——あの男は、他の人間に見せない一面をセシリアという女には見せるのかもしれない。ゆえに、エドウィンはそこをなんとしても押さえたかった。

今のところロイドとの付き合いはかなり順調といってよかったが、いざというときに少々強く出られる手札を持っておくに越したことはない。

なにより、いつも澄ました男が隠しているものに触れられたというのは気分がよかった。

（さて、どうするか）

エドウィンは慎重に、だがいくぶんか高揚しながら今後に思いを馳せた。


「ずいぶんとご執心だな」

皮肉交じりの言葉を投げかけられ、エドウィンは鼻で笑った。

とある会員制の酒場でのことだった。気心知れた——自分と同類の——男と同じテーブルにつき、エドウィンは酒をあおった。そうして、鋭く笑いながらやり返す。

「嫉妬か？　まるで乙女のようだぞ」

「抜かせ。お前はあのご嫡子にかかりきりだと噂になっているぞ。あの〝人気者〟のエドウィンが。それもずいぶんとつまらない遊び方をするようになったらしいな」

「で？　ご嫡子のもっとも親しいいい友のエドウィンになった、と続くんだろ？」

エドウィンが素早く切り返すと、男は鼻を鳴らし、自分のグラスをあおった。

実際、ロイドとの親交を深めることに集中してから、以前ほど積極的に他の人脈作りができなくなったのは確かだった。これまでのような少々派手な遊びもできなくなっている。

だが問題はないとエドウィンは確信している。簡単な損得勘定だ。すぐに引っかかるような中堅貴族たちより、群を抜いた影響力を持つ公爵家の嫡子一人——どちらに力を注ぐべきかなど、子供でもわかる。

今ではロイド、エドと名を呼び合い、砕けた口調で話せるほどの親しさになった。

今回に関しては、エドウィンは長期戦を自らに課していた。着実に関係を築いて、相手にとって特別な友になる——利を求めるのはそれからだ。相手はあのルイニング公爵家なのだ。

エドウィンは自分のグラスを揺らしながら、男を見た。

「他には？」

「何も。実際、お前はうまくやってるんだろう。周りはすっかり、お前のことを〝あの次期ルイニング公のもっとも近しい友人〟と見なしている」

ことさら白けたような口調の男に、エドウィンはにやりと笑った。それはつまり、自分の目論見が極めてうまくいっているという証に他ならない。

実際、ロイド本人もそういった周りの評価を否定する気配を見せなかった。

男が、身を乗り出した。

「それで、あのいけすかない顔の貴公子殿の弱みは何だ？」

「おいおい、そんなことを容易く教えてやると思うのか？」

「ふん。お前も感化されてお堅くなったのか？　ご友人を庇うとはずいぶん清くなったもんだ」

「なんと言おうと、貴重な情報をただでくれてやるいわれはないね。相応の対価を払うんなら相談くらいは乗ってやるぞ」

エドウィンが挑発的に笑うと、男が悪態をついた。

懐に飛び込んで弱みを握る——それはエドウィンの得意とすることで、目の前の男も同類だった。

エドウィンはいかにも勝ち誇った笑みを浮かべながら、胸中の思いを押し隠した。

（弱み、ねえ……）

男が言うような、弱みらしい弱みをロイドはまだ見せていない。

唯一それらしき点といえばセシリアの存在だろうか。だが行動としては全くの人助けであり、恋仲というわけでもなさそうだ。たとえ恋仲になったとしても問題はさほどなく、醜聞としては弱い。

何気なく考えをもてあそんでいたとき、エドウィンの頭に漠然と浮かんでくるものがあった。

——数日前、珍しくロイドから誘われて乗馬に付き合ったときのことだ。

エドウィンはなんとかロイドについて行き、馬を並べて丘の上から景色を眺めた。絵画のような横顔を見せながら、ロイドは言った。

『君には〝真〟が……ああ、人生を懸けられるような何かがあるか？　あるいは信念、目標というべきものかもしれないが』

エドウィンはにわかに驚いた。少し考えた後、嘘でもないが本心でもない答えを口にした。

——成り上がり、力を手に入れることがエドウィンの無二の目的だったが、家をまともに継ぐこというような表現で濁した。

同じ問いをロイドに返すと、金色の目は遠くを見つめたまま言った。

『まだ、見つからない』

それきり、ロイドは話そうとはしなかった。

――ルイニング家を継ぐということをやはり重荷に感じているのだろうか。ロイドの様子がいつもと少し違ったせいもあるのか、妙に気にかかった。

（あいつは何を求めてるんだ？）

すべてに恵まれ、誰もが羨むほどのものを持っている男。エドウィンからすれば、あれほど持ちながらまだ足りないなど、憎悪すら覚えるほど贅沢で強欲に思える。

だが、ロイドが何をそれほど求めているのかが気になった。

〝真〟。人生をかけられる何か。

おそらく、他の人間には言わない、自分だけに聞かせた言葉だろうという確信があった。

――あのときどう答えればよかったのか。失言だったとは思わないが、あのときロイドはどんな答えを期待していたのだろう。

（何を見て、何を考えてる……？）

思わず考え込んだエドウィンを、衣擦れの音が現実に引き戻した。向かい合う男が、鋭い視線を向けている。

「一つ、ただで忠告してやる。ああいった奴らと決して対等になれるなどとは思うなよ」

氷よりも冷ややかな一撃に、エドウィンは動きを止めた。反論がわずかに遅れたところに、男は追撃する。

「どんなに仲良しごっこをしたって、生まれも住む世界も違う。見えるもの聞こえるものから違うんだ。考え方から違う連中と、まともにお友達なんぞになれるわけがない」

男の口角が、嘲りの形につりあがるのをエドウィンは見た。こちらを睨む目は暗く、無言でささやく声が聞こえてくる。

——お前はこちら側の人間だ、忘れるな。

エドウィンはとっさに反発しかけ、束の間言葉を飲み込んだ。

違う。

飛び出しかけたその言葉に、自分自身が驚いた。

男の暗い目が、嘲笑う声が脳裏に幻影を呼び起こす。

——助けてくれエド。足元にすがる、浅はかで愚かな男たち。世間知らずで甘ったれた裕福な子息。エドウィンの踏み台となり、糧となった者。敗北者だ。

足をつかもうとするその幻覚を、エドウィンは塵を払う振りをして爪先を動かした。

そして、嗤った。

「何を言ってるんだ？　俺はいつでも利用する側だ。踏まれる側になどなるかよ」

上に立つ、利用する——それ以外の関係などあるわけがない。

男は、ならいいがな、といかにも不快そうに鼻を鳴らした。

――人は、求められたい生き物だ。程度の差はあれど、例外はない。

距離の感覚。エドウィンに備わった、人の懐に飛び込む才能というのは、そう言い換えてもよかった。

どこまでがよそよそしく、どこまでが馴れ馴れしいか。その線引き、境界のようなものがエドウィンには感覚としてわかった。

ロイド本人に直接聞いた情報、そして表には出さない情報網を駆使し、ロイドの予定や行動をおよそ把握する。

だがその中で、一点の〝空白〟が生じていることに気づいた。

気づかれぬよう調べても答えを得られないとわかったとき、エドウィンは直接本人に問うた。

冗談と軽口を幾重にもまぶし、巧妙に本音を隠しながら。

ロイドは軽く肩をすくめ、短く答えただけだった。

『ちょっとした息抜きだ』

そしてそれ以上、説明しなかった。

エドウィンは軽く笑いながら、更に踏み込んだ。

『なんだ、隠し事か？　約束を思い出してくれよ。無二の友人相手に冷たいじゃないか』

『君も一人になりたいときはあるだろう。それだけのことだ』

答えたロイドの口調は、大したことではないと言わんばかりだった。

なおも食い下がってみても答えは得られなかった。それから、エドウィンはずっと〝空白〟の正体について考え続けている。

〝空白〟――ロイドは時折、何の予定もない時にどこへともなく姿を消すという。年に二度か三度、あるいはそれ以下の間隔で。

知人はおろか、その時の恋人や家族さえ、その行く先を知らない。どこへ行っているのか、何をしているのか誰も知らない。

休むと言ってはどこへともなく一人で姿を消し、ふらりと戻って来ては、何もなかったかのようにいつもと同じ日々に戻っていくとのことだった。

(……その正体が、ロイドの弱みか)

エドウィンは身震いするような直感を抱いた。あのロイドに、よほど後ろめたいことでもあるのかと思ったが、直接問うた時の反応からしてそうではないように思えた。感情の希薄な男だが、隠していたことを突然問われ、あれほど動揺しないということは演技とは考えにくい。

(まったく、面倒くさい男だな)

呆れまじりにエドウィンは息を吐いた。――いい加減心を開けばいいものを、いったい何を抱え込んでいるというのだろう。だからこそ他に友人もおらず、近寄りがたい男として見られているのではないか。

こちらも弱みを握ったからといって、すぐにそれを利用して破滅させようなどとは思っていない。揶揄して笑うつもりが、なぜかエドウィンの顔に浮かんだのは普通の苦笑いだった。

エドウィンは、再びセシリアのもとを訪ねた。前回と同様、忍ぶような形ではあったが、ロイドの存在をちらつかせると、すぐに邸に迎え入れられた。

「最近、彼が何か悩んでいるような気がしまして。彼は友人には強がりますが、あなた相手ならと思ったんです。何か、ご存じありませんか？」

前回とは違い、エドウィンが憂う顔を見せるとセシリアは大きく目を見開いた。ロイド様が、と小さく不安げにつぶやき、落ち着きをなくした。

「ロイド様に何かあったのですか？」

「……いえ、私も詳しくは知りませんので」

エドウィンは思わせぶりに頭を振った。それだけでセシリアは眉尻を下げて目を潤ませ、胸の前で両手を組んでエドウィンを見つめる。その姿に、エドウィンの目はつい引き込まれた。そんな自分に気づき、咳払いをして振り払う。

――ロイドが悩みを抱えているというのは、真実でもなければ完全な嘘というわけでもなかった。ただ、これだけ交流を深めてもロイドにはまだ踏み込めない部分が多い。他の人間はそれに気づくところにさえ至っていないが、エドウィンはそれで満足できるような質ではなかった。

セシリアがふと寂しげな微笑を浮かべ、エドウィンの注意を引いた。

「エドウィン様は、本当にロイド様と仲がよろしいのですね。先日、ロイド様もエドウィン様のことを話しておいででした」

「私の？　はは、頼りない男だとでも話していましたか？」

内心の驚きを隠しながらエドウィンは笑顔で応じた。

いいえ、とセシリアは頭を振る。

「……珍しい方だ、と。ロイド様から他の方のお名前が出ることは希で……エドウィン様は特別な方なのだと思いました」

セシリアの言葉に、エドウィンはしばし答えるのが遅れた。胸に感じるこそばゆさを、喜びなどというものだとは認めたくなかった。

（違う。これは全部、オレの目論見通りに事が運んでるからだ）

エドウィンはやや荒く自分にそう言い聞かせた。

浮ついた感情をそのまま利用して、にこやかな表情を作ってセシリアに聞いた。

「彼はやはりここへ来て話をしていくのですね。他にどんなことを？」

「……他愛のないことです。私ばかり話してしまって……。何をしていたとか、どのように過ごしていたとか……」

セシリアは羞恥を覚えたように目を伏せた。

その様子を眺めながら、エドウィンはいま自分が座っている場所にロイドが座り、セシリアと向かい合う姿を想像した。ロイドはあまり饒舌なほうではない。何か議題なり決まった話題があれば意見を述べるし議論もできるが、それだけだ。異性を喜ばせるような軽妙な会話というにはほど遠く、セシリアでも、他の女性相手でもあまり変わらないだろう。

エドウィンは、軽く切り込むことにした。

「彼は、どういう場所に行くか、あるいはどこかへあなたを連れて行きたいなどといったことを話しませんでしたか？」

セシリアは目を丸くした。

「場所、ですか？　いいえ、そういったお話は……。私が、ロイド様とご一緒するなどおそれ多いことですし……」

言葉の後半で、儚げな令嬢はそっと目を伏せた。

エドウィンは顎を撫でる。

（〝失踪先〟についてはこの女も知らない、か）

時折、ロイドが姿を消す先。もしかしたらセシリア相手には教えているのではないかと思ったが、見当外れであったらしい。

ふいに、セシリアが顔を上げた。潤んだような目がエドウィンを見る。

「あの……、ロイド様は外でどう過ごしておいでなのでしょう。他に……親しくされている女性などは、いるのですか？」

すがるような眼差し。エドウィンは、なんとか同情の笑みを繕った。

「いいえ、私の知る限り、彼は他の女性と特別に親しいということはないようです」

「そう、ですか……いえ、他意が、あるわけでは」

セシリアは露骨に安堵したような息を吐き、それから気まずそうに顔を背けた。

しかしその態度は少々あからさまで、隠すつもりがあるのかとエドウィンをやや呆れさせる。

（つまり、いま一番親しい異性――ロイドが自ら足を運ぶのは、この女のところだけということか）

そのことをセシリアに指摘してやるかどうか迷い、結局止めた。

その後、適当な会話を続けて切り上げる。エドウィンがそのまま邸を出て行こうとすると、か細い声が呼び止めた。

「また、来ていただけますでしょうか？」

不安げに見上げてくるセシリアに、エドウィンは意外な思いがした。

「あなたのお許しがいただけるなら喜んで。ですが、ロイドを連れてくるというようなことを期待されるのなら……」

いいえ、とセシリアは頭を振った。そしてたちまち物憂げに視線を落とし、消え入りそうな声でつぶやいた。

「ロイド様のことをお話できれば、それで十分です」

エドウィンはわずかに片眉を上げた。しかしすぐに明るい笑顔を張りつけ、喜んで、と答えた。


それから、エドウィンは間隔をおいてセシリアのもとを何度か訪ねた。当然、間違ってもロイドと遭遇することがないよう計らった。エドウィンにとってセシリアはロイドに関する情報源で、それ以上でもそれ以下でもなかった。

だが一定の間隔で訪問するうち、セシリアはエドウィンの来訪を明らかに喜ぶようになった。ある日、エドウィンはあえて少し遅れてセシリアの邸の様子を見た。セシリアは不安げな顔で庭に立ち、エドウィンが来るはずの門に何度も目を向けていた。

(……なかなかに庇護欲をくすぐられる女だ)

エドウィンはあえて突き放した目で観察し、ロイドがこの女に関わるのはやはりそのためなのかもしれないと考えた。

セシリアのような性質の女と距離を詰めることは、エドウィンにとって造作ないことだった。それなりの気の利いた手土産をいつも持参し、紳士的な態度を保ってにこやかに雑談して、適切な時間で帰る。それを繰り返しただけで、はじめはエドウィンを睨むようだったセシリアの侍女も、いつの間にか丁重に対応するようになった。

セシリアのほうもまた話し相手に餓えているのか、エドウィンを少しでも長く引き止めようとする気配を見せた。

どこかいじらしくもある態度に、エドウィンは内心で苦笑いとも冷笑ともわからぬ感情を持った。

エドウィンにとって便利な関係が続いていたある日、異変が起こった。

「ご気分が優れませんか?」

応接室のテーブルの向こう、いつにもまして沈んだ顔のセシリアに向かい、エドウィンは気遣いの声をかけた。セシリアは常に悲哀の色を漂わせているが、今日はいちだんとその色合いが強い。頼れる身内を一度に失ったときにこんな表情をしていたのではないかと思うほどだ。

事実、セシリアはエドウィンの言葉に目を上げようともせず、重たげに頭を垂れたままだった。

エドウィンはいつもよりずっと優しげな声をつくった。

「どうぞご無理をなさらずに。ゆっくり休んでください。あなたの負担になるために来たのではありません。また日を改めて――」

そう言うと、セシリアはようやく顔を上げた。

――とたん、その顔がたちまち歪み、泣き腫らしたと思われる赤い目から涙が溢れる。

「行かないで……行かないで、ください」

震え、か細い声がその唇から漏れた。

エドウィンは虚を衝かれた。だが驚きは一瞬で、すぐにかすかな前屈みの姿勢――傾聴の姿勢――をとり、痛ましいものを見つめるようにセシリアを見た。

「どうなさったのです。一体何があなたをそのように悲しませているのですか」

いかにも驚いて親身に問うふうを装いながら、エドウィンの脳内には既に一つの答えがあった。

――この女にこんな顔をさせるなど、あの男しかいない。

「わ、私……私は、どうしたらいいのですか。釣り合いがとれないことなどわかっています。でも私には他に頼れる方も……っ」

堪えきれないものを吐き出すように、女の唇から感情的な言葉がこぼれた。

エドウィンは辛抱強くそれに付き合い、なだめ、およその事情を聞き出した。

――それは、エドウィンが直感したものとそう変わりはしなかった。

「……身の程知らずだと、わかっています。ロイド様は私を助けてくださっただけ。それ以上を望んではいけない……。でも、耐えられなかったのです。ロイド様は私に、他の方との縁談を調える手助けもできると仰って、それで……」

耐えられなくなった、とセシリアはつぶやいた。

──恩を受けた者と、恩人というだけでしかない関係に。

それ以上にもそれ以下にもなれず、やがてただ過去の一つとして片付けられてしまう関係に。

そしてセシリアは自分の想いをロイドに告げた。

エドウィンは慎重に、可能な限り同情的に聞いた。

「彼は──ロイドは、あなたの気持ちに応えられないと？」

セシリアは濡れた唇を一度強く閉ざし、首を縦に振った。

「感謝と好意を混同しているのだと……たまたま手を差し伸べたのが自分だから、恋愛感情と混同してしまっているのだと仰いました。本来、ロイド様が干渉すべきでない部分にまで干渉してしまっているからだと」

「それは……冷たいな。彼には元から厳しいところがありますが、それにしても慈悲を欠いている」

エドウィンは、ロイドを詰るような口調になった。セシリアは同意こそしないが、エドウィンの義憤を黙って受け止めたようだった。

──こういうときはとにかく同意してやることだとエドウィンは知っている。

一方、セシリアに与えた言葉とは裏腹に、エドウィンの冷静な部分はロイドの意図をある程度察することができた。

（面倒でつまらない面が出たか）

セシリアがいま一番頼りにしているのはロイドだ。唯一、と言ってもいい。他の男であれば、そのままセシリアを一時の恋人として扱っただろう。あるいは愛人としてしばらく囲ったかもしれない。

後ろ盾もなく自分だけを頼りにする女ほど都合のいいものはない。セシリアは悪くない女で、当の女から好意を向けられているのならば尚更だ。

だがセシリアから聞いたロイドの言葉からするに、ロイドはそういった都合の良い状態であることをわざわざセシリア本人に指摘し——好意を拒んだ、ということになる。

干渉すべきでない部分というのは、本来、貴族の令嬢として両親の庇護のもとに異性とは関係なく暮らすべき部分のことだろう。セシリアの場合は不運が重なり、生活のほとんどをロイドの援助に頼っている。

ロイドの存在はいやでも大きくならざるをえない。

しかしロイド側からも、一時であれ、セシリアの気持ちに応えるのになにも不都合はないはずだ。この女の性格からして、都合良く扱って一方的に関係を終わらせても、騒ぎ立てたりすることはないだろう。援助の見返りとして説得することもできる。

あるいは騒がれたところで、ロイドの背後にある地位や権力を考えれば、そよ風を起こすほどの問題にもならない。

「……彼は、他にはなんと？」

エドウィンの問いに、セシリアは一度唇を引き結んで喉を震わせ、また開いた。

「生活が安定するまでは面倒を見てくださると……。恩を返すなどとは思わなくていい、ただ……私が、早く自分の聖域を得たほうがよいと仰って……」

「……聖域、ですか？」

セシリアは鈍い動きでうなずいた。

「自分と向き合うための、自分だけの場所や時間……誰にも入り込ませないもののことだそうです。私が自分の聖域を得て、それでもなおロイド様をお慕いする気持ちがあるなら――そのときに、再度告げてほしいと……」

エドウィンは息を呑んだ。セシリアの言葉で、雷のように脳裏に閃くものがあった。

――聖域。誰にも入り込ませないもの。

まさしくそれが、ロイドが時折姿を消すことの正体なのではないか。誰も行き先を知らず、その足取りをたどらせることさえしなかったほどに不可侵のもの。

エドウィンは強く問い質しそうになる自分を、なんとか抑え込んだ。

セシリアがまた目の縁に涙を湛えて言った。

「聖域とは、何なのですか？　どうやって得られるのですか？　エドウィン様にはそれがありますか？　私……私はどうしたらいいのですか？　どうしたらロイド様に振り向いてもらえますか。どうしたらもう一度――」

「落ち着いてください、セシリア嬢。あなたは何も悪くない。ロイドはただ……厳しいところがあるんです。厳しすぎるほどに」

ややや焦れながらも、エドウィンはなんとか慰めの言葉を口にする。そうして眉をひそめ、ロイドを非難する表情を浮かべてから切り出した。

「彼は、自分自身の聖域がどんなものであるかを話しましたか？　自分と向き合いたいとき――誰とも会いたくないとき、彼自身は、どうすると？」

手応えの予感が、エドウィンの鼓動を速める。

ゆっくりと言い聞かせるような響きに励まされたのか、セシリアは少し黙り込んだあと、重たげに口を開いた。

「ある場所に……小さな建物を持っていると仰っていました。静かで、近くに美しい湖があって、しばらく一人で過ごすと考えがまとまりやすいと……」

それがどこであるのか、具体的な場所や推測できるような情報は一切語らなかった――セシリアはそう言った。

エドウィンの心臓が大きく跳ねた。

直感が、それこそロイドの弱みに繋がるものだと告げていた。あるいは露骨な弱みや後ろめたい過去ではなくとも、何もかもに恵まれた男の隠したい部分に違いないという確信があった。

誰にも触れさせず、いざというときの安全な逃避先、不可侵にしておきたい〝聖域〟。

そしてそう考えたとたん、エドウィン自身にも予想できなかったほどに、腹の底に強い怒りがくすぶった。

――ロイドは、〝友人〟であるはずの自分にさえ明かさなかったことを、この女には教えたのだ。

こみあげる怒りと苛立ちに、エドウィン自身も驚いた。

だがそれを押し隠し、浮かびかけた嘲笑をも噛み殺し――セシリアへの、親身で同情的な表情に変える。

「いくらロイドといえど、あなたをこのように悲しませていい資格などない。私でよければいくらでも力になります。――大丈夫、私はいつもあなたの味方です」

打ちひしがれる女がもっとも欲しがる言葉を、エドウィンはよどみなく口にする。

セシリアの表情がわずかに明るくなる。そしてまた顔を伏せると、どこか言い訳のようにつぶやいた。

――ロイド様を、本当にお慕いしているのです。


帰りの馬車に揺られながら、エドウィンは苛立つ自分を必死になだめた。

――〝聖域〟。不可侵。

頭を冷やすために、セシリアの話を、ただの情報に分解する。身寄りの無い女が、手を差し伸べてくれた男に懸想をして拒まれた――どこにでもある安い芝居のような筋書き。

だが冷静さが少し戻ってくると、エドウィンの頭はようやく分析をはじめる。

あのロイドは、何を思ってセシリアを突き放したのか。セシリアからすれば拒まれたとしか思えないだろうが、別の角度から見るとまた違うものが浮かび上がってくる。

（……もしかしたら、あいつは）

――ロイドなりに、セシリアを特別に想っているのではないか。

セシリアを雑に扱うどころか、むしろその逆といっていい。命を救い、十分なほどに面倒を見て、もう手を引いてもいい段階なのに、まだこうして関わっている。金銭的な援助のみだけでなく、自ら会いに来るというのも、義務や責任感だけとは思えない。

いくら哀れみを覚えたところで、ここまではしないだろう。むしろセシリアの全面的な依存を拒み、ある程度の自立を促すようなことを告げるというのは――その先に、求めるものがあるのではないか。

（まず自立させたい……その上で依存でない関係を結びたい？　そんなこと、あるのか？）

馬鹿げた理想主義のような考えだった。だが鼻で笑い飛ばすことができなかったのは、あの金の目をした男ならあるいはと一瞬思ってしまったからだった。

エドウィンは無意識に眉をひそめながら考えに耽った。

自分の推測を、セシリアにわざわざ教えてやる必要も感じなかった。

馬車の外では間もなく陽が沈もうとしていた。

セシリアに〝聖域〟のことを聞いてから半月ほど経った頃、エドウィンは珍しい状況に遭遇した。

――あのロイドのほうから誘いがあったのだった。

景観がよく、味の良い料理を出す店があるからどうかという。エドウィンはわずかな間、ロイドの意図について考え——疑い、結局快く誘いに乗る形にした。

王都の南端にあるその店は四階建ての最上階にあり、高い位置から景色を眺めることができた。個室は広く、給仕は仕立ての良いお仕着せに身を包み、静謐な雰囲気があった。ともすれば重厚でエドウィンには少々息苦しく感じるところだったが、案内人や給仕の控えめな態度によるのか、ぎりぎりのところで堅苦しすぎない空気に満ちている。

エドウィンの向かいに腰を下ろした男は、自分から誘った割にあまり口を開こうとはしなかった。流れるような所作で酒や料理を淡々と片付けていくが、相変わらず乏しい表情からは味に対する感想すら読み取ることはできない。

だがこの男に饒舌さを期待するだけ無駄だとエドウィンはとうに知っている。だから、いつものように自分から口を開いた。

「雰囲気のいい店だな。味もいい。こんなところがあるとは知らなかった。まさか君がこういった穴場を知っているとは」

「……知り合いから聞いた。私では見つけられない」

涼やかな顔であっさり白状する男に、エドウィンは苦笑いした。

「君にしちゃ趣味が良すぎると思ってたんだ。で、君の数少ない手札の一つだというのに、恋人を連れてくるのではなく、私などでいいのか？　それとも視察もかねてか？」

戯れを装い、エドウィンは素早く切り込む。ロイドのわずかな反応も逃すまいと観察する。

銀の睫毛がゆっくりと上下に動いた。金の瞳が、エドウィンに据えられる。

「――いま、特定の相手はいない。知っているとは思うが」

常と変わらぬ、揺らぎのない声でロイドは言った。

しかしさらりと告げられた後半に、エドウィンは一瞬肝が冷えた。

――知っているとは思うが。

その言葉は、こちらが裏で探っていることを知っているとほのめかしているのか。

(いや。気づかれてはいないはずだ)

焦らず、慎重の上にも慎重に調査した。これまで同じ手を使ってきて、勘づいた相手は一人もいない。

エドウィンは何気ないふうを装い――逆に、反撃に転じた。

「特定の相手はいない、ね。まったく羨ましい限りだ。君ならどんな相手でも、自由に関係を結べるだろうさ」

脳裏にセシリアの姿を浮かべながら、ごく軽く言った。――あるいは、セシリア以外に別の相手がいるのか。

エドウィンはロイドの反応を待ったが、彫刻のように整った顔に変化は見られなかった。

しかしふいに、エドウィンを見つめ返す金の目に小さな光が瞬いた。

「エド。何か、私に隠していることはないか」

静かな言葉が、突然エドウィンを穿った。とっさに答えることができない。

――なぜ。

どこで露見した。どうやって勘づかれた。頭の中で、疑念と焦りがうるさい羽虫のように飛び回る。

（いや違う。これは引っかけだ。まだ全部知られたわけじゃない）

動揺を顔に出さずに済む程度の場数は踏んでいる。

ゆえに、エドウィンはいつもの気安い笑みで応じることができた。

「そりゃ、君に話してないことなんて数え切れないほどあるさ。すべて話すにはあまりに時間が足りず、有限たる人生はもっと重要なことのために使わないといけないからな。友と語らうのも美女と恋をするのも美酒美食を味わうにも、人生はあまりに短い」

「――エド、はぐらかすな」

「はぐらかしてなどいないさ。覚えているか？　最初に、〝隠し事はしない〟と同時に、〝言いたくないことは言わなくていい〟、そういう方針だったはずだ」

饒舌に答えながら、エドウィンは皮肉の形に唇が動きかけたのを強く押さえた。

だが、その唇から言葉が飛び出すことまでは堪えきれなかった。

「そっちこそ、私に何か隠していることがあるんじゃないか？」

――〝真〟などというものの意味。セシリアの存在。《聖域》。

ロイドがわずかに目を見張ったように見え、エドウィンは内心で自分に舌打ちした。今の返しは悪手だったかもしれない。やや軽率で露骨だ。自分で思った以上に苛立っているらしかった。

すぐに、ロイドの顔から感情が読み取れなくなる。言葉よりも雄弁な金の瞳が再び探るようにこちらを見据え、エドウィンの苛立ちは増した。

──隠し事。セシリアと会っていることが知られたか。あるいは勘づかれたか。可能性としてはもっともありうることで、想定していなかったわけではない。問い詰められたときにどう弁明するかは用意してある。

──だが、完全に指摘されるまでは下手にこちらから口にしないほうがいい。

探るような目を、エドウィンは涼しげな顔を装って見つめ返す。

気詰まりで長く感じられる沈黙が流れ──やがて、ロイドの吐息がそれを破った。

「〝言いたくないなら言わなくていい〟……その通りだな」

言葉の意味をいま理解したと言うような声色だった。

エドウィンもまたいつもの軽快な調子を作り、ことさら明るく笑った。

「恋も友情も、ある程度秘密があったほうが刺激的で長続きする。離れているときも私のことを考えてくれ」

いたずらっぽくエドウィンが言うと、ロイドにしては珍しく、露骨にいやそうな顔をした。

ロイドに誘われて出かけ、そこで探り合うような会話をした後、エドウィンはすぐに真偽を確かめた。自分が裏からロイドを探っていることが勘づかれていないか。セシリアと会っていることに気づかれていないか。後者は気づかれたところでまったく問題のない健全な──エドウィンとしては珍しい──関係であり、そこまで手を回す必要はない。

だがどちらも、ロイドに勘づかれていることを示すものはなかった。

それでも、エドウィンはしばらくセシリアに会いに行くことを控えた。署名はせず、だがセシリアが見ればそうとわかる手紙だけを密かに出し、しばらく会いに行けないが不安に思わないでほしいと言葉を尽くして伝えた。

それ以外には、ほとんど順調と言ってよかった。〝あのルイニング嫡子の数少ない友人〟という立場を獲得し、その恩恵を受けることができるようになりはじめていた。

これまでベイロンの名だけでは見向きもしなかった相手が手の平を返すようになったのを見ると、エドウィンは嘲りと皮肉でもって相手を刺すことを考えた。だが控えた。それをするのはもっと後になってからでいい。

手応えを感じながら、エドウィンは更なる先を見た。ロイドの、ルイニングの力を借りれば宮廷内にも更に食い込める。

気持ちが浮き立つのを感じながら、その日、エドウィンは別の良家の子息たちと会食し、店を出た。エドウィンの同伴者たちは感心したような声をあげた。

「……エドはさすがだな。この店の予約はなかなか取れないという話だったのに」

エドウィンは謙遜の笑みを浮かべながら、内心で嗤った。

この店も、かつては入店すらできなかった。だが今は直前の予約でも他に割り込むことができ、支配人が現れ、媚びを売る。――エドウィンという男が、ルイニングの嫡子に繋がっていることを知っているからだ。

エドウィンはもう少しで声をあげて嗤いそうになった。どれだけこちらを見下していた相手でも、所詮その程度だ。

（まだまだ。もっと手に入れられる）

この程度で満足するなと自分に言い聞かせた。

次の酒場まで、友人たちと歩く。少しだけ生ぬるい夕暮れの空気が、やけに柔らかく感じられた。

ふと、大通りを挟んで反対側の歩道を歩く数人の中に、見覚えのある顔があった。

――先日、ロイドにかかりきりであることを揶揄してきた男だ。ずいぶん健全になった、などとあてこすってきたことを思い出す。

道を挟んだこちら側と向こう側。向こう側の男たちは、いまエドウィンが出て来たような店には足を踏み入れることさえできない。支配人が出てきて挨拶することなどもないだろう。

男のほうもエドウィンに気づき、かすかに眉間に皺を寄せたように見えた。

エドウィンは一瞬だけ、勝者の笑みを向けた。軽い挑発。相手の怒りを予想する。

だが、実際に返ってきたのは予想もしないものだった。

――相手の眉間の皺は解け、口角だけが鋭く吊り上がる。冷笑の表情。

その顔で、エドウィンの脳裏に男の捨て台詞が蘇った。

『決して対等になれるなどとは思うなよ』

だがエドウィンははっきりとした優越の笑みを作って、耳に響いた言葉ごと男に突き返した。

――今この状況こそがすべてを物語っている。男の言葉は、ただの負け惜しみにすぎない。

「エド？」

同行していた友人たちが声をかけてくる。エドウィンは振り向き、何でもない、と明るく笑った。道の向こうで、こちらへ向かってくる男たちと平行線を描くようにすれ違う。そして遠ざかる。エドウィンは振り返らなかった。


——その日、エドウィンはいつにもまして朝から浮かれていた。

これまで依頼のかなわなかった別格の仕立て屋と繋がりができたのだ。この仕立屋に依頼ができる状態になったということは、王宮に伺候する準備が整ったことを意味する。

凋落《ちょうらく》したベイロンの名だけでは難しかった王宮がついに手の届く距離になったのだ。大物《ロイド》のみならず、これまで厳選し培ってきた良家子息との人脈がいよいよ実を結びつつあった。

（オレは上り詰めますよ、兄さん）

弟全員を見下していた長兄、生真面目で窮屈に暮らしていた二番目の兄、享楽的で短い生を終えた三番目の兄を思い浮かべながら、エドウィンは口笛を吹いた。

他の知人と昼餐をとった後、観劇や散策で久しぶりに緩慢に時間を過ごした。やがて日が暮れ、色濃い光が街路を染めて影を落とし始める頃、エドウィンはふいにその声を聞いた。

「エド……お前、エドウィン・ヒュー＝ベイロンだろう」

足元を這うような声に、エドウィンは驚いて振り向く。だが背後に声の主と思しき人物はおらず、更に見回し、左手側、背の高い建物の間の陰に、うっすらと人影が浮かび上がっていた。濃い影に飲まれながら、その両眼だけが異様にぎらついてエドウィンを見据えている。

やつれた男だった。元はそれなりのものだったと思われる服はすっかりほつれて色あせ、くたびれている。老けて見えるが、実年齢はもっと若いのかもしれない。

エドウィンは眉をひそめた。男が誰であるのかわからない。——人の顔と名前を覚えるのは得意であるはずなのに。

だが忘れているということは、重要な相手ではないのだろう。

エドウィンの表情からそれを読み取ったのか、男は更に剣呑な目をして睨んだ。

「私を覚えていないのか？」

「すまないね。最近、特に忙しいもので。失礼だが、どなたかな？　私に用があるというなら、後ほど改めて——」

エドウィンは一見丁寧に、それでいて毅然と——位の高い貴族らしく——答えたが、男が唐突に金切り声をあげてさえぎった。

「ふざけるな!!　お前……お前は、お前のせいで!!」

男の叫びが耳をつんざき、エドウィンは顔をしかめる。上辺の愛想を取り払って突き放そうと考えたとき、男は淀んだ目で見上げた。

「逃げるなら、ここで暴露してやる。お前が何をしたか周囲の人間に知らしめてやる」

「……何を言っているのかわからないが……」

「とぼけるつもりか？　いいだろう、なら逃げろよ。お前の明日からの評判はさぞかし楽しいものになるだろう」

男は引きつったような笑いをこぼした。

エドウィンはわずかに眉をひそめ、逡巡した。素早く周りに視線を巡らせる。——夕方の通りで、人の目がある。男が喋れば喋るほど、こちらへ他人の目を引きつけてしまう。

そして自分がここを立ち去れば、男はあらぬことを喚き散らすと脅している。

大事なこの時期に、わずかでも泥を塗られるようなことは避けたい。

エドウィンは内心で舌打ちしながら、さも困ったような顔をつくった。

「……わかった。話があるというなら聞こう。だが場所を変えて——」

「ついてこい」

エドウィンが誘う前に男は身を翻し、路地の奥へと向かう。その背には、エドウィンの提案を聞くつもりなどないという拒絶が滲んでいた。

エドウィンは少しの間立ち尽くした。——ここでついて行くのは軽率で、得策とは言えない。

だが男の正体や目的は気になった。

路地の奥へ進んだ男が立ち止まり、振り向く。そして頬を歪ませた。

「どうした。怖いか。逃げるのか、エドウィン・ヒュー＝ベイロン」

明らかな、安い挑発。

普段の自分なら難なく受け流せるはずのそれを、だがエドウィンは、ざらりと神経を逆撫でされるような不快感を覚えた。苛立ちが棘のように引っかかる。

『彼は勝負から逃げない』

――あの金の目をした男が、自分をそう評したことを思い出す。

とっさにこみあげた感情的な思いを、エドウィンは奥歯を噛んでやりすごす。

（らしくないぞエド）

頭の中で、そう自分を叱咤《しった》する。だがエドウィンの体は意思を裏切り、一歩踏み出していた。

「突然やってきてこれほど熱心にお誘いくださるとは、よほどの催しものがあるんだろうね？　盛大な歓迎を楽しみにしているよ」

歩き出す自分に言い訳をするように、皮肉を放つ。

見知らぬ男の痩せた顔に怒りが燃え上がったが、再びエドウィンに背を見せ、暗い路地の奥へと向かって行った。

エドウィンは背後を――退路を気にしながら、用心深く男の後をついていった。どこへ行くのかと明るく問うてみても答えは返ってこない。

暗さを増す路地を更に進む。男の仲間の姿はなく、引き返すべき道は常にエドウィンの後ろにあり、いつでも逃げることはできた。

やがて男は止まった。その先は行き止まりで、もう一人、別の男がいた。新たに現れたほうの男は更にやせ細り、くたびれた古着がいっそう貧しく見える。

痩せた男のほうもまた濁った目でエドウィンを見ると、卑屈に笑った。

「やあ、エド。親愛なる友よ。僕のことを覚えているか？」

「今日はよく同じような言葉をかけられる日だな。女性からの言葉であればいくらでも喜んで聞くがね」

苛立ちのまま、エドウィンは揶揄を隠さずに返した。

ここまで案内してきた男が歯を剥き出しにして怒りの形相になり、その隣で、痩せぎすの男が笑みを消した。

「そうか。エド、やはり君だったんだな。僕たちを騙し、何もかもを奪ったのは」

「……何の話か知らないが」

「何の話か知らない？　覚えてすらいないのか、エド。ああ、人の名前と顔は決して忘れないと豪語していた親愛なるエドよ、僕たちを――《トリツェリ》の地下で僕たちを破滅させたことを忘れたっていうのか？」

エドウィンは虚を衝かれた。抗えぬ一撃を胸に食らい、一瞬言葉を失った。

《トリツェリ》という大衆料理店の地下で行われていた、秘密の賭博場。その賭博場を知るのはごく一部の者のみで、エドウィンもその一人だった。

そしてエドウィンは確かに、そこにかつて友人と呼んでいた男たちを招いた。

とたん記憶が蘇り、まさかという思いがわきあがる。

「……ジェイ……、それにネイサンなのか？」

かつて誘った男たちの名を、エドウィンは驚きと共につぶやいていた。

怒りの形相の男――おそらくはジェイ――と、痩せぎすの男――ネイサンは、双方ともに片頬を歪めるようにして笑った。

ジェイのほうが、甲高く痙攣するような声をあげた。

「今の今まで思い出さなかったというのか、ええ？　お前はこれまで、どれだけの哀れな人間を私たちのように破滅させてきたというんだ？」

「待て、誤解だ。それにあの賭博は君たちの合意によって――」

「黙れ!!　すべて……すべてお前が仕組んだことだろうが!!」

エドウィンの言葉を遮るように、ジェイは叫んだ。

わずかな間、エドウィンは目まぐるしく思考する。――どうやってこの男たちを言いくるめるか。

もう一人の男、ネイサンの、隈の濃い目が陰鬱にエドウィンを見ていた。そしてジェイに追従するように言った。

「僕たちは愚かだった。君が僕たちを食い物にしようとしているなどとは、欠片も疑わなかったのだから。世の中に、君のように巧妙に友人の顔をして破滅へと導く悪がいるとは思いもしなかった」

「ネイサン、私は……」

「直接手を出していないから自分のせいじゃないとでも言いたいのかい？　なあエド。僕たちだけじゃないんだ。なぜか僕たちのように、爵位がある家に生まれて、家を継ぐでもない身の、年の近い青年――それも君の友人であった者たちばかりが放逐されたり姿をくらましたりしている。みな、名誉や地位や財を失った上で」

以前とは見る影もないほどやつれた顔で、だが以前よりもずっと饒舌にネイサンは語る。

――そこに、かつてエドウィンが知り合った頃の、純朴で少し口下手な青年の面影はほとんどなかった。

今度はジェイが口を開く。

「私たちのように、汚いものを知らずに育った人間は……お前のように汚い人間からすればさぞかし手玉にとりやすかっただろうな。薬も賭博も女遊びも借金も全部お前が教えた。私たちが破滅するのを横で見ているのはさぞかし楽しかっただろうな。私たちから奪うことでお前はどれだけの財を蓄えたんだ？」

エドウィンは反論を試みようとして、浅く息を吐き出すだけに終わった。

――ジェイやネイサンの言うことは、嘘ではなかった。

社交界における人脈としては弱いが、一定の資産がある家の三男や四男――半端に財を持ち、暇を持て余している男たちを、エドウィンは利用した。少し背中を押してやるだけで、快楽に弱い彼らは酒でも賭博でも女でも一気にのめりこみ、坂を転がり落ちるように身を崩した。

親切な顔をしてエドウィンが〝ほどほどにしないといけない〟という忠告と共に少しの金か手を貸せば、あっという間に〝親友〟になることができた。そこで止めることができた相手からは泣いて感謝され、金を返すかわりにと貴重な品を譲渡されたり、高貴な友人や親戚を紹介された。

――ジェイやネイサンたちのような男を紹介すれば、賭博場や娼館からエドウィンに多少の〝感謝料〟も入ってきた。

社交界でのし上がるにはとにかく金がかかる。そしてエドウィンの家は名ばかりで金はなく、商家でもなければ、他に売り物となるものもなかった。ゆえに――エドウィンは金になるものを自ら見出し、それを売って金を作ることにした。

エドウィンは表情を取り繕うことをやめ、無感動にジェイとネイサンを見た。

「……君たちのことは気の毒だったと思うが、全部自分で選んだことじゃないか。私は紹介しただけで、途中で忠告もした。破滅するまでのめりこめとは言ってない」

「黙れ!! お前が、お前がそうなるように仕向けたんじゃないか!! 何が忠告だ、白々しい! 私やネイサンだけでなく、お前に騙されて破滅した人間は他にもいる! それにどう弁明するつもりだ!!」

ジェイが顔を赤くして吼える。その横で、ネイサンが言葉を継いだ。

「後で考えて理解したよ。君は気さくで親切で、いつでも僕たちに都合良く心地良く気の利いた言動する。そうやって巧みに距離を詰め、少々悪い遊びを教え、止めようとする者たちがいて僕たちがそれを鬱陶しがると……君はまた、僕たちの耳にささやいた。これぐらいの人生経験はむしろ必要で、何も問題は無い、私も同じく羽目を外すから一緒に怒られようなどと言ってね。さも自分はよき理解者、よき友人として一緒に行動する振りをして——その実、僕たちの背中を蹴る側だったというわけだ」

ネイサンは別人のように滔々《とうとう》と語った。そこに、かつての内気な青年の姿を見ることはできなかった。

エドウィンは無表情のままに、糾弾の言葉に声なく反論する。

(騙されたお前たちが悪い)

無知で無能だから利用される、搾取される。――生まれや血筋だけに頼って安穏と暮らしているからそうなるのだ。

自分はほんの少し背中を押しただけで、転落したのはジェイやネイサンたち自身の選択と行動の結果だ。

――どんな火遊びをしたところで、勝てば問題ない。自分を見失わなければいい。敗者になるから、転落する。転落したくないなら負けなければいい。

エドウィンは常に勝ち続けた。だから今があった。

ネイサンのくぼんだ目が、どこか哀しげな色を宿してエドウィンを見た。

「エドウィン。君は、僕たちを売ったんだ。友という存在を演じ、僕たちの心そのものを売ったんだ」

ジェイよりも静かな、だが妙に耳に響くその言葉を、エドウィンは黙って聞いた。

――〝売り物〟。確かに、エドウィンはそれが売れると知っていた。

今度はジェイが吐き捨てた。

「お前は私たちを売った。――しかもそのことに何の後悔も覚えていないということが、よくわかった。お前は、私たちのことを覚えてすらいないのだからな」

エドウィンは沈黙し――やがて、盛大に溜め息をついた。

「それで、何だ。落ちぶれた君らは、今さら何の用なんだ？　黙って聞いていればいつまでも恨み言や愚痴をばかり、人のせいにするばかりで聞くに堪えない。謝罪でもすれば気が晴れるのか？　それとも金の無心にでもきたのか？」

「！　エド、お前は……!!」

かっとジェイが顔を赤くし、踏み出す。しかしそれを、他ならぬネイサンが止めた。

ネイサンの痩せた目は哀しげで、それでいて重く曇っていた。

「……残念だよ、エド」

芝居がかった抑揚とは裏腹に、その言葉は暗く粘ついていた。

次の瞬間、ザッと地面が擦れるような音とともに、エドウィンの背後に気配が現れた。

エドウィンが振り向くと、いつの間にか複数の男たちが退路を塞いでいた。荒んだ目つきに、にやついた笑み。ジェイやネイサンともまた異なる、血腥い気配を発している。暴力を好み、あるいは生業にしている輩だと一目で悟る。

エドウィンは血の気が引くのを感じながら、それでも表に出すまいとあえて舌打ちをして、ジェイやネイサンに目を戻した。

ふざけるな、と悪態をつこうとしたとき、ネイサンは言った。

「これはジェイと僕だけの復讐じゃない。――君に利用され、心を売られた者たちの総意だ」

ネイサンのその言葉が合図であったかのように、エドウィンの背後で男たちが野卑な笑い声をあげた。そして足音とともに、一斉にエドウィンを囲んだ。

「待て……がはっ!!」

腹に拳がめりこみ、制止の叫びごと息ができなくなった。頬を殴り飛ばされ、よろける。とたん、膝を蹴られ、罪人のように跪く。すぐに再び蹴られ、倒れた。

懇願も謝罪も口にすることはできなかった。

あとはただ、罵詈雑言と暴力が襲い来るのみだった。

（ちくしょう――）

絶え間ない痛みに胎児のようにうずくまり、祈ったことのない神に祈り、暴力という嵐が過ぎ去るのをひたすら待ち――やがて唐突に、その祈りが聞き届けられたようだった。

降りかかる足が止み、エドウィンのものではない野太い悲鳴が次々とあがる。

「な、ど、どうして……!!」

裏返った動揺の声は、ネイサンのものらしかった。

何者かが乱入してきた――それも自分の助けとなる類のものであるらしいと、エドウィンは遠のく意識の中で察した。

鈍くなった感覚の中、エドウィンは自分の傍らに何者かが立ち止まるのを見た。

「……エド」

低く、よく通る声が降ってくる。ジェイやネイサンとはまったく異質の、無駄をそぎ落とした刃を思わせるその響き。

エドウィンは口を開く。答えようとするのに、口の中に血の味と痛みばかりが広がる。

（ああ、まずい……）

ぼやけた思考の中で、かつてないほど焦りを感じた。

――ロイド、と呼ぼうとして、そのまま闇に飲み込まれた。

（さて、どうするかな）

エドウィンはあえて軽く、楽観的にそうつぶやいた。ベイロン邸の自室で、寝台の縁に腰掛けたままぼんやりと考え込む。

体は重く全身がまだ痛むが、幸い、痕が残るような怪我ではないと医者が言った。特に顔に残る傷がないのは幸いだった。

――エドウィンはジェイとネイサンの雇った荒くれ者に暴行を受けたものの、通りがかったロイドに助けられ、ベイロンの邸に運ばれた。

エドウィンが意識を失っている間に医師が呼ばれ、手当てが施され――そのまま安静にして十日ほどが経った。ロイドは、エドウィンは暴漢に襲われたとだけ説明したらしい。

そして今日、ロイドがベイロンの邸に自分を訪ねて来るという。

ロイドがそうして自分のもとを訪ねてくるのははじめてだった。これはまた〝友人〟としての大いなる一歩ではないか――などとエドウィンはあえて楽観してもみたが、横たわる問題を無視できるほど、頭のはたらきは鈍っていなかった。

エドウィンは悪態をついた。知られてはいけないことを、もっとも知られてはまずい人間に知られた。すぐに対策を講じなければならないのに、この十日間ほぼ動けなかった。だが一部始終を見られていたのではないなら――。

必死に思考を巡らせていたとき、扉が控えめに叩かれた。

「間もなくジェニス子爵閣下が到着されるとのことです」

「……わかった」

エドウィンはうめくように答え、頭をかきむしった。

仮病を使って先延ばしにするということも難しい。向こうはこちらの状況を知っている上、断るのも難しい格上の家柄だ。

体の痛みに顔をしかめながら身支度を終え、客人を迎えるための指示を出す。そのあと、見計らったかのように客人は到着した。かつてない賓客に、ベイロンの邸は緊張した空気が漂う。

ロイドを先に通した応接室に入室する前、エドウィンはほんの一拍、呼吸を整える。そうしてとびきり気さくで受けの良い笑顔をつくり、部屋に入った。

「やあ、ロイド。わざわざ見舞いに来てくれて嬉しいよ」

明るく軽快に声を張り上げる。目だけで慎重にロイドの様子を観察したが、彫刻のように整った顔は、いつもと変わらぬように見えた。

向き合う形でソファーに座る。すぐに、香り高い茶が運び込まれてくる。

「君は本当に恩人だ。いや、神から遣わされた助けそのものだった。あの日は本当に呪われていたとしか思えないが、君という友人がいたお陰で――」

「エド」

たった一言、だが強い力を帯びた呼び声が、エドウィンの言葉を奪った。

まるでその声に強制されたかのように、エドウィンはロイドを見る。

金の瞳は冷たく、しかしためらうことなく直視していた。

「ジェイ、ネイサンという男たちが言っていたことは本当か。彼らだけではなく、彼らのように、過去に友人であった人々に君がしたことは」

金眼の男はまっすぐに切り込んできた。

エドウィンの思考は停止しかける。だが、膝の上で両手を組んで堪えた。

「まさか。誤解があるようだが……」

「何の誤解だ。直接手を下したのではないにせよ、君がそのように誘導した。違法な行為に君が関わり、教えたのだろう。君が唆さなければ彼らが道を踏み外すことはなかった。君は、彼らが転落するのを知っていて――自分の利益のためにそうなることを望んで、背中を押したんじゃないのか」

ロイドは声を荒らげなかった。だがその言葉はいつもより強く明瞭で、厳しく磨き抜かれた剣の刃先を思わせた。

――そのせいか、一音一音が不快なほどエドウィンを打ち、反論を塞ごうとする。

ジェイやネイサンにどんなに詰られ、罵倒されても動じなかったというのに、この目の前の男に詰問されることはよほど耐えがたく感じた。

「エド。嘘は言わないと約束したはずだ。言いたくないことは言わなくていいとも言ったな。だがこれは違う。これを隠すということは、君自身も恥ずべき行為だと感じているからではないのか」

これまでになく、ロイドは言葉を多く費やして語る。

エドウィンは黙って耳を傾けるふりをしながら、歯噛みするような思いと共に思考を回転させた。

（くそ……勘づかれたのはこっちのほうだったのか）

先日の、隠し事について聞かれたのはこのことだったのか。足はつかないようにし、入念に隠した。まともに素性を調べられてもすぐに露見しないくらいにはそうしてあった。あるいは誰かがロイドに余計な忠告でもしたのかもしれない。そうだとしたら、どこまで知っているのだろう。

油断。失態。エドウィンは舌打ちしたくなるのを強く堪えた。

――どうやったらこの場を切り抜けられるか。どうやったら誤魔化し、この男を欺くことができるのか。

だが。

（苛々する）

この男の、あまりにも真っ直ぐな目が。暗さなど知らぬといわんばかりの輝きが。生まれ持って何もかもに恵まれ、何の努力もせずともすべてを持ち、何の後ろめたさもない者の厳格なまでの正論――そのすべてが。

エドウィン・ヒュー＝ベイロンという男を見下し、蔑んでいるように見える。

エドウィンの全身に、かつてない激情が噴き上げた。吐き気がする。苛立ち、怒り、屈辱、反発――そのどれもが渾然一体となって、まともな思考を押し流した。

計算した微笑は消え、エドウィンは金眼の男を睨んだ。

「だから、何だ？　私に、教師や親兄弟のごとく彼らを気遣い面倒を見てやれとでも？」

かつて向けたことのない嘲笑と冷ややかな声がエドウィンの口をついて出た。

ロイドの金の目が、かすかに細くなる。

「話を逸らすな。君の誠意と真意について問うている」

「誠意？　真意？　驚いたな、君は思った以上に夢想主義者だったのか。そんな曖昧で形のないものの真偽をどうやってはかる？　私の真意なんてものを、誰がどうやって見定めるんだ？」

感情のままに、エドウィンの舌は滑らかに動いた。

「そういう君は、一つも隠し事がないと言えるのか？」

切り返すようにエドウィンは嘲笑い、続ける。

セシリアの名までも、寸前で声に出しかけて留まった。ロイドが誰にも存在を知らせず、ひた隠しにする女。その女の口から聞いた《聖域》――友人である自分にさえも教えなかったもの。

ロイドの表情は大きく変わりはしなかった。だが動いた眉に、口元に、確かに怒りとも苛立ちとも捉えられるものがあるのをエドウィンは見た。

何をしても石像のように揺るがなかった男に、そうした感情を抱かせているのが自分だということにエドウィンは奇妙な満足感と開放感を覚えた。

束の間の沈黙。その後で、硬い声がした。

「彼らをはじめから利用し、裏切るつもりで近づいたのか？」

ロイドは直接的に問うた。

エドウィンは嗤った。もはや取り繕うことも、機嫌を取ってやることも面倒だった。ゆえに、考えるよりも先に答えを口にした。

「だったら、何だと言うんだ？　君には関係のないことじゃないか。少なくとも私は、君には最上級の誠意を捧げたし、姫君を扱うように丁重に扱ってやったじゃないか。君には一度たりとも不利益を被らせることも損失を負わせることもなかったはずだ」

エドウィンは銀髪の男を睨み返す。

――お前に糾弾されるいわれはない。お前にだけは。

その思いが、全身を焼くようだった。

ロイドも目を背けない。無言のまま、ただ互いに対峙した。常より険しく、怒りの滲む金の目。静かに燃える火のような――。

探り合い、呼吸すらはばかるように空気が張り詰める。

どれくらい続いたのか――やがて、唐突にそれは終わった。ロイドが腰を上げた。

「邪魔した」

それだけを言い、エドウィンの反応を待たずに出て行った。

エドウィンは動けなかった。使用人たちが慌てたように動く気配、そして声を発しているのが遠くに聞こえた。やがてそれすらも聞こえなくなる。邸の中が静まりかえる。

そうしてようやく呪縛から解き放たれたように、エドウィンの口からうめきと悪罵まじりの溜め息が漏れた。

(――ちくしょう)

あと少しだった。積み上げてきたものが結実するまであと少しだったのだ。なのに直前で崩され、最後に自分の手で砕いてしてしまった。

『どんなに仲良しごっこをしたって、生まれも住む世界も違う。見えるもの聞こえるものから違うんだ。考え方から違う連中と、まともにお友達なんぞになれるわけがない』

お前はこちら側の人間だ、と嗤った男の声が響き、霧のように頭を覆う。エドウィンは手を握り、自分の腿にたたきつけた。

腹の底を不快な火で炙られ続けているように、激しい苛立ちがおさまらない。

ジェイやネイサンといった過去に足を引っ張られたことではない。

――あの金の目をした男に糾弾されたことが、何より耐えがたかった。

(見下しやがって)

過去などロイドには関係ない。他の人間に揶揄され、皮肉を向けられるほど――この自分がはじめて、長期的な視点でもって接した相手だった。一時的な損を負ってもいいと思えた。

背後に膨大な利益が見込めたからだ。だがそれだけでは、ここまで接することなどできなかった。

――ロイドという男が、決して嫌いではなかった。

一番の友人。そう言われることが、不快ではなかった。いつしか嘲笑う気持ちもなくしていた。

ロイドもまた、そういった評判を否定しなかった。それは友人という評判が、ただの評判ではないと意味するものではなかったのか。

なのに。

——あの冷徹で厳しい糾弾は、決して友人に向けるべきものではない。あの目は決して友人に向けるべきものではない。

糾弾するということは対等な立場ではない、見下した人間のすることだ。

エドウィンは、今度は声に出して悪罵を吐き捨てた。

エドウィンにとって、ジェイやネイサンに襲われた理由が周りに知られていないということだけは救いになったが、それ以外には何もなかった。

当のジェイやネイサンは逃亡したらしく、身柄を拘束されたという話は聞かない。この王都から出たのか、それともどこかに潜んでいるのか。それもまた、エドウィンの苛立ちを増す原因になった。

——あの後でも、ロイドは常と変わらずに日々を過ごし、近衛騎士として務めているという。

変わったところはないという情報に、エドウィンはますます怒りを募らせた。自分とのやりとりなど何の影響を及ぼすものではないと無言で突きつけられるようだった。

怒りと苛立ちをくすぶらせるうち、セシリアの姿が脳裏をよぎった。

紫陽花を見つめながら、ひたすら男の訪れを待つ後ろ姿。物言いたげですがるような目は、守護者を常に求めていた。——行かないで、と泣き濡れた目を向けられたことを思い出す。

気づけばエドウィンは馬車に揺られ、セシリアのもとに向かっていた。セシリアと接触があることもロイドに知られている可能性が高かったが、もはや構いはしなかった。

やがて馬車は止まり、閑静な区画にひっそりと建つ古い邸が見えてくる。

馬車から降りて歩き、エドウィンは玄関に立った。すぐに、あの見慣れた老女――セシリアの唯一の侍女――が出た。老女は皺だらけの目を少し見開き、突然の来訪に驚いたような顔を見せた。だがすぐにエドウィンを招き入れた。

先に応接室へ通され、セシリアを待つ。間もなくして、急いだらしい当人が現れた。

若く孤独な女主人はエドウィンの顔を見るなり今にも泣き出しそうな――安堵と、それでいて喜びのまじったような表情をした。それが、連日荒むばかりだったエドウィンの心をにわかに慰めた。

エドウィンは気さくな微笑を浮かべ、手土産を差し出しながら挨拶を述べた。

「間があいてしまって、申し訳ありません。色々わずらわしいことがあって。その後、いかがお過ごしでしたか」

穏やかに、自然に、ロイドのほうから何か反応がなかったかを探るための言葉でもあった。

セシリアは少し困ったような、だが眉に悲しさを漂わせるあの表情をした。

「何も……。これまでと変わりません」

その答えで、エドウィンは悟る。あの日から――ロイドがセシリアを一度拒んでから、変化は起こっていないということだった。あるいは自分を見た時の嬉しそうな顔から、察することは難しくはなかった。

そしてこれまで通り、援助も続いているということなのだろう。

だがセシリアの様子を見ても、前回よりはだいぶ落ち着いている。彼女なりに諦めがつきつつあるのかもしれない。

ふと、エドウィンは違和感を覚えた。言葉とは裏腹に、セシリアの姿がいつもとは異なる気がした。常より鮮やかな色合いのドレスに、洗われたように輝く肌。唇の赤みが際立ち、少しだけ開いた襟に艶めかしさが漂っている。

その感情のまま、エドウィンは何気なく口にした。

「悲しみがあなたを更に美しくするのでしょうか。今日のあなたは一段とお美しい。ここにいる哀れな男の心をもてあそぶかのようです」

「まあ……」

セシリアがかすかに目を見張り、恥じらうように目を伏せる。そんな所作の一つ一つでさえ庇護欲をかきたてる女だった。

「……今日、もしかしたらロイド様がいらっしゃるかもと思ったんです。連絡はないのですが。でも、そろそろ……あるいはと思ったら、期待してしまって……」

時々、連絡もなくふらりと立ち寄って短い滞在で去っていくこともあるのだという。

ロイドが今日来てもいいように、身綺麗にしているのだと女は言った。その様子はエドウィンにすらいじらしく映り――どうしようもなく、鬱屈した感情を煽った。

この女はまだロイドを諦めていないらしかった。

――行かないでと自分に泣きついておきながら。慰めを受けておきながら。訪れれば見るからに嬉しそうに出迎えておきながら。

女の喜ぶ言葉をかけ、足繁く通い、これほど近くに居る自分よりもあの男を選んでいる。

粘ついて濁った感情がエドウィンの内に噴き出す。黒い溶岩のようなそれは、嗤う男の声をして響く。

『ああいった奴らと決して対等になれるなどとは思うなよ』

叫び出しそうになる衝動を、エドウィンは手を握って堪えた。そして唇の端を歪めた。

「エドウィン様……？」

セシリアが不安げな目を向けてくる。気遣わしげに、こちらをうかがう目を、エドウィンは無言で見返した。頼りなく揺れる瞳は、こちらに手を伸ばしているように思える。

──あの金の目をした男が周りに隠し、他の女には見向きもせず、《聖域》という言葉を唯一聞かせた女。

突き放されてもなお、ロイドの訪れを心待ちにしている女。

そのいじらしさと不確かな身の上ゆえに、これほどまでに目を奪われるのか。

──あの金眼の男も、今の自分と同じように。

エドウィンは手を伸ばし、セシリアの腕をつかんだ。そのまま引き寄せ、自分の胸に抱き込む。

小さな悲鳴をあげながら女の体は倒れ込み、エドウィンの腕の中におさまった。

「エドウィン、様……？」

セシリアが震える声で呼ぶ。離してください、とか細い言葉が続く。だが手だけをかすかに動かすようなそれに力はなく、抵抗らしい抵抗とも思えなかった。

エドウィンは力をこめてセシリアをいっそう抱き込んだ。

「私なら、あなたをこんなふうに放ってはおきません。あなたを悲しませたりもしない。ずっと側にいる」

腕の中で、セシリアが小さく身じろぐ。そしてためらいがちにエドウィンを見上げた。その目は潤み、ためらいに揺れていた。

「エドウィン様……本当に……？」

そこにあるのは、拒絶や嫌悪ではなかった。揺らぐ目にあるのは戸惑い、そしてかすかな期待。突如差し出されたものに困惑している顔だった。

エドウィンは笑い声をあげたくなるのをかろうじて抑えた。――この程度だ。所詮、この程度なのだ。あの男から奪い取るのはこんなにもたやすい。

セシリアの中で、自分とロイドが天秤にかけられ、自分のほうに傾いている。この女は自分を選ぼうとしている――。

「あなたに寂しい思いなどさせないと約束します」

セシリアが望んでいるだろう言葉は、手に取るようにわかる。エドウィンがそれを吐き出すと、女の瞳の中で、ためらいよりも希望の輝きが強くなる。目を合わせたことでそれをエドウィンに悟られたと思ってか、女ははっとしたように目を背けた。

「で、でも……私、ロイド様が……」

言い淀む言葉に、まったく力はなかった。それが形だけの虚しい抵抗であることは、考えなくともわかることだった。

なおも言い訳めいた言葉を吐き出そうとする女の口を、エドウィンは確実に塞ぐことにした。

セシリアは一瞬目を見開く。だがその体から力が抜け、ゆっくりとその腕がエドウィンの背に回り――。

「……待ちを、どうか、お待ちを……!!」

悲鳴のような侍女の声。何者かが近づく気配にエドウィンは気づく。腕の中のセシリアは気づかず、酔ったように身を委ねている。

近づく足音に心の中で身構え、エドウィンはセシリアを抱く腕に力をこめた。

そうして、薄く開かれたままだった応接室の扉が大きく開け放たれた。セシリアがようやく気づき、夢から覚めたように目を開いてびくりと体を強ばらせる。エドウィンはセシリアを抱き込んだままゆっくりと唇を離し、顔を向けた。

セシリアが開け放たれた扉の向こうを見るなり、激しくうろたえた。

「ろ、ロイド様……!」

応接室の入り口に立っていたのは、冷たく輝く銀の髪と、人形のように端整で無表情な顔の男だった。その後ろで、老いた侍女が崩れ落ちて顔を覆っている。

セシリアが正気にかえったようにもがき、エドウィンから離れようとした。

「これは……これは、私……」

動揺にかすれた声がこぼれる。エドウィンはセシリアを腕に囲ったまま、顔だけをロイドに向けていた。優越と嘲りがまじって唇が吊り上がるのが自分でもわかるほどだった。

「ロイド、悪いな。私たちは出会ってしまった。君にはいくらでも詫びる――」

白々しい台詞を、勝利宣言にも等しく吐き出す。

セシリアがまた動揺し、エドウィンを見上げる。二人の男の間で迷う、悲劇の女そのもののように。

エドウィンはロイドから目を背けなかった。この男がはじめて見せるかもしれない取り乱す姿を、余すところなく見てやるつもりだった。――どんな気分だ、と内心で大きく笑い声をあげる。

果たしてそれが伝わったのか、金の目に一瞬炎が散った。それは確かに、鮮烈な怒りだった。

「互いの、合意の上の関係か?」

ロイドはようやく口を開き、それだけを返した。大声で怒鳴るでもない、だが低く、重い鋼のような声だった。

セシリアの体がすくむ。エドウィンはその身を抱きしめることで自分を保った。

「わ、私……私は……」

青ざめた顔でセシリアは弁明しようとする。しかしロイドの視線に耐えかねたように目を逸らし、同時にエドウィンの腕からも逃げないというその姿そのものが、既に雄弁な答えだった。

刹那の間、息苦しい沈黙が落ちた。

間もなく、気詰まりな沈黙は明瞭な言葉に両断された。

「それが君たちの意思なら、干渉しない」

怒りに震えるでなく、嫉妬に歪むでもなく、ロイドはそう一閃した。

エドウィンはひゅっと息を呑み、硬直した。セシリアが、短い悲鳴のように息を詰まらせる。

ロイドはもう身を翻していた。その背が瞬く間に遠ざかる。

エドウィンの腕から力が抜けるとセシリアが身をよじり、離れた。ロイドの名を呼びながら後を追いかける。それを、エドウィンはただ傍観していた。

胸にあった優越や勝利の感覚は消えていた。あったはずのそこにわきあがってきたのは、薄ら寒くなるような後悔――そして乾いた喪失感だった。


「……そろそろ戻ってくるだろ？」

楽観的な、明るい声にそう告げられてエドウィンは意識を引き戻した。客の声だ。

この客はエドウィンの表の顔しか知らない。いつも気さくで親しく、楽しい話や遊びにつきあってくれるエドウィン。退屈を忘れさせてくれる便利なエドウィン。見舞いという名目で訪れ、自分を引っ張りだそうとしているのだろう。

エドウィンは頭の中で冷ややかにそう分析し、顔では親しげに笑った。

「そうだな。そろそろ、完治といっていい頃だ」

療養と称して、エドウィンが社交界から一時引いて三か月が経った。

人との交流から離れた三月の間に、エドウィンを取り巻く環境は大きく変化していた。

――大きな懸念は、この三ヶ月でおよそ取り除いた。

ただ安穏と引きこもっていたわけではなく、状況の推移を静観していたというのもある。

エドウィンの一番の懸念事項だったジェイとネイサン、そしてその他の協力者たちをなんとか探し出し、荒くれ者は法の手に委ね、ジェイとネイサンには謝罪と共に相応の金を渡した。謝罪は本意ではなかったが、金銭で解決するための前準備と考えて堪えた。

ジェイとネイサンは結局、金を受け取った。生活に困窮しているというのは事実であるらしかった。そんな中でも荒くれ者を雇って復讐を果たそうとしていたことは、エドウィンに様々な認識を改めさせた。

エドウィンは二人にかなりの金額を渡し、追わない代わりに、向こうも二度と接触してこないよう契約を結んだ。二人も追われることを怖れていたらしく、これ以上ことを荒立てるのを互いに望んでいなかったことが唯一の幸運だった。

一時の暗い熱に駆られて関係を結んだセシリアとも、おそらくそう遠くないうちに破局することになる。ロイドに目撃された後、醜聞を警戒し万全を期すためにしばらく会わないようにしようと約束した。だがその間に、別の男が出入りするようになったとエドウィンは報告を受けた。どうやらその男も金には困らぬ身分のようで、セシリアに熱をあげているらしい。

エドウィンは、自分の異性を見る目に関しても少々修正を加えなければならなかった。

(……見た目より、したたかな女だ)

庇護欲をかきたてられるあの姿は、実は巧妙に計算されたものであったのかもしれない。御しやすく、利用しやすそうな女と見せかけて——その実、エドウィンはあのように行動するよう、セシリアに仕向けられていたのかもしれないとさえ思っていた。気弱に迷うふりをして、二人の男を天秤にかけていたのだという推測も、穿ちすぎたものとは思えない。力はあってもその先の関係が見込めない男と、力は劣ってもその先の関係が見込める男。そこまで計算していなくとも、天性の嗅覚のようなものが備わっており、自然と男を手玉にとる女は存在する。

しかしエドウィン自身はセシリアのそういった部分に奇妙に感心するところがあった。

セシリアのしたたかさは、生きるために必要なものだ。

――ロイドという男よりはよほど理解も共感もできる。

あの日から、ロイドはセシリアの援助を打ち切ったとばかり思っていた。だが実際は、あんな状況に遭遇してもなお、立ち寄らなくなっても、謝罪や罰はおろか、与えたものの返品などは一切求めず、当面困らないだけの資金を与えてから距離を置いたという。セシリア側に事前に知らせもして、いきなり放り出すようなことはしなかったというのだから、不気味にすら感じた。

（……何を考えてるんだ、あの男）

セシリアという女はロイドにとって何だったのか。特別な存在だと見なしていたのは自分の勘違いだったのか。――〝聖域〟という言葉に惑わされたのか。今となってはもうわからない。

あの時、金の目に閃いたのは強い怒りであることは確かだった。だが、悋気《りんき》に歪む男の顔ではなかった。

それは奇妙にも、端正ともいうべき怒りで、心を乱された者の顔ではなかったとエドウィンは思う。強く光る、一瞬の火花のような怒り。それは、自分のものになるはずだった女を奪われたことへの嫉妬ではなく――。

（……偽っていたこと自体に、怒っていたのか）

ロイドを欺き、秘密裏に会った。本人の知らぬところで利用するためにロイドの情報を聞き出した。その関係を続けた。そしてセシリアは、ロイドを想い続けると言っておきながらエドウィンを選んだ。

あるいははじめからセシリアと会うことをロイドに知らせ、セシリアがロイドに決別を告げた後でエドウィンを選んだのなら――。

おそらく、あの男はそうか、といつもの淡白な声で告げ、怒りすらなく受け入れたのではないか。エドウィンにはそう思えてならなかった。

長く物思いに耽っていたエドウィンは、来訪者の能天気な声で現実に戻った。

「そうだ、エドに聞きたいことがあったんだ。少し前、ジェニス子爵が十日ほど、どこかへ行ったらしいんだ。どうも一人でという話だが、行き先は誰も知らないっていう。どこに何をしに行ったのか、みんなでちょっとした賭けをしてる。実際女連れだったりするのか？　なあエド、ジェニス子爵がどこへ行ったのか教えてくれないか？」

目を輝かせて男は言う。〝最も親しい友人〟のエドウィンなら当然知っているだろうという顔だった。

エドウィンは頬が強ばるのを押し隠し、疲れた笑いで応じた。

「知らないんだ。この通り、私は療養していたしね」

「そうか……それもそうだな」

噂好きの男は残念そうな顔をした。しばらく雑談してから帰ってゆく男を見送り、エドウィンは自室に一人こもる。窓辺に立ち、ぼんやりと外を眺めた。日中でも、雲が重たく空を覆っているせいで薄暗い。

（……十日か）

誰も知らない場所へ、ロイドは姿を消したという。

行き先は、かつてロイドの言った〝聖域〟だということだけは、エドウィンにはわかった。

姿を消したのは、エドウィンがロイドに過去を知られ、セシリアとの関係を暴露して少し後のことだともわかっている。

あるいは傷心を慰めるための小旅行でも気取ったのだろうか。あの男は不実を糾弾したり制裁するのではなく、怒りながらも捨てることを選んだのだ。

——自分もセシリアも、その程度の存在でしかないと突きつけてくるようだった。

ロイドの真意を考え続けるエドウィンの脳裏に、ある幻覚が広がった。

——人里を離れ、澄んだ湖畔に孤独に建つ館。その館の中で、人形のように整った男が佇む。一人で眠り、誰と会話するでもなく日中を過ごし、透き通った空気の中で陽光だけを供に散策する。

そうして男の中からあらゆる感情やしがらみが洗い流されていく。

他の誰も寄せ付けない、俗世と隔絶された別世界のような光影。

窓硝子に映る自分の姿を見つめ、エドウィンは現実に意識を戻す。

——違うのだという事実を、エドウィンは今になって受け止めた。

違う世界に住み、違う考えをした生き物。あるいはロイドという男が特異であるのか——。

（わからない）

あの男がわからなくなった。――この三月の間、いかなる接触もない。何かをつかみかけ、だがそれを失った。後には何も残らない。はじめから何もなかったかのように。


やがて、エドウィンはほとんどこれまでと変わらぬ日常に復帰していった。社交に精を出し、人脈に気を配り、明るく気さくな〝エド〟を演じる。ジェイやネイサンのように恨みを持つ人間に対して警戒心を抱くようにはなったが、多少身を削ることになっても、金銭で解決できるならそれで一気に片をつけることにした。

彼らの言うところの友情を売り飛ばすようなことは、とうにしなくなっている。うまく媚び、取り入るだけで十分に目的を果たせるようになったからだ。それに、恨みを買うということの意味を過小評価していたことは改めなければならなかった。

大きく変わったのは、銀髪の男との関係だった。

――あの一件以降、しばらくエドウィンはロイドと接触を持てずにいた。明確に拒絶されていた。エドウィンからすれば、形だけでも謝罪し、その後に悪評を流されない程度には許される必要があった。ルイニングの怒りを買うことだけは避けなければならない。エドウィンは焦りを覚えながらも、機を待った。

そうして、ある夜会で偶然顔を合わせる機会があった。危うい橋を渡る気持ちで、エドウィンは金の目をした男に近づいた。

『――やあ、ロイド』

これまでのように、気さくに声をかけた。笑顔をつくった頬が少し重く、舌が鈍く感じることは無視できなかった。

一種の賭けだ。ここでロイドが無視すれば、エドウィンにとって事態の悪化を招くだけで、面倒な噂が広がることになる。だがあれほど友人と騒ぎ立てられていた二人が、同じ場所にいながらまったく挨拶をしないとなればそれも余計な憶測を呼ぶ。

――何より、エドウィン自身がロイドの反応を待ち続けることに耐えられなかった。

このまま絶縁するにしろ、あるいは運良くそうでない形になるにしろ、心を読めない相手に妄想ばかり働かせて不毛に過ごす羽目になる。

一瞬にも、ずっと長くも感じられる間、エドウィンは相手のどんな反応にも対応すべく神経を尖らせた。

そうして、彫像のように整った横顔がかすかに動き、エドウィンを見た。銀の睫毛が一度瞬く。

『――ああ』

短く無機質な、だが確かな答えがあった。冷ややかで、拒絶的な態度にも思える。しかしあのロイド・アレン＝ルイニングならこれぐらいは平常と捉えられる。

そのせいで、エドウィンは言葉に詰まった。無視されることも、不快感や不機嫌を露わにされることも予測していた。なのに――これほど何もないと言わんばかりの反応をされるとは思わなかった。

だからといってこれまでと同じように向かっていくことはできなかった。

真実、この男が何を考えているのかわからなかったからだ。

それからエドウィンはセシリアとの関係を完全に断った。互いに、もはや亡き過去として葬りたいことは明白だった。間もなく、セシリアが結婚したという話を聞いた。

ロイドのほうも新たな恋人を得た。

エドウィン自身も他の人間と疎遠になったり、また新たな友や恋人ができたりした。

——何事もなかったかのように振る舞うロイドにつられ、エドウィンも次第にロイドに対する気安い態度を取り戻していった。

だがそれは、表面上は同じでもこれまでとはまったく異なるものだった。

見えない、しかし明確な境界線が引かれたのを、エドウィンははっきりと感じた。向こう側とこちら側。この先、ロイドは踏み込むことを決して許さないだろう。

それでも、経緯を考えれば十分許されていると言っていい範囲だった。

「……ねえ、エド」

甘ったるく自分を呼ぶ声が耳元で聞こえ、エドウィンは漠然と眺めていた舞台から隣へと顔を向けた。

「何かな、女神様」

「ふふ。いま気づいたのだけれど、あの女優、ジェニス子爵の新しい恋人に少し似ていると思わない？」

声を抑えながらくすくす笑う恋人に、エドウィンは片眉を上げた。舞台の上へ目を戻す。そこで演じられている歌劇は流行の恋愛ものだった。

――過去に恋人に手酷く裏切られて心を閉ざした男と、その男を愛し、頑なな心を解かしていく女の物語だ。

男の心を解きほぐす愛情深い女を演じている女優が、ロイドの現在の恋人に似ているということらしかった。だがエドウィンが目をこらして見ても、あまり似ているとは思えない。少なくとも顔や体にわかりやすい共通点はない。

ロイドの今の恋人をよく知っているわけではないが、舞台の上の女ほど情熱的でもなければ、大げさに愛を叫ぶような真似をするような質でもないはずだ。強いていうなら、やや積極的で、官能的な厚い唇は似ていると言えるだろうか。

女はエドウィンにぴったりと体を寄せながら、舞台上を見てなおもささやいた。

「そう思ったら、あの男優のほうもジェニス子爵に少し似ているように思えてきたわ。顔は似ても似つかないけれど……ほら、あの孤高な感じが」

ね、と女はエドウィンの耳元に唇を近づける。

エドウィンは笑い、素早く女と唇を重ねた。

「私の隣で他の男の話をするとは、なかなかの魔性ぶりだ」

女がひそやかに笑う。閉ざされた個室で戯れを続けながら、エドウィンの頭の片隅は乾いた雑念を弄ぶ。

たとえ舞台の上のようなことが実際に起こっても、ロイドは相手に対して激昂することも声を荒らげることさえもしないだろう。

〝理想の恋人〟という評判は皮肉でもそうでない意味でも揺るがない。紳士的で、嫉妬で疑い深くなるなどということもない。セシリアの一件があった後ですら、ロイドは変わらなかった。

遠く、舞台の上で男が朗々と声を張り上げている。

かつての恋人の仕打ちが忘れられず、二度と信じまいとするのに新たな女に惹かれていくままならぬ心。突き放すことも諦めることもできず、傷ついた矜持と心と、女への恋情の狭間で苦しむ心情が声高に歌われる。大きな身振りと共に、男が恋に狂ってゆくさまが熱を帯びて演じられる。

盛り上がり、熱気を帯びていく空気の中で、エドウィンは遠い感傷を覚えた。

――あの金の目の男を狂わせる相手などいるのだろうか。

魔性の美女か、運命の男か、もっと別の何かか。あるいは一生、心を乱されることなどないのかもしれない。

だがもしあの男を狂わせる人間がいるとしたら――。

（きっと、まともな相手じゃない）

一瞬を切り取る

【書き下ろし】

「音楽は？　楽器に触れてみるというのはどうかしら？」

穏やかな声がふいにそう切り出し、ロイドは緩慢に瞬いた。

「楽器――ですか」

「ええ。あるいは美術でも。鑑賞するのではなく、創造するほうを体験してみるというのはどう？」

新しい自分が見つかるかもしれないわ、と侯爵夫人は灰色の目を優しげに和ませてロイドを見つめた。

「……私は無骨者なので、芸術にはさほど造詣がありませんが」

――父とは違って、とロイドは口にしかけ、少々稚拙に感じて止めた。

愛想がいいとは言えない答えに、夫人はそれでも感じ良く笑った。

結婚して間もなく夫に先立たれ、若いうちから未亡人となったこの侯爵夫人には不思議な雰囲気があった。深みのある長い栗毛を優雅に結い上げ、優しげな灰色の瞳は目尻が垂れ気味で甘さがある。左の目の端に小さな黒子があったが、それが不思議と装飾品のように似合っていた。

夫人は、芸術の後援者として名高いだけでなく、人間関係における相談ごとのよき話し相手でもあるという評判だった。この夫人のもとには、様々な男女がしばしば出入りするという。

ロイドにとって、この夫人は母と言うには若く、姉というには年が離れ、ただの友人というには距離があった。

ロイドはこの夫人と偶然のきっかけから出会い、周りから強く推される形で交流を持った。芸術について夫人が語り、ロイドはただ短く反応するということがほとんどだったが、夫人はそれでもにこやかな態度を崩さなかった。

そういった話の流れの中で——夫人は、芸術の鑑賞ではなく作るほうへ回ったらどうかとロイドに提案したのだった。

「案外、自分には向いていないと思っているものにこそ新たな道が開けたりするものよ」

優しく、教え諭すように夫人は言う。

ロイドは拒まなかった。挑戦するということ自体は嫌いではなかった。


ある日、侯爵夫人の手配で、著名な画家や音楽家が集まった。年若い令嬢や貴公子たちも招かれ、ロイドもその一人だった。画家と音楽家は自らを売り込むと同時に、描画や演奏の手解きも行った。

その中でロイドは一つ発見をした。音楽は、聞くにしろ奏者に回るにしろ、やはり自分に適性はなく、興味を引くものでもないということだった。

何かを描くという行為もまた特別興味を引くものではなかったが、演奏よりはまだ興味が持てた。——楽団のように集まる必要もなく、衆目にさらされながら演奏する必要がないというのが大きな理由の一つだったのかもしれない。

その様子を夫人は機敏に察してか、後日、ロイドだけを招いて、目をかけている画家の一人と会わせた。

「絵を描くということは、どういった意義を持っていると思いますか？」

画家の男は、ひときわ熱を帯びた調子で問う。

ロイドは淡白に応じた。

「――私はそういったことには疎いので、想像もつかないが」

「いえ！　つまり……つまりですね、絵というのは世界の一瞬を切り取るものです。一枚の絵で世界を切り抜くことも、時間を捉えることもできるのです。他者と自己を繋ぐもの、自己表現、他者への伝達など、絵には無限の可能性があります。ですがもっとも素晴らしいのは、心の動いたその一瞬を切り抜いて残しておくことができるということ――自分の覚えた姿形なき感動に、形を与えて残しておけるということなのです！」

男は目を輝かせた。溢れんばかりの熱意を滲ませる男は、画家というより理想に殉じる革命者に似ていた。啓蒙に勤しもうとするかのように、無表情のロイドに絵画の喜びと理念を語り続ける。

「一つでも多く、心に留まった一瞬を残すんです。喜怒哀楽なんでもいい、あるいはそのどれにもあてはまらない感情を。切り取りたい一瞬がもしあったなら――」

滔々と語られる内容にロイドは共感も理解も抱くことはなかったが、男の情熱にやや引きずられる形で、絵の手解きを受けるようになった。


部屋には二人の男女がいたが、互いに会話はなかった。単調でかすかな物音。画布にゆっくりと載せられていく絵具。邸の主たる侯爵夫人は品良くソファーに腰掛け、微笑したまま微動だにしない。その正面には木枠におさまった画布がたてかけられ、絵筆を握る青年の姿があった。上着を脱ぎ、絹のシャツにベストという姿で、袖は肘のあたりまでめくられている。広い肩や厚い胸が際立ち、骨張った長い指の中で、絵筆はどこか短く、ぎこちなかった。

瞬く銀の睫毛の下で、金の瞳が画布と侯爵夫人とを往復する。

だがふいに、美しい彫刻のように動かなかった夫人が口を開いた。

「つまらない?」

「――私の手がまったくついて行かない、と言うほうが正しい」

ロイドは端的に答えた。本心からの言葉だった。

すると夫人は穏やかに微笑しながら立ち上がり、ゆっくりとロイドに歩み寄った。座った青年の背後に回り、広い肩越しに画布を覗き込む。

そしてふいに身を屈め、細い腕をロイドの首に回した。

「迷っている――というより、止まっているということかしら」

あなたの心が、と夫人は唇を近づけ、ロイドの耳にささやく。

ロイドは振り向かず、絵筆の先を数度塗りつけられただけの画布を眺めた。

「切り取りたい一瞬が見つからないということね」

夫人は吐息に笑いを含ませ、両腕を解く。側にかけられていた青年の上着を手にした。そのままソファーに戻る。上着をいったん置くと、おもむろに自分のドレスに手をかけた。

ロイドがかすかに唇を開き、問おうとしたところで、ドレスは夫人の体を滑り落ち、足元に布の塊を作った。

肌着となる薄いドレス一枚だけになると、体の滑らかな稜線が露わになる。そうして、夫人はロイドの上着を羽織り、ソファーに座った。

男の上着は肩から大きく落ち、裾は女の膝上まであった。長い袖が装飾のように垂れている。羽織られた上着の下、そろえられた長い両足やほっそりとした腰が、薄い衣越しに透けていた。

画家が歓喜して筆を走らせそうな、あるいは同性でも一瞬目を奪われるほどに官能的な姿だった。

灰色の目がかすかに熾火のような光を宿してロイドを見る。やがて、夫人は物憂げに微笑した。

「――眉一つ動かさないのね」

ロイドは瞬き、かすかに唇を開いた。だが、返すべき言葉はなかった。

◆

(大きすぎやしないか？)

修繕の完了した上着を見て、ウィステリアは忙しなく瞬いた。数日前、幼体の《大蛇》との戦闘でロイドの上着が裂けた。その後、《働き羽》たちを呼び、修繕を頼んだのである。

テーブルの上に広げて確認してみると、吸い込まれるような漆黒の布に、裾や襟の部分に金糸で葉を思わせる模様が縫いつけられており、珍しくもどこか高貴ささえ漂う。異様に緻密な裁縫は魔物ならではといったところだ。無から織れるだけでなく、修繕も完璧だった。

ウィステリアは《働き羽》たちの性質や仕事ぶりに信頼ともいうべきものを抱いているが、しかし改めて確認したときについ疑ってしまった。

(あるいは採寸を間違えたのではと思ってしまうな……)

とっさにそう考えるほど、とにかく大きいのである。黒という色の重厚さがそう見せるのかもしれないとしても。

ウィステリアは思わず上着を持ち上げ、自分の体に当ててみた。

（うわ……）

軽く当てただけで、肩の大きさがまるで違うことがわかった。自分の肩先が、上着の肩にまるで届かない。

――ロイドが長身でかなり恵まれた体格をしているということはわかっていたが、こうして見ると改めてため息が出る思いだった。

ウィステリアは無意識に、椅子の側にたてかけていたサルティスにつぶやいていた。

「どうやって鍛えたらこうなるんだと思う？　それとも年頃の青年だとこれが普通なのか？　でもロイドが特別体格がいいのか……」

『お前は貧弱だからな！　どれほど我が鍛えてやっても、なんとか生き抜ける程度になったというだけでまったく貧相な！』

「それは仕方ないだろ、元々の素質の問題もあるんだから！　それでもここへ来たときよりはだいぶ体も強くなってるんだぞ」

手厳しい同居人兼師でもある剣に、ウィステリアは片眉を上げて反論した。

そうしてふと天井に目を向けた。ロイドは自分の代わりに食材の調達に行き、まだ帰ってきていない。

何気なく、体に当てたままの黒の上着に目を落とした。

（……ふむ）

何か考えがあったわけでもなく、ウィステリアはおずおずと黒の上着に袖を通してみた。

（うわ……！）

実際に着てみると、目を丸くした。

半袖のはずなのに、肩幅が足りずにすとんと落ちているせいで五分袖のような状態になる。更にもともと裾が長めというのもあるが、ウィステリアが着るとその裾が腿のあたりまでゆうに覆えてしまう。

（私の身長でこれとは……）

向こうの世界にいたとき、ウィステリアは女性としては結構な長身の部類だった。ブライト以外の異性と並ぶと、自分が高すぎるのではと気になることが多かったほどだ。

腕をあげて袖の長さを確かめたり、裾を引っ張ってみたりするうち、ごく淡い郷愁のようなものが胸にこみあげた。

（……ブライトも、背が高かったな）

人が多い場所にいても、ブライトを見つけ出すのは難しいことではなかった。あの眩しい美貌や、輝くような存在感のためだけでなく、実際、銀の頭がまわりから飛び出ているからというのもあったのだ。それに――。

ウィステリアは知らず、上着の前をぎゅっと握った。肩から腕まですっかり覆われているせいか、ほのかに温かさを感じる。――淡い、安心感にも似た。

いつかの夜、こんな感覚を抱いたことがあった。趣向を凝らした中庭での夜会で、冷え込みが想像以上だったために、ドレスの上に羽織ったショールではまったく防ぐことができなかった。顔に出さないよう、体が震えたりしないようと気をつけていたのに、同行していたブライトがいちはやく気づいた。

そしてためらいなく自分の上着を脱いで、ウィステリアの肩にかけた。あのときの背中から抱きしめられるかのような温かさに、ほのかに鼻腔をくすぐった移り香の眩暈がするような甘さに、ウィステリアの鼓動はひどく乱された。今となっては滑稽でしかない、愚かな勘違いの記憶。

――思い出したいわけではないのに。

苦さを堪えるように、ウィステリアは上着をつかむ手に力をこめた。長く忘れていられたのに、突然、こうして過去の鮮やかな感情や光景を思い出してしまうのはなぜなのだろう。

そんなふうに油断していたからか――感傷に足をとられていたウィステリアは、青年の帰還に気づくのが遅れた。

魔力に反応して天井が抜け、腕に植物の束を持ったロイドが居間に降り立つ。束ねられた銀の髪が尾のように揺らめき、濃紺の上衣の裾が静かに翻った。

その金の目はいちはやく師を認め、小さく見開かれる。

一瞬遅れてウィステリアも弟子の姿を認め――ぴしりと固まった。

ほんの数拍の間、奇妙な沈黙が落ちる。腕に植物を抱えたままの弟子と、自分のものではない黒い上着を羽織った師とが見つめ合う。

やがて、弟子の短い一言が硬直を破った。

「へえ？」

形の良い唇が吊り上がり、金の目が挑発的な光にきらめく。ロイドは抱えていた植物の束をばさりとテーブルの上に放った。

とたん、ウィステリアはびくっと肩を揺らし、激しくうろたえた。ロイドの目が、真っ直ぐに自分を見ている。彼の上着を思いっきり羽織っている姿を。視線だけで焼かれるのではないかと思うほどの直視にさらされる。

ウィステリアの顔が一気に熱くなる。体は強ばって固まり、焦るあまりただただ上着を握りしめる手に力がこもってしまう。

「こっ、これは、その……!!」

「――そんなに寂しかったのか？」

「!? な、なな何を言ってるんだ違う!! これはただ、その、大きさを確かめるというか修繕後の強度を試そうと思って……!!」

『強度を確認するのに体格の違うお前が着ても意味ないだろうが！ 何を言い訳がましい――』

「ちょっと黙っててくれないかサルト!?」

追いうちをかけるような聖剣に裏返った声で抗議しながら、ウィステリアの頬はますます熱くなる。ロイド本人が居ない間に、その上着を羽織る――しかも明らかに意図的に――というのは確か

にひどく不審であり馴れ馴れしく、不快に思われても仕方ない。

ウィステリアはいたたまれなくなり、顔を背けながらなんとか弁明した。

「こ、これは私が責任を持って処分するので、安心していいぞ。《働き羽》たちにまた新しい上着を作ってもらうから……」

「――処分？」

ロイドがはじめて眉根を寄せた。

やはり不快に思ったのだろう――ウィステリアは素早くうなずいた。

「そうだ。だから……」

「なんで処分する必要がある。汚したわけでもないし、修繕が終わったんだろう」

ロイドはふいに眉間の皺《しわ》を解いて、ああ、と何かに気づいたような声で言った。そして、軽く肩をすくめた。

「私の代わりとして欲しいということなら、別にそのまま着ていてもらって構わないが」

「⁉」

まったく予想もしない言葉に、ウィステリアは目を剥いた。何を馬鹿な、と平然と言い放ちたかった。だが実際には声がひっくり返った。

「な……何を言ってるんだ君は！　ぜ、全体的におかしいぞ⁉」

「帰ってきたらいきなり私の上着を着て寂しそうに握りしめている姿が見えたからな。よほど私のことが恋しかったのか」

「さ……恋っ……⁉　断じて違う‼」

抗議するウィステリアの舌はますますもつれるばかりだった。予想外の状況に、完全に調子が狂ってしまう。どうしようもなくなって、ロイドから目を逸らしてぼそぼそとつぶやいた。

「ただ本当にその、大きさが気になっただけだ、他意はない。ともかくこれはこちらで処分しておくので……」

「なら脱いでくれ」

「⁉」

ウィステリアはこぼれんばかりに目を見開いた。はっと目を戻すと、ロイドが手を差し出していた。

「処分すると勝手に決めつけるなら返してくれ」

う、とウィステリアはうめいた。――確かに、もとはロイドのためにと作った衣類であり、勝手に処分するのは不快に思われるだろう。

だがこのまま脱いで渡すというのも、大いにためらわれた。

『処分するつもりならさっさと燃やすなりしろ！』

サルティスが声高に言い、ウィステリアはうなだれた。軽口をたたいても頼りになる聖剣が、今はまったく力になってはくれなかった。

「……洗ってから……返す」

「汚れてないだろう」

「よ、汚れた……」

「何を言ってる。早く」

ロイドが一歩踏み出した気配がして、ウィステリアはとっさに上着をぎゅっと握ったまま後じさった。

「い、いやだ」

「いいから」

「よくない！　洗う……‼」

更に踏み込んでくる弟子に、ウィステリアは頑なに言い張り、また後退する。

すっと金色の目が細くなった。

「剥《む》くぞ」

ロイドが一段声を低くして言った。鋭い眼差し。それでいて、唇だけがうっすらと微笑している。

ウィステリアはすくんだ。――――ロイドなら、きっと言葉の通りにやる。考えるより先に、そう直感させられた。

（な、なぜ……⁉）

上着を好き勝手したあげくに処分しようとしているから実は怒っているのだろうか。

ウィステリアは小さく喉の奥でうめき、うなだれた。そろそろと上着から片腕ずつ引き抜く。前で抱えて軽くたたみ、献上品のようにおそるおそる青年に差し出す。すぐに受け取られ、両手が空になる。

妙な気まずさを感じていると、ロイドの涼やかな声がした。

「──着ていたいなら構わないが？　ご所望ならいま私が着て、その後あなたに渡そうか？」

「!!　な、何を言っ……、要らん!!」

かすかにからかうような響きを感じ、ウィステリアは思わず抗議した。完全に遊ばれていることに気づく。悔しさなのか、羞恥なのかよくわからないもので調子を狂わされながら、乱れた髪を、手で払って軽く整える。その一連の動作を、黄金の目が静かに見つめていた。

「──ここに、絵具の類はあるのか」

突然、ロイドがそんなことを言った。ウィステリアは思わず目を上げ、訝しむ。

「絵具……？　いきなり何だ？　筆記具ならあるが」

ウィステリアの答えに、ロイドは短く、いや、と答えただけだった。

この青年の口から美術にかかわる言葉が出て来たのが意外で、ウィステリアは数度目を瞬かせた。

「君は、もしかして絵も描いたりするのか？」

ロイドは片手に黒の上着を持ったまま、もう一方の手を首筋に当てた。

「以前、少しだけ学んだことがある程度だ。自分には向いていない、ということがわかった」

ウィステリアは目を丸くした。そうなのか、とつぶやきがこぼれる。

すると、我が意を得たりとばかりにサルティスが揚々と口を挟んだ。

『未熟も未熟で多少の武しか脳のない小僧ならば当然だな!!』

「絵筆すら握れない聖剣殿よりは向いている」

『愚か者め！　そもそも絵画や音楽というのは精神の活動が本質なのであって──』

たちまちはじまる口論を眺めながら、ウィステリアに小さな疑問がわいた。

「何か図にしておきたいものや、描きたいものでも見つかったのか？」

問うと、ロイドはウィステリアに振り向いた。金の目が、真っ直ぐに見据える。

先ほどまでのやや挑発的でからかいめいたものとは違う、強さを感じる視線にウィステリアは意表を突かれた。揶揄や皮肉とも、探るような目とも違う。魔法を教えたときの観察の目とも違う。

もっと静かで深い、かすかな熱さえ感じるような――。

やがて、ロイドは独白のように小さな声でつぶやく。

ウィステリアが聞き返そうとすると、再びサルティスが声をあげ、ロイドが睨む。

そのままなんとなく機を逸し、ウィステリアは聞き返せなかった。内心で首を傾げつつ、反芻する。

聞き間違いかもしれない。だが、ロイドはこう言った気がした。


『……一瞬を切り取る、か』と。

甘い理由

【書き下ろし】

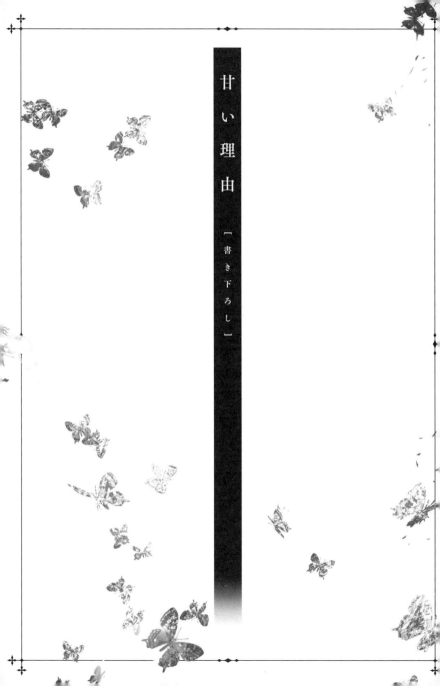

「……あるのか」

ふいに意識に飛び込んできたその声に、ウィステリアははっとした。目を上げると、匙を手にしたまま動きを止め、こちらを見つめる青年の姿があった。長い銀の睫毛の下、金の瞳がぴたりとウィステリアに据えられている。

居間のテーブルで、向き合って夕食を取っている最中だった。手間や効率といった面から、自然と二人で同時に食事を取るようになっている。

はじめこそウィステリアは久しぶりの感覚に緊張したが、次第に慣れた。ロイドは口数の多いほうではなく、互いに和やかに雑談する質でもない。サルティスは寝室に置いてあるために、余計に静かだった。

そうしてウィステリアがぼんやりと雑念に囚われていた間に、ロイドが何事かを問うた。

「すまない。考え事をしていた。何だ？」

「特に質問というほどのものでもない。あなたはいつも同じ味を好んでいるように見えるが、理由があるのかと思っただけだ」

思いもよらぬ言葉に、ウィステリアはぱちぱちと数度瞬いた。反射的に、自分の手元に目を落とす。これまでと変わらない、食べられる植物を中心とした簡素な料理。樹液や岩塩に似たもの、植物からとれる油分などで簡単な調味料をつくり、それが味付けの中心になっている。

「……好む、というか、手軽で安全なもので、味もそんなに悪くないとなると選択肢が限られてくるんだ。毒味や検証を重ねて新しく食材を開拓するのも手間で」

言いながら、ウィステリアは匙で軽く椀の中の葉を突いた。野菜代わりに食べている青い葉で、ほのかに香草に似た香りがする。

「――食事は空腹に対処するためのものだからな。食べるのが苦でなければそれでいいから、味はそこまで気にしたことはなかった」

ウィステリアはそう告げて、ふいに気づいた。思わずロイドの目を見た。

「君の口には合わないか？」

「いや。毒でなければなんでもいい」

淡々と返され、ウィステリアは瞬く。それから、大真面目に毒などと口にされたことに苦笑いがもれた。

ロイドは従軍経験もあるということから、粗食には慣れているのだろう。何を食べてもあまり表情を変えないため、美食に凝る質にも見えない。

（まあ、こんなところで美食も何もないが……）

食に関して言えば、とにかく瘴気の毒が少ないもの、無毒化できるものという点のみを重要視してきた。他人に対してもてなしの料理などというのもない。そんな必要性もなかったからだ。

「……ちなみに君は、どういった料理や食材が好みなんだ？　向こうの世界では、どうだった？」

何気なく、ウィステリアは問うた。

「食に対してあまり得手不得手はないが。消化が早く空腹になりやすいものは避けがちだった」

やはり淡々とロイドは答え――数秒遅れて、ウィステリアは小さく噴き出すのを堪えきれなかった。ロイドが目を上げ、銀の眉の片方をわずかに持ち上げる。

「何がおかしい」

「いや、意外だと思っただけだ。君はなんというか、かなり食べるほうだし、実利重視の性格をしてるな」

ロイドは軽く肩をすくめるだけだった。

ウィステリアもまた、心の中でつぶやく。

（……本当はもっと、肉があったほうがいいんだろうな）

本人の鍛錬にくわえて恵まれた体格をしているロイドにとって、食事は量を必要とするはずだ。それのみならず、精がつくとされる食材があったほうがいいのは確かだった。だがこの異界では、鳥や豚などの獣肉は得られない。味はともかく、体に必要な食事という意味では、今の食材ではロイドにとってあまりよくないのかもしれない――。

「あなたは？」

思わず考え込んだウィステリアを、ロイド本人の声が遮った。

ウィステリアは数度瞬き、目を合わせる。

「私？」

「あなたの食の好みだ。元々、食にあまり興味がないほうなのか？」

ウィステリアは目を見開いた。何気ない問い――ロイドにしては少し珍しい、雑談的な内容だった。それがなぜか唐突に、妹の言葉を思い起こさせた。

『こんなに美味しいのに！　姉様は、あまり美味しくない？』

明るく軽やかな、ロザリーの声。

――なぜそんなことを思い出すのか。

ロイドはブライトと酷似している分、ロザリーの面影は薄い。そのはずなのに。

ウィステリアは自分の手元に目を落とした。

「興味は……どちらかというと薄いほうだったかな。美味しいと感じられるものや、甘いものは好きだったが。それほど苦手な食材などもなかったから」

「……甘いものか。ここでは、あまり作れないか」

ロイドの返答に、ウィステリアは手の中で匙の柄を弄んだ。

「手間がかかるし、面倒だからな」

――ただ生きるために食べるのなら、料理にこだわる必要はない。甘いものも必要ない。せいぜい、飽きをごまかす調味料が多少あればいい。

それに、唯一の同居人であるサルティスは食事を必要としなかった。

ウィステリアは目だけを上げてロイドを見た。

「君は何か食べたいものでもあるのか？　可能な限りでなんとかするが」

「……いや。そういう話じゃない」

ロイドは短く言い、それきり黙った。何か思案しているようにも見え、ウィステリアは訝しく思いながらもそれ以上の追及を控えた。

◆

「姉様!!《グロワール・マリー》の新作っ!!」

そう言って妹が勢いよく部屋にやってきたとき、ウィステリアは本から顔を上げ、目を丸くした。

「新作……買えたの？」

「ようやく買えたの！　ちゃんとウィス姉様の分も確保したわ！　お茶にしましょ!!」

「ありがとう、ロザリー」

大きな目を輝かせる妹に、ウィステリアもつられるように笑った。しおりを挟み、読んでいた本を閉じて脇に置く。間もなく侍女がロザリーの土産と茶とを運び入れた。

王都で評判の《グロワール・マリー》は、見目も味もいいケーキやタルト、焼き菓子など扱っている。特にその新作は、売り切れるのも早かった。

ロザリーはこの《グロワール・マリー》のケーキが好きで、よく茶会に出し、新作には真っ先に飛びついた。

売り切れの末、今回ようやく手に入れたという新作のケーキは、白いクリームの上にほんのり柑橘の風味のする黄色いソースが編み物のようにかかっており、その上に赤い苺が載っていた
ロザリーほどの熱意はないウィステリアが見ても、どことなく童心をくすぐられるような可愛らしさがあった。ロザリーもひとしきり愛らしさを賞賛したあと、ケーキの端にそっとフォークを入れる。口の中に一口運び入れたとたん、その顔がぱっと輝いた。

「おいしい！」

表情の豊かな妹につい笑いながら、ウィステリアも同じく一口運び入れる。甘さと品の良い酸味が調和して口内に広がり、ふわりと溶ける。おいしい、とウィステリアもつい妹と同じ感想をこぼしていた。

「もー、姉様ったら反応が薄いんだから！　もしかしてあまり好きじゃないの？」

「そんなことないわ。とてもおいしいもの。ロザリーの反応が良すぎるだけじゃないかしら？」

「ええ？」

「ふふ。とっても幸せそう」

「甘い物を食べたらみんな幸せになるじゃない！　私ってそんなにわかりやすい顔をしているのかなあ」

ロザリーは小さく首を傾げた。実際、感情表現の豊かなロザリーは、色々なものに感激しては大きく反応し、周囲に微笑ましく思われている。

「やっぱり、もう一つの新作も買ってくればよかったかも！　そっちは、持ち帰りが難しいって言われちゃったのよね」

「そうなの？　なら、その場で食べてきたら……」

「うーん、でも一人で食べても、つまらないと思って」

ロザリーは二口目を運びながら、惜しむような顔をする。

「一人で食べるのはなんだか寂しいし。お友達か、ウィス姉様と一緒がいいと思ったの！　どんなにおいしいものも、一人で食べたら幸せが半減しちゃう」

真面目に語る妹に、ウィステリアは思わず唇を綻ばせた。ロザリーは甘い物が好きで、よくこうして一緒に軽食の時間をとる。ロザリーだけでというようなことはあまりなかった。必ず姉を誘い、ウィステリアも他より妹との時間を優先した。

「ウィス姉様も甘いものは好きでしょう？　今度、一緒に食べに行きましょ！」

ええ、もちろん――ウィステリアも軽やかに答えた。

甘いものは好きだった。だが、新作のケーキもそうでないものもこれほど甘く好ましく感じられるのは、きっと目の前にいる妹のためだった。

◆

（……甘い、匂い）

まどろみの中、ウィステリアは漠然とその匂いを感じ取った。どこか懐かしいような、久しく感じていなかった匂い。

しばらく眠気と戦ったあと、ようやく目が覚める。嗅覚に意識を集中する。間違いなく、寝室の外から漂ってきていた。植物の放つ芳香に似ているが、同じではない。

（なんだ……？）

訝しみながら寝台から身を起こす。すかさず、足元の台から聖剣の声が飛んだ。

『弛んでいるぞ、イレーネ！　いつまで惰眠を貪るつもりだ！』

「おはよう、サルト」

『おはようじゃない！　あの小僧に先手を打たれることが増えたではないか。まったく情けない！』

「先手ってなあ。襲われたわけでもないのに……」

ウィステリアは呆れまじりに言いつつ、立ち上がって軽く着替えた。――確かにここのところ、ロイドのほうが早く起床するということが何度かあった。

身支度が完了していないまま寝室から出て、その姿を見られるというのが気まずい。

――ではこの甘い香りは、ロイドが何かをしているのだろうか。朝食とは思えない香りだった。

ウィステリアは内心で首を傾げつつ、意を決して寝室から出た。

予想通り、身支度を終えたロイドがそこにいた。が、様子が少しおかしかった。何か思案しているように片手を首に当てながら、その目はテーブルの上に注がれている。

「おはよう……どうしたんだ？」

「ああ、おはよう。とりあえず、身支度の後でいい」

簡潔なやりとりを好む青年にしては、やや婉曲な表現だった。ウィステリアはぱちぱちと目を瞬かせ、ロイドとテーブルの上を交互に見た。訝しく思いながらも、いったん浴室に入って素早く仕度を終えた。寝室からサルティスを持ち出し、居間に戻って改めてテーブルの上を見る。

「これは……？」

テーブルの上にあるのは小さな円形状の器だった。その中を半透明の明るい緑色をした固体が満たしている。固体の中には点々と黄色い粒のようなものがちりばめられていた。

「……少なくとも食べられる味ではある」

ロイドはおもむろにそう言った。まじまじと観察していたウィステリアは大きく目を見開いた。驚きのまま問おうとして、テーブルの側面にたてかけた聖剣が意気揚々と遮る。

『ハッ、手の込んだ毒物を作るではないか！　しかし所詮は小僧の浅知恵！　詰めが甘いわ！　まともな料理に偽装するならもっとましな――何をするイレーネ⁉』

嬉々として煽るような聖剣をひっくり返して黙らせた後で、ウィステリアはようやく気づいた。

「まさか、君が作ったのか⁉　これを……！」

ロイドは聖剣を睨んでいたが、ウィステリアに目を戻すと軽く肩をすくめた。

「――あなたにばかり食事を作ってもらうのもな。本来、そういったことも弟子の役割の一つだ」

ウィステリアは束の間、返す言葉を失った。ロイドが相変わらず淡白な口調であったから、すぐには言葉と意味が結びつかなかった。

だが、どうやら――食事を常に師が用意するということを、弟子としては気にしていたらしいと後から気づく。

「毒は入ってない」

ウィステリアが答えられずにいると、ロイドはごく軽く、皮肉の響きを滲ませて言った。

「そ、そんなことは疑ってない！」

ウィステリアは慌てて言い、テーブルの上に目を戻した。

「私が食べてもいいのか？」

「……どうぞ」

ロイドが作ったものは、二皿あった。どちらも見た目も分量も等しく、二人分用意したらしい。

サルティスが露骨に不満げな声をもらす。

『この我をないがしろにするなどなんたる不敬……愚の極み！』

「ん？　欲しいのか、サルト。一口くらいなら分けてやらんでもないぞ」

『生意気だぞイレーネ!!　お前ごときから施しを受けるほど落ちぶれてはおらんわ！　崇高な我が身にこんな俗物は無用!!』

「元々食べないんだから、文句を言わない」

ウィステリアは呆れながら言い返す。そのあとで、じゃあ、と少し気恥ずかしさを感じながらつぶやき、席に腰を下ろした。一皿自分のほうに引き寄せ、準備よく用意されていた匙を手にする。

「……それでは、ありがたく」

明るい若草色の表面に、そっと匙を入れる。固形かと思いきや柔らかく、弾力があった。すくいあげると、かすかに揺れる。

ロイドの目が、じっと自分の一挙手一投足に注がれているのを感じた。

ウィステリアはためらいがちに匙を口に運び入れた。とたん、ふわっと淡い芳香が漂う。嗅いだことのある甘い匂い、だがそうでない爽やかな匂いもまじっている。

「……！」

舌に、確かな甘みが広がる。ウィステリアは大きく目を見張った。

どこか蜂蜜に似た風味で、だがもっと軽く、さらりとした後味だった。

控えめだが確かな甘さがなぜか一瞬胸を突いて、ウィステリアは言葉に詰まった。嚥下したまま、動きが止まる。

「口に合わなければ、無理しなくていい」

ロイドの言葉に、ウィステリアは慌てて頭を振った。

「……いや、違う。とてもおいしい。ただ、ずっと――こういった味は、忘れていたから」

ぎこちなく答えながら、ウィステリア自身も戸惑った。懐かしいという感覚なのだろうか。向こうの世界で、かつてもっと甘くて濃厚なものを口にしていたはずだ。それでも、これほど胸に迫るような感覚はなかった。

息を整えながら、ウィステリアは次の一口を運んだ。目の前の不敵な青年が作ったとは思えないような、控えめで優しい甘みが広がる。

「おいしい。……ありがとう」

ああ、とロイドは短く答えた。いつもと同じようにウィステリアの向かいに腰を下ろし、自分の前に皿を引き寄せ、大きな手で匙を取る。一口分を口に入れたあと、少し眉をひそめた。

「……結構甘いな」

そうつぶやきつつ、ロイドは次の一口を運ぶ。

――ロイドは甘い物があまり好みではないのだろうか、とウィステリアは少し驚く。

ウィステリアには、この甘さはむしろ控えめとすら感じられた。

「これはどうやって作ったんだ？　なぜ、これを？」

好みではないのなら、なぜわざわざ甘い物を作ったのか。食事を用意したというにしても、主食にはなりえないようなものだ。

ロイドは淡々と、ウィステリアに教えられた甘味料代わりの植物を主体にして作ったことを説明した。それからほんの少し、吐息を挟んでから続けた。

「同じものばかり食べているとさすがに飽きるだろう」

「それは、そうだが……」

「あなたも甘味が苦手ではないとのことだったからな」

ウィステリアは小さく目を瞬かせた。遅れて、先日の食事中の会話を思い出す。その間に、ロイドは言った。

「――甘い物は、必須の食事じゃない。が、人の気分を良くする効果があるらしい」

私にはあまり実感がないが、と青年の冷静な声が続けた。

「気分を少し変えるぐらいには役立つんじゃないか」

ウィステリアは今度こそ目を丸くした。声を失い、じっと青年を見つめた。

（私の……気分をよくするために、わざわざ……？）

その言葉と、ロイドのいつもと変わらぬ表情が一致しない。そのせいで少し理解が遅れると同時に、ふいに脳裏に蘇る声があった。

――甘い物を食べたらみんな幸せになるじゃない！

二人だけの、他愛のないお喋り。温かな茶の香り。宝石や花を思わせる甘い菓子たち。

新作のケーキを口にし、大きな目を輝かせて、幸せそうな顔をしていた妹。

ロイドの姿のどこにも、ロザリーの面影はない。だが、それなのに。

――一人で食べるのはなんだか寂しいし。

ロザリーの息子だという青年は今、ウィステリアの目の前で淡々と匙を運んでいる。

ふいに、銀の睫毛が動いた。金の双眸がウィステリアを捉え、かすかに大きくなったような気がした。

「何だ?」

訝る調子で言われ、ウィステリアははっとする。慌てて、なんでもない、と声を絞り出す。喉が締め付けられ、鼻の奥につんとした感覚があることに気づいたとき、ウィステリア自身も驚いた。

――誰かと一緒に食事をとるという感覚を、ロイドが思い出させた。それにも慣れつつあったのに、まだ呼び起こされるものがあるらしかった。

ごまかすように、精一杯おどけた微笑をつくった。手を動かし、また一口すくう。そうして口の中に運び入れたとたん、最初よりもずっと鮮やかにその風味を感じた。

空腹を埋めるためのものでなく、体を生かすために必要なものとも異なるもの。

「……甘いな。とても」

そうつぶやきながら、こみあげるものを抑えるのにひどく力が要った。

あとがき

こんにちは、もしくははじめまして。永野水貴と申します。『恋した人は、妹の代わりに死んでくれと言った。』二巻をお手に取ってくださり、ありがとうございます。おかげさまで二巻を出すことができ、とても嬉しいです！　一巻読んでないんだけどという方は、なにとぞ一巻からお願いいたします……!!

そして、とりあえず2巻まで、2巻まではぜひ読んでほしいです……!!（魂の叫び）

……というわけでして、二巻は、一巻の内容をフルに踏まえた上での展開でした。ウィステリアやロイド、それぞれ違った面が見えてきて、他キャラもまた……というようなお話になっています。特にウィステリアに関しては書きたいと強く思っていたシーンの一つを書くことができ、とても嬉しく、また書けたという安心感でいっぱいです。書きたいと思っていたぶん、自分の表現力との闘いではありましたが、少しでも伝わるといいなと思います。

また、今回の二巻にあたる部分を一人でコツコツ書き進めていたとき、終盤あたりが特に悩んで手が止まってしまっていました。ここまで書きたいシーンを書いた、流れもそこまでおかしくない……けれども何かが足りない、という気持ちがずっとありまして。この作品に限っては、不思議なことにそれまで「迷う」ということがほぼなかったので、ここではじめてつまずいてしまった感覚でした。

うなったり立ち止まったりうろうろしてみたりしてしばらく。ふっと「これだ」というものが浮かんできまして、それがかちりとはまって、最後まで書き上げることができました。最後のピースはなんだったのかというと、一巻の序盤のシーンでした。これだったのか、と不思議な気持ちと妙な感動がわいてきたのを覚えています。

こういう話が好きなのは自分だけなのかもしれない、もう要らないと言われるものなのかもしれない、でも私が好きだから書く……と謎の怒りのようなものに駆られて書いたお話が、気づけば多くの方に読んでもらえて、好きだと言ってもらえて、こうして素敵なイラストをつけていただいて美しい本になる。それも二巻も。本当によかったなあ、と感動するばかりです。とはいえお話はまだ続きますし、続きも本の形としてみなさまにお会いしたいです。なのでなにとぞ応援していただけたら幸いです（率直）。

つらつらと書いてしまいましたが、最後に……。

今回も、とよた瑣織先生に素敵なイラストを描いていただきました。とても丁寧に美しく描いていただきまして本当に感謝しております。これから二巻の挿絵を拝見することになるのでとってもドキドキわくわくしています。

また、いつも根気よく丁寧に話し合ってくださる担当編集さんにもお礼申し上げます。

そしてなにより、この物語を好きだと言ってくれて、手にとってくれた方すべてに心から感謝を。ありがとうございます。

それではまた、どこかで。願わくはこの世界でまたお会いできますように。

二〇二一年八月　永野水貴

2023年春 発売予定！

恋した人は、妹の代わりに死んでくれと言った。2
―妹と結婚した片思い相手がなぜ今さら私のもとに？と思ったら―

2021年12月 1日 第1刷発行
2022年10月25日 第2刷発行

著 者 永野水貴

発行者 本田武市

発行所 TOブックス
〒150-0002
東京都渋谷区渋谷三丁目1番1号 PMO渋谷Ⅱ 11階
TEL 0120-933-772(営業フリーダイヤル)
FAX 050-3156-0508

印刷・製本 中央精版印刷株式会社

ISBN978-4-86699-366-9

Printed in Japan